中国古典诗词校注评丛书

林逋诗全集 【汇校汇注汇评】

王玉超　校注

图书在版编目（CIP）数据

林逋诗全集：汇校汇注汇评／王玉超校注．
—武汉：崇文书局，2018.10
（中国古典诗词校注评丛书）
ISBN 978-7-5403-5178-6

Ⅰ．①林…
Ⅱ．①王…
Ⅲ．①宋诗－诗集
Ⅳ．① I222.744.1

中国版本图书馆 CIP 数据核字（2018）第 225458 号

林逋诗全集 汇校汇注汇评

责任编辑	王重阳
责任印刷	李佳超
出版发行	长江出版传媒 崇文书局
地　　址	武汉市雄楚大街 268 号 C 座 11 层
电　　话	（027）87293001　邮政编码　430070
印　　刷	湖北恒泰印务有限公司
开　　本	880mm×1230mm　1/32
印　　张	11.25
字　　数	268 千
版　　次	2018 年 10 月第 1 版
印　　次	2018 年 10 月第 1 次印刷
定　　价	38.00 元

（如发现印装质量问题，影响阅读，请与承印厂调换）

　　本作品之出版权（含电子版权）、发行权、改编权、翻译权等著作权以及本作品装帧设计的著作权均受我国著作权法及有关国际版权公约保护。任何非经我社许可的仿制、改编、转载、印刷、销售、传播之行为，我社将追究其法律责任。

中国古典诗词校注评丛书
编撰委员会

顾　　问　冯其庸　霍松林　袁世硕　冯天瑜
编　　委　（以姓氏笔画为序）
　　　　　左东岭　叶君远　朱万曙　阮　忠
　　　　　孙之梅　杨合鸣　李　浩　汪春泓
　　　　　张庆善　张新科　张　毅　陈大康
　　　　　陈文新*　陈　洪　赵伯陶　胡晓明
　　　　　郭英德　唐翼明　韩经太　廖可斌
　　　　　戴建业

（注：标*为常务编委）

前　言

　　林逋(967－1028)，字君复，钱塘(今浙江杭州)人，生于宋太祖乾德五年(967)，卒于宋仁宗天圣六年(1028)。祖父林克己曾为吴越王钱氏的通儒院学士，父亲早亡，家道中落，幼孤家贫，衣食不足。林逋少而好学，通晓经史百家，善画工书，书法瘦挺劲健，然饱学却平生未曾出仕。宋真宗澶州之战前，林逋以漫游生活为主，据李一飞考证，林逋早年行踪可划分为五个阶段，即从李建中学书、四明山居、曹州十年、江淮汴肥之游和客临江，在江淮汴肥之游期间，林逋足迹所至有泗州、盱眙、金陵、芜湖、历阳、无为、寿阳以及庐、舒、池等州，还曾到过汴京(参见《林逋早年行踪及生卒考异》一文)。林逋放游期间，风流疏狂，颇多豪气，不无用世之志，然而数年徘徊于魏阙之下，不得其门而入，早年的壮志转为恬淡寡欲，不久便归隐杭州西湖，晦迹林壑，时年约四十岁。

　　林逋结庐孤山，不娶无子，终身与西湖为伴，种梅放鹤，吟咏自娱，二十年足不及城市，常一人泛舟湖中，相传每有客来访，童子放鹤到空中，林逋见鹤入云霄，便返棹而归。林逋隐居之所，房舍简陋，诗中常有"衡茅""柴门"之喻，后有太守王随出俸钱为其修屋，传为美谈。大中祥符五年(1012)，宋真宗"闻其名，赐粟帛，诏长吏岁时劳问"。宋仁宗天圣六年(1028)，林逋六十一岁无疾而终，葬于孤山，仁宗赐谥"和靖先生"。因林逋隐居之所多植梅花，又喜养鹤，时人称之"梅妻鹤子"，梅、鹤成为林逋精神的重要象征。后世于林逋隐居的巢居阁遗址附近，修建"放鹤亭"。康熙十一年

(1672),巡抚范承谟移放鹤亭于林逋墓侧,三十五年(1696)康熙皇帝为放鹤亭题字,仿董其昌字,录鲍照《舞鹤赋》,勒刻于石。

林逋生活的北宋初期,刚经历五代十国之乱,儒家名教一时难以恢复,道、释思想得到提倡,林逋明显接受了儒、释、道三家思想。佛家思想的静默和冥想化解了他内心的郁懑,道家的清静无为迎合了林逋淡泊人生的追求,儒家的立德体道是他的主导思想,使他表现出早年的用世之志和强烈的慕古之风。林逋不随众流、抛却烦恼、怡然自得,其个性中内蕴的魏晋风度、诗酒风流时有表现,体现着他的人生态度和人生之志。林逋的隐逸不仅表现出"不事王侯,高尚其事"、鄙视权贵、睥睨功名的特立独行和传统美德,更体现了他的平和、包容、自在和悠闲,对佛、道超然外世态度的欣赏,这也是宋初士大夫崇尚的人生境界。

林逋性情孤高恬淡,不趋荣利,安贫乐道,深居简出,与僧侣、道人交游颇多。世称他"若高峰瀑泉,望之可爱,即之愈清,挹之甘洁而不厌也"(梅尧臣语);称其诗"平淡邃美,读之令人忘百事也"(梅尧臣语);称其书"清气照人,其端劲有骨,亦似斯人涉世也"(黄庭坚语);朱熹赞曰"宋亡,而此人不亡,为国朝三百年间第一人"。林逋对后世的影响不仅在于他的诗歌,更在于他的超然精神和士人心态。

林逋诗歌多咏隐逸之趣,澄浃峭特,古朴清新,超然恬淡的精神使其诗歌充满了禅意和机趣,韵味无穷。林逋喜好吟咏,然而留存之作不多,曾自谓:"吾方晦迹林壑,且不欲以诗名一时,况后世乎!"梅尧臣说:"其诗时人贵重甚于宝玉,先生未尝自贵也,就辄弃之,故所存百无一二焉。"林逋对己作随写辄弃,生前没有结集,现存诗歌三百余首,另有逸句4则,词作3首。按内容大致可分为山水诗、咏物诗、感怀诗、寄赠诗、唱和诗等,总体艺术风格澄淡高远。林逋山水诗作约60余首,他遁迹山林,以泉石自娱,隐居生活平静朴素，其诗作平远闲旷、恬静幽美，极富画境，也表现出隐者的高雅情怀。咏物诗精于描摹，生动传神，自然贴切、言外生趣。感怀诗虽偶有流露孤寂情怀，但更多的仍是他对简单古雅的隐居生活的乐趣，表现其孤傲、高洁的品格和风韵。寄赠诗作约150首，既有作于漫游江淮时，也有隐居后所作，寄赠对象较为复杂，包括朝臣官吏、僧侣道人等，这类诗作内容丰富，既有对流俗势力的批判和慷慨不平之气，也有描写恬淡旷远的禅寂世界，抒写自己的孤高品格，寄赠、唱和之作多借景抒情，委婉含蓄。

方回《瀛奎律髓》把九僧、寇准、林逋、魏野、潘阆等诗作归为"晚唐体"，但林逋对晚唐体诗歌有所突破，在寄情于景的模式中，往往能体现心境，赋予哲思，淡化悲情，代之以闲适。林逋诗歌多写山居、谈禅、品茗等山人隐者的生活，抒写孤高隐逸的情怀，总体风格浑融涵厚，气格高雅，表现其超旷和高远。林逋咏梅之作最佳，摹写梅花，传神入髓，并将自己清雅高逸的个性折射到梅花诗中。其"疏影横斜水清浅，暗香浮动月黄昏"（《山园小梅》）二句被誉为咏梅之绝唱，传诵千古，影响深远，不但为后世咏梅诗作所效法，也与绘画建立了密切联系，以林逋、梅花为题材的绘画之作极为兴盛，如《宣和画谱》《画继》《图画见闻志》《松斋梅谱》《墨梅人名录》等均有提及。林逋博学多闻，熟悉历朝著名诗作、典故等，其诗歌用典圆融，化用前人诗句，信手拈来，融化无迹。诗歌构思精巧，颇富理趣，语言驾驭能力较强，字句清健、凝练精致，诗歌平易流畅，意格高远。

迄今已知的林逋诗集，最早刻本是南宋光宗绍熙三年（1192）浙西转运使司本，凡上、下两卷，卷首有宋仁宗皇祐五年（1053）梅尧臣序，序称"诸孙大年能掇拾所为诗，请余为序"。此本收入《宋集珍本丛刊》。元代未有刻本。明、清两朝多经传刻，明刻本主要有正统八年（1443）陈挚刻本《重编西湖林和靖先生诗集》，凡4卷，按诗体分卷排列,此后诸种刻本均依此本,北京大学图书馆藏。后又有正德十二年(1517)韩士英、喻智刻本,北京大学图书馆藏。明钞本1种,后收入《四部丛刊》。明代潘是仁刻本《宋林和靖先生诗集》,凡5卷,分别为五言古诗、五言律诗、七言律诗、五言绝句、七言绝句,哈佛大学哈佛燕京图书馆藏。万历四十一年(1613)何养纯、诸时宝刻本,前有乔时敏、张蔚然二序,此本为诸明本中最善者,哈佛大学汉和图书馆藏。清刻本主要有康熙四十七年(1708)吴调元刻本、汪氏古香楼刻本,其中,吴调元刻本后来经多次重刻,讹谬渐多,复旦大学图书馆藏。乾隆十年(1745)陈梓深柳读书堂刻本,此本凡3卷,卷一为五古、五律,卷二为七律,卷三为五绝、七绝及诗余,清华大学图书馆藏。后又有同治间朱孔彰刻本,为诸清本中最善者,华东师大图书馆藏。此外,还有日本明治三十九年东京青木嵩山堂铅印本《林和靖诗集》4卷,拾遗1卷,附酬唱题咏1卷,诸家诗话1卷,北京大学图书馆藏。近人邵裴子手校目力所及的诸本,旁及史志文献、历代评论,注其异文,考其得失,辨其谬误,对"无所据正"者仍保留旧文,今人沈幼征先生赞邵裴子校本说:"手此一册,于诸本得失皆可了然。"同时,沈幼征先生基于对林逋诗的多年研究,以邵裴子本为据,为《林和靖集》进行了详细注释,意在明用典、详事实,对"无可稽考的人名、地名及个别词句,皆付阙如",资料详备,客观求是,于1985年浙江古籍出版社出版,2012年浙江古籍出版社增补修订,重新再版,实为目前研究林逋诗歌所据的最通行的版本。

此次校注,仍以邵裴子校本为据,参校宋刻本、明清两朝重要刻本,及沈幼征先生注本。由于林逋生平经历记载不详,诗歌写作时间多难考证,因此,诗歌分卷仍依旧本体例,根据诗作可考时代,对诸种诗体中的篇目略加调整。每篇诗作附以题解,对写作背景、诗歌主旨、特点等详加说明。凡诗篇有历代评论者,均辑录评语,附于校注之后,一则评语论及多首诗歌,则于诸诗之后均予收录。附录增补林逋年谱、题咏、评论等相关文献。邵、沈诸本校、注可议处均不尽从。笔者不揣浅陋,谬误难免,祈请读者方家,不吝赐教。

王玉超
2017 年 10 月于云南师范大学静庐

目 录

林和靖先生诗集序 …………………………………………… 1

卷 一

五言古诗 …………………………………………………… 7
    和运使陈学士游灵隐寺寓怀 ………………………… 7
    闵师见写陋容以诗奉答 ……………………………… 9
    监郡太博惠酒及诗 …………………………………… 10
    送牛秀才之山阳省兄 ………………………………… 11

五言律诗 …………………………………………………… 12
    射弓次寄彭城四君 …………………………………… 12
    旅馆写怀 ……………………………………………… 13
    将归四明夜坐话别任君 ……………………………… 13
    出曹州 ………………………………………………… 14
    盱眙山寺 ……………………………………………… 15
    留题李颉林亭 ………………………………………… 16
    翠微亭在金陵清凉寺 ………………………………… 17
    台城寺水亭 …………………………………………… 17
    汴岸晓行 ……………………………………………… 18

和黄亢与季父见访	19
淮甸南游	20
赠任懒夫	20
淮甸城居寄任刺史	21
寄祝长官坦	22
偶书	22
湖楼写望	23
秋日西湖闲泛	24
上湖闲泛舣舟石函因过下湖小墅	25
西湖舟中值雪	26
西村晚泊	27
湖村晚兴	27
湖山小隐三首	28
小隐自题	30
小隐	31
山北晚望	32
中峰	33
小圃春日	34
春夕闲咏	35
春日感怀	35
郊园避暑	36
园庐秋夕	37
山村冬暮	37
山中冬日	38
闻叶初秀才东归	39
病中谢冯彭年见访	39

冬夕得卫枢至	40
中峰行乐却望北山因而成咏	41
和梅圣俞雪中同虚白上人见访	42
和史宫赞	43
和酬天竺慈云大师	44
和朱仲方送然社师无为还历阳	45
和酬杜从事题壁	45
夏日寺居和酬叶次公	46
僧院夏日和酬朱仲方	47
送长吉上人	47
怀长吉上人北游	48
春日送袁成进士北归	49
送茂才冯彭年赴举	49
送史殿省典封川	50
送王舍人罢两浙宪赴阙	51
送昱师赴请姑苏	52
送皎师归越	53
送越倅杨屯田赴阙	54
送思齐上人之宣城	55
送僧机素还东嘉	55
送僧休复之京师	57
送僧之姑苏	57
送闻义师谒池阳郡守	58
寄思齐上人	59
寄吴肃秀才时在天王院夏课	59
寄钱紫微易	60
寄清晓阇梨	61

寄胡介	62
寄孙冲簿公	63
寄和昌符	64
闻越僧灵皎游天竺山因而有寄	64
寄曹南任懒夫	65
途中回寄闾丘秀才	66
寄辇下传神法相大师	67
寄临川司理赵时校书	67
寄茂才冯彭年	68
赠金陵明上人	69
赠崔少微	70
知县李大博得替	70
赠蒋公明	71
喜冯先辈及第后见访	72
赠胡乂	72
赠张绘秘教九题	73
诗将	73
诗家	74
诗匠	74
诗笔	75
诗狂	75
诗魔	76
诗牌	77
诗筒乐天早与微之唱和常以竹筒贮诗往还	77
诗壁	78
宿洞霄宫二首	79
孤山雪中写望	80

卷 二

七言律诗 ·· 83
    峡石寺 ·· 83
    出泉水驿 ·· 84
    过芜湖县 ·· 84
    无为军 ·· 85
    耿济口舟行 ·· 85
    池阳山店 ·· 86
    安福县途中作 ·· 87
    采石山 ·· 87
    山谷寺 ·· 88
    黄家庄 ·· 89
    淮甸南游 ·· 90
    山园小梅二首 ·· 90
    湖上隐居 ·· 97
    湖山小隐二首 ·· 97
    西湖泛舟入灵隐寺 ···································· 99
    湖上晚归 ·· 100
    湖上初春偶作 ·· 101
    西湖春日 ·· 101
    池上春日 ·· 103
    池上春日即事 ·· 103
    小园春日 ·· 104
    夏日池上 ·· 105
    西岩夏日 ·· 106
    夏日即事 ·· 106

隐居秋日	107
秋日湖西晚归舟中书事	108
城中书事	109
深居杂兴六首并序	110
杂兴四首	115
孤山后写望	118
孤山寺端上人房写望	119
山阁偶书	120
孤山寺	121
西湖	122
平居遣兴	123
寺居	124
易从上人山亭	125
园池	125
林间石	126
留题李休幽居	127
园庐	128
雪三首	128
春阴	130
秋怀	131
又咏小梅	131
梅花	132
又二首	134
杏花	136
桃花	136
山舍小轩有石竹二丛哄然秀发因成七言二章	137
新竹	138

荣家鹤	139
百舌	140
蝶	141
西湖孤山寺后舟中写望	142
小隐	143
梅花二首	144
秋怀	145

卷 三

七言律诗 ············ 149
- 送范寺丞仲淹 ············ 149
- 送史殿省典封川 ············ 150
- 送史宫赞兰溪解印归阙 ············ 151
- 送马程知江州德安 ············ 152
- 送楚执中随侍入蜀仍寄家京洛 ············ 153
- 送马程员外之任乌江 ············ 154
- 送赵时校书之任临川司理 ············ 154
- 送吴秀才赴举 ············ 155
- 寄解州李学士 ············ 156
- 曹州寄任独复 ············ 157
- 寄岑迪时黜官居曹州 ············ 157
- 西梁山下泊船怀别润州昊上人 ············ 158
- 历阳寄金陵衍上人 ············ 159
- 寿阳城南写望怀历阳故友 ············ 160
- 舒城僧舍呈赠李仲宣文学 ············ 160
- 送陈纵之无为军 ············ 161
- 玉梁峡口怀朱严从事之官岭外两夕舣舟于此 ············ 162

7

赠当涂朱仲敏	163
送文光师游天台	163
赠胡明府	164
赠钱塘邑长高秘校	165
喜皎然师见访书赠	166
寄薛学士曹州持服	166
寄傅霖	167
寄祚门梁进士	168
山中寄招叶秀才	169
尝茶次寄越僧灵皎	169
寄宣城宗言侄	170
寄西山勤道人	171
寄呈张元礼	171
寄玉梁施道士	172
寄太白李山人	173
春日寄钱都使	175
寄题历阳马仲文水轩	175
春暮寄怀曹南通守任寺丞中行	176
寄辇下莫降秀才	177
和西湖霁上人寄然社师	178
和陈湜赠希社师	179
追和彭城太尉夏月寄题湖上湛源大师房	180
集贤李建中工部尝以七言长韵见寄感存怀没因用追和	180
和酬周启明贤良见寄	181
和酬泉南陈贤良高见赠	183
酬昼师西湖春望	184
虢略秀才以七言四韵诗为寄辄敢酬和幸惟采览	184

春日怀历阳后园游兼寄宣城天使 ………………… 186
　招思齐上人 ……………………………………… 186
　闻灵皎师自信州归越以诗招之 …………………… 187
　复赓前韵且以陋居幽胜诧而诱之 ………………… 188
　诗招南阳秀才 …………………………………… 188
　谢马程先辈惠蜀笺 ……………………………… 189
　读王黄州诗集 …………………………………… 190
　读种先生丁密谏诗 ……………………………… 191
　病中二首 ………………………………………… 192
　喜侄宥及第 ……………………………………… 193
　伤白积殿丞 ……………………………………… 194
　伤朱寺丞 ………………………………………… 195
　吊薛公孟 ………………………………………… 196

卷　四

五言绝句 ………………………………………… 199
　闵师自天台见寄石枕 …………………………… 199
　西湖与性上人话别 ……………………………… 199
　送谢尉 …………………………………………… 200
　赠中师草圣 ……………………………………… 201
　送僧之京师 ……………………………………… 201

七言绝句 ………………………………………… 203
　孤山隐居书壁 …………………………………… 203
　水亭秋日偶书 …………………………………… 204
　水轩 ……………………………………………… 205
　池上作 …………………………………………… 205

松径 …… 206

竹林 …… 206

菱塘 …… 207

莲荡 …… 207

蓣田 …… 208

僧有示西湖墨本者就孤山左侧林萝秘邃间状出衡茅之所且题云林山人隐居谨书二韵承之 …… 209

孤山雪中写望寄呈景山仙尉 …… 209

春日斋中偶成 …… 210

山中寒食二首 …… 211

孤山从上人林亭写望 …… 212

秋江写望 …… 212

乘公桥作 …… 213

风水洞 …… 214

宿姑苏净惠大师院 …… 214

偶书 …… 215

予顷得宛陵葛生所茹笔十余筒其中复得精妙者二三焉每用之如麾百胜之师横行于纸墨间所向无不如意惜其日久且弊作诗二篇以录其功 …… 216

清河茂才以良笔并诗为惠次韵奉答 …… 217

初夏 …… 218

秋日含山道中回寄历阳希然山人 …… 218

晚春寄示茂才冯彭年 …… 219

山阁夏日寄黄大茂才 …… 219

钱塘仙尉谢君咏物楼成寄题二韵 …… 220

寄上金陵马右丞三首 …… 221

和唐异见寄 …… 223

和才上人春日见寄	223
寄题僧院庭竹	224
寄兰溪邑长史宫赞	224
寄梅室长尧臣	225
闵师上人以鹭鸶二轴为寄因成二韵	226
寄闻义阇梨时在溪口	226
制诰李舍人以松扇二柄并诗为遗亦次来韵	227
和皓文二绝	227
和王给事同诸官留题	228
和蒙尉见寄	229
和酬周寺丞	230
和安秀才次晋昌居士留题壁石	231
和谢秘校西湖马上	231
又和病起	232
答谢尉得替	233
答潘司理	233
载答	234
送僧游天台	235
送陈日章秀才	235
送僧还东嘉	236
送慈师北游	236
复送慈公还虎丘山	237
即席送江夏茂才	238
送易从师游金华	238
送丁秀才归四明	239
送谢氏昆仲归闽中	240

送遂良师游嘉禾 240
送遵式师谒金陵王相国三首 241
送善中师归四明 243
送人游金山 243
送然上人南游 244
送人知苍梧 244
送有交师辇下 245
送大方师归金陵 245
监郡吴殿丞惠以笔墨建茶各吟一绝谢之 246
 笔 246
 墨 247
 茶 247
野凫 247
猫儿 248
鸣皋所养鹤 249
呦呦所养鹿 249
小舟 250
槐木纸椎赠周太祝 250
自作寿堂因书一绝以志之 251
句五联 254

附　录

诗馀 259
 霜天晓角 题梅 259
 点绛唇 题草 259
 长相思 惜别 259

遗文 ·· 261

    诗跋 ·· 261

    启 ·· 261

    简牍二首 ·· 262

投赠与吊挽 ·· 264

    赠林处士 ·· 264

    题林和靖隐居 ··· 264

    林处士水亭 ··· 264

    和梵才寄林逋处士 ··· 265

    寄赠林逋处士 ··· 265

    和沈书记同访林处士 ·· 265

    与人约访林处士阻雨因寄 ·· 266

    寄西湖林处士 ··· 266

    寄林处士 ·· 266

    对雪忆往岁西湖访林逋处士 ·· 266

    赠处士林逋 ··· 267

    赠林逋处士 ··· 267

    书林逸人壁 ··· 267

    伤和靖先生君复二首 ·· 268

    吊和靖故居 ··· 268

    林逋墓下 ·· 268

    吊林和靖二首 ··· 269

评论与记事 ·· 270

    《归田录》一则 ·· 270

    书和靖林处士诗后 ··· 270

跋林逋荐士书后 ································· 271
跋桑泽卿和林和靖诗 ···························· 271
跋张功父所藏林和靖摘句 ······················· 271
林逋 ·· 272
跋林和靖诗集 ···································· 272
《梦溪笔谈》一则 ································ 273
《墨客挥犀》一则 ································ 273
《诗话总龟》一则 ································ 273
《西湖游览志余》一则 ··························· 274
《蛩溪诗话》一则 ································ 274
《梅磵诗话》一则 ································ 274
《瀛奎律髓》一则 ································ 275
《麓堂诗话》一则 ································ 275
林逋 ·· 275
妻梅子鹤 ·· 276
孤山看梅 ·· 276

传记 ·· 277
传一 ·· 277
传二 ·· 278
传三 ·· 278

法帖赞言 ·· 280
跋林和靖帖 ······································ 280
林和靖木犀帖 ···································· 280
林和靖诗赋登科二帖 ···························· 281
林和靖帖 ·· 282

林和靖与通判帖 ………………………………… 282

　　林和靖秋深三君二帖 …………………………… 282

　　林和靖手书杂诗 ………………………………… 283

后人题咏 …………………………………………… 284

　　赐汪元量南归 …………………………………… 284

　　又题林和靖水亭诗 ……………………………… 284

　　梅 ………………………………………………… 284

　　点绛唇 …………………………………………… 285

　　刘邦直送水仙花 ………………………………… 285

　　林和靖桥 ………………………………………… 285

　　和林和靖先生梅韵 ……………………………… 285

　　同余汝霖游西湖观天竺观音永怀林和靖三绝 … 286

　　读林和靖集书其尾 ……………………………… 287

　　羽客熊叶二师言归铁柱以五十六言饯之 ……… 287

　　赋梅三首之二 …………………………………… 287

　　同岳大用甫抚干雪后游西湖早饭显明寺步至四圣观访林
　　　和靖故居观鹤听琴得四绝句时去除夕二日之三 … 288

　　再次武公望雪梅韵 ……………………………… 288

　　又和前韵十首之二 ……………………………… 288

　　拜林和靖墓 ……………………………………… 288

　　十年前拜四圣观林和靖像曾有诗为士友讽诵庚辰中秋后
　　　十日重游适梅破一二萼再书 ………………… 289

　　林和靖墓 ………………………………………… 289

　　梅花 ……………………………………………… 289

　　以梅送王尉 ……………………………………… 289

　　古贤像赞·林和靖 ……………………………… 290

林和靖墓 ································· 290
遇梅初花 ································· 290
冬日 ····································· 290
拜林和靖墓 ······························· 291
和靖先生墓在孤山东北隅钱塘隐士林逋字君复童鹤自随结庐于此累诏不起赐号和靖处士天圣六年卒谥和靖先生葬所居后绍兴中建御园有诏勿迁此墓 ········ 291
林和靖祠 ································· 291
西湖会上和赵靖轩韵 ····················· 292
林和靖祠 ································· 292
题林和靖隐居 ····························· 292
过林和靖旧址 ····························· 292
题四贤像·林和靖 ·························· 293
出都 ····································· 293
重怀和靖林逋 ····························· 293
经林逋旧居二首 ·························· 293
观梅 ····································· 294
采桑子 ·································· 294
杂诗 ····································· 294
偶经西湖林逋故宅四圣观见旁畜野鹤立草径对之萧然有怀 ····················· 295
读林逋魏野二处士诗 ····················· 295
开岁半月湖村梅开无余偶得五诗以烟湿落梅村为韵 ··· 295
开东园路北至山脚因治路旁隙地杂植花草 ···· 296
书喜 ···································· 296
赠曹秀才 ································ 296
红梅 ···································· 296

16

西湖次弟润之韵 ·················· 297

呈辛稼轩五首其四 ················ 297

沁园春寄辛承旨时承旨招不赴 ········· 297

六一泉 ······················ 298

月夜忆梅花 ···················· 298

访西湖 ······················ 298

题小西湖 ····················· 299

梅花 ························ 299

梅 ························· 299

返魂梅 ······················ 299

次单推韵 ····················· 300

和林君作起叔梅诗韵 ················ 300

寄文叔且问畏知近讯五首之四 ········· 300

和张规臣水墨梅五绝 ··············· 301

赵逵明大社四月一日招游西湖十首其七 ··· 301

灯下读林和靖诗 ················· 301

观梅觅句图·款题 ················ 301

观梅觅句图·款题 ················ 302

孤山图卷·自题诗 ················ 302

和靖先生观梅图 ················· 302

南枝早春图·自题 ················ 302

和靖拥炉觅句图 ················· 303

题和靖先生观梅图无怀上人征予作 ····· 303

林和靖墓 ····················· 303

读林和靖诗集 ··················· 303

晚秋湖上独行以日暮碧云合佳人殊未来为韵其四 ········ 304

题林和靖工部帖 ················· 304

题孤山林和靖亭 …………………………………… 305

题孤山寺诗用林和靖韵 …………………………… 305

九月望日与杨廉夫司令袁鹏举陆孔昭宾王泛湖过岳坟及
　林和靖墓分韵得横字 …………………………… 305

题林和靖诗意图 …………………………………… 306

林和靖像 …………………………………………… 306

题林和靖祠 ………………………………………… 306

桂月轩歌 …………………………………………… 306

小圃梅柳之争 ……………………………………… 307

梅溪雪霁 …………………………………………… 307

题梅 ………………………………………………… 307

临江仙 ……………………………………………… 308

林逋 ………………………………………………… 308

问梅 ………………………………………………… 308

次韵陆伯旸梅花诗 ………………………………… 309

梅花分韵得诗字 …………………………………… 309

复次前人绿萼梅韵 ………………………………… 309

过林和靖墓 ………………………………………… 310

西湖漫兴 …………………………………………… 310

题林和靖观梅扇 …………………………………… 310

林和靖观梅图 ……………………………………… 311

读林和靖诗集序 …………………………………… 311

古阜渔灯 …………………………………………… 311

题林和靖手帖用东坡韵 …………………………… 312

题沈启南所藏林和靖真迹追和坡韵 ……………… 312

小饮承天寺为沈启南题林和靖二帖上有谢安抚印记 …… 313

钱塘杂咏 …………………………………………… 313

吊林和靖墓 …………………………………… 313

题启南所藏林和靖手简追次苏文忠公韵 …… 314

谒孤山林和靖处士祠 ………………………… 314

幽居 …………………………………………… 314

林逋 …………………………………………… 315

问林和靖争孤山 ……………………………… 315

同卓诚甫李季常黄公绍谒林和靖墓 ………… 315

孤山林和靖墓 ………………………………… 315

谒林和靖处士墓 ……………………………… 316

怀林和靖 ……………………………………… 316

林和靖先生墓 ………………………………… 316

题林和靖秋深二帖与石田同用坡韵 ………… 317

梅雪四律代张犟徐术陆平沈廉赋 …………… 317

宴甘氏梅雪轩 ………………………………… 317

题孤山 ………………………………………… 318

题林逋观梅图 ………………………………… 318

题梅花 ………………………………………… 318

题墨梅 ………………………………………… 319

咏梅二首寄沈孟渊之一 ……………………… 319

题梅 …………………………………………… 319

梅花 …………………………………………… 319

月梅 …………………………………………… 320

题梅 …………………………………………… 320

孤山 …………………………………………… 320

某比以笔劄逋缓应酬为劳且闻有露章荐留者才伯贻诗见戏辄亦用韵解嘲 …………………………… 321

鸳鸯梅 ………………………………………… 321

19

选梅接枝图·题诗 …………………………… 321
陪月闲行图·自题 …………………………… 321
和靖旧宅 ……………………………………… 322
题画梅轴 ……………………………………… 322
西湖小景 ……………………………………… 322
孤山放鹤图 …………………………………… 322
西湖图 ………………………………………… 323
林逋年谱 ……………………………………… 324
林逋及其诗歌研究论著 ……………………… 328

林和靖先生诗集序①

　　天圣中，闻钱塘西湖之上有林君②，崭崭有声，若高峰瀑泉③，望之可爱，即之愈清，挹之甘洁而不厌也。是时，余因适会稽还，访于雪中。其谈道，孔孟也。其语近世之文，韩李也。其顺物玩情为之诗，则平淡邃美，读之令人忘百事也④。其辞主乎静正，不主乎刺讥，然后知趣尚博远⑤，寄适于诗尔。君在咸平、景德间已大有闻。会天子修封禅⑥，未及诏聘，故终老而不得施用于时。凡贵人钜公，一来相遇，无不语合⑦，慕仰低回不忍去。君既老，朝庭不欲强起之⑧，而令长吏岁时劳问⑨。及其殁也，谥曰"和靖先生"。先生少时多病，不娶，无子。诸孙大年能掇拾所为诗⑩，请余为序。先生讳逋，字君复，年六十一⑪。其诗时人贵重甚于宝玉，先生未尝自贵也，就，辄弃之，故所存百无一二焉⑫。於戏！惜哉！皇祐五年六月十三日序⑬。

　　　　　　　　　太常博士宛陵梅尧臣撰⑭

【校注】

　　①宋本为"和靖先生诗集序"，他本均为"林和靖先生诗集序"。"和靖"为宋仁宗赐谥，书题依此最为恰当，题为"林和靖"，则意取易晓，且为明人旧例。

　　②钱塘：宋本作"宁海"，他本均作"钱塘"。

　　③瀑：明钞本作"深"，宋本及他本皆为"瀑"。

　　④读：从宋本，他本均作"咏"。

　　⑤趣尚：从宋本，他本"趣"字前均有"其"字，"尚"均误作"向"。

⑥天子:从宋本,原提行书写,他本均作"朝庭"。
⑦"一来相遇,无不语合":从宋本,他本均无"相遇无不"四字。
⑧朝庭:从宋本,他本均无此二字。
⑨而:从宋本,他本均作"乃"。
⑩大年:从宋本,《宋史》本传、《咸淳临安志》并同;他本均作"大言",误。
⑪六十一:从宋本,《咸淳临安志》同;他本均误作"六十二"。
⑫所存:从宋本,他本均为"所存者"。
⑬序:从宋本增,他本均无此字。
⑭宛陵:从宋本增,他本均无。

【辑评】

宋苏轼《东坡集》卷十五《书和靖林处士诗后》:吴侬生长湖山曲,呼吸湖光饮山渌。不论世外隐君子,傭儿贩妇皆冰玉。先生可是绝俗人,神清骨冷无由俗。我不识君曾梦见,眸子瞭然光可烛。遗篇妙字处处有,步绕西湖看不足。诗如东野不言寒,书似留台差少肉。平生高节已难继,将死微言犹可录。自言不作封禅书,更肯悲吟白头曲?司马长卿欲取富人女,文君作白头吟以诮之。先生临终诗云:"茂陵他日求遗草,犹喜曾无封禅书。"我笑吴人不好事,好作祠堂傍修竹。不然配食水仙王,一盏寒泉荐秋菊。西湖有水仙王庙。

宋黄庭坚《山谷外集》卷九:林和靖诗句上然(一作"自然")沉深,其字画尤工,遗墨尚当宝藏,何况笔法?如此笔意殊类李西台,而清劲处尤妙。

宋陆游《跋林和靖集》:和靖人物文章,初不赖东坡公以为重,况黄、秦哉!若李端叔者,尤不足录读,竟使人浩叹。书之,所以慰和靖于泉下也。嘉泰甲子六月二十四日放翁识。

元黄溍《金华黄先生文集》卷二十一《续稿》十八《跋林和靖诗》:予尝见先生手书诗一,多集中所不载,此三诗则皆有之,而亦不尽同,窃意集中是后来所改定也。

元王恽《秋涧集·文集》卷第二《读林和靖诗集》:枯梢振惊飙,茅斋寒日短。幽怀久不乐,访友桥南馆。探囊得逋集,尘臆欣一浣。赓歌竟遗编,佳处时再欵。先生玄豹姿，清风满朝简。仿像诗骨清，云岭松雪偃。湖光与山绿，几席供奇产。呼吸贮肝脾，元气笔下绾。逸情薄云月，幽律发葭管。静观周物灵，远览豁襟散。清遗郊岛寒，淡入陶韦坦。孤山富梅竹，香动春江暖。篇中几致意，似慰平生眼。客来佳话余，横琴浮茗椀。是中有真趣，风味亦不浅。庐洛与寺閤，意适欲忘返。长空渺孤鹤，客与归舟晚。如斯六十春，笑傲一何衍。相去羲皇间，不到牛鸣远。暮归傍窗眠，清兴江湖满。隽永惬初心，有味参玉版。灯花喜共妍，一笑成微莞。人生无百岁，胡为日忧懑。扰扰声尘中，任事同蜎蠉。

明陈献章《白沙子》卷之八《读林和靖诗集序》：庙堂不坐周公旦，到处山林有鹿麋。北斗收名千古独，西湖送老一枰谁。鹤知好客来寻主，月为疏梅出并诗。未肯低头陶靖节，挂怀身外五男儿。

明郎瑛《七修类稿》卷四十三《事物类·和靖诗刻》：世重宋板诗文，以其字不差谬，今刻不特谬而且遗落多矣，予因林和靖诗而叹之。旧名止曰《漫稿》，上下两卷，今分为四卷；旧题如《送范寺丞仲淹》，今改为《送范仲淹寺丞》者最多，已非古人之意矣。今拾遗《和运使陈学士游灵隐》等古诗四章，宋刻首篇者也，今见律绝多，而遂以此为拾遗，可乎？梅都官序文乃书名于先，故后年月之下，有一"也"字，乃文章也。今皆削之，而以年月赘其名，且序中易去几字，是可为都官之文乎？至如东坡之跋"诗如东野不言寒，书似西台差少骨"，盖西台乃南唐李建中，今因不知李而改为西施，谬解远矣，又非可惭笑者乎？摘句五言者有十三联，七言有十七联，今皆无之，则梅序谓百无一二，今尤寡矣。呜呼！一书如此，他书可知，宁不尚古？

清黄宗羲《明文海》卷二百六十二《序》五十三《林和靖诗集序（黄绾）》：予尝读西湖处士林逋诗曰："山木未深猿鸟少，此生犹拟别移居。直过天竺溪流上，独树为桥小结庐。"曰："志肥幽遁，以孤山为不足隐乎。"及读史曰："逋词澄浃峭特，既就稿辄弃之，或谓当录示后世，曰：'吾方晦躅，且不欲以此名一时，况后世哉！'"以今所传，乃好事窃记者。曰："是真埋光铲采者之为深矣乎。"他书又曰："逋隐西湖，朝命守臣王济体访，逋闻，投启赞其文以自炫，济短之，止以文学荐，诏赐帛而已。"呜呼！是胡言行之殊，致逋将不得为同文仲先之俦欤！夫自淳古既迈，圣道日漓，人怀胜私以诡贤，窃声以相吓,故一知所好而竞心生焉。知尚道德则竞在于道德,知尚风节则竞在于风节,知尚功名富贵则竞在于功名富贵,以至行义、经术、词章、技能之所在,概莫不然。夫竞则妒嫉至,妒嫉不已而毁言兴,是以世士美懿鲜或弗亏,虽圣人不免,独逋也哉?且逋尝不礼许洞,洞作讪讥,至今浮薄之口犹诵之,何伤也!君子惟求自立而已,不求自立而欲求人之无毁也,难矣!虽然,由逋之迹以考逋之心,盖亦违世不恭之流欤!邻老林君好尚甚雅,辑其诗将以锓梓,且自谓其支裔云。

卷一

五言古诗

和运使陈学士游灵隐寺寓怀①

　　山壑气相合,旦暮生秋阴。松门韵虚籁②,铮若鸣瑶琴。举目群状动,倾耳百虑沉。按部既优游③,时此振衣襟。泓澄冷泉色④,写我清旷心。飘飖白猿声⑤,答我雅正吟⑥。经台复丹井⑦,扪箩尝遍临。鹤盖青霞映⑧,玉趾苍苔侵⑨。温颜煦槁木⑩,真性驯幽禽⑪。所以仁惠政,及物一一深。洒翰嶙岣壁⑫,返驾旃檀林⑬。回睇窣堵峰⑭,天半千万寻。

【题解】

　　题中陈学士乃陈尧佐。宋真宗景德四年(1007)前后,陈尧佐任两浙转运使,治理钱塘,遇林逋,作《林处士水亭》一诗,诗中云"怜君留我意,重叠取琴弹"。故林逋作此诗以和之。诗中描绘灵隐寺清幽景致的同时,也赞美了陈尧佐的惠政。此诗及以下《闵师》(以下简称《闵师》)《监郡太博惠酒及诗》《送牛秀才之山阳省兄》三首,次序依正统本,但正统本列入拾遗。此诗宋刻本列于卷首,以下依次是《西湖与性上人话别》《闵师》《监郡太博惠酒及诗》。正统本始,《西湖与性上人话别》入五言绝句,增入《送牛秀才之山阳省兄》,后均从之。何养纯本、吴调元本以《闵师》以下三首居前,《和运使陈学士游灵隐寺寓怀》居殿。正德本和明钞本,均以《闵师》以下三首列五言律诗后,以此诗入拾遗。朱孔彰本四首皆入拾遗,但序次与何、吴两本相同。

【校注】

　　①陈学士:陈尧佐(963—1044),字希元,号知余子,阆中人。端拱元年

(988)进士及第,历官潮州通判、翰林学士、枢密副使、参知政事、同中书门下平章事等,康定元年(1040)以太子太师致仕。庆历四年(1044)去世,追赠司空兼侍中,谥号"文惠"。著有《潮阳编》《野庐编》《遣兴集》《愚邱集》等。《宋史》有传。灵隐寺:又名云林寺,位于杭州灵隐山下,始建于东晋咸和元年(326),开山祖师为西天竺僧慧理。清康熙二十八年(1689),康熙帝赐名"云林禅寺"。

②虚籁:指风,亦指松声。唐唐彦谦《咏竹》诗:"月明午夜生虚籁,误听风声是雨声。"

③按部:巡视部属。《新唐书·令狐德棻传》:"齐映为江西观察使,按部及州。"

④泓澄:水深而清。冷泉:在灵隐寺前飞来峰下,唐元英建亭其上,名为"冷泉亭"。

⑤飘飖:仅正统本作"飘飘",误。白猿:灵隐山有白猿峰。

⑥雅正:《诗》中正《小雅》、正《大雅》的统称。与变雅相对。清马瑞辰认为:"盖雅以述其政之美者为正,以刺其恶者为变也。"

⑦经台:翻经台。

⑧鹤盖:形如飞鹤的车盖。语本汉刘桢《鲁都赋》:"盖如飞鹤,马如游鱼。"

⑨玉趾:对人脚步的敬称。《左传·僖公二十六年》:"寡君闻君亲举玉趾,将辱于敝邑。"

⑩煦:《淳祐志》作"照",误。槁木:明钞本、万历本、康熙本均为"稿木",误。

⑪幽禽:鸣声幽雅的禽鸟。

⑫洒翰:挥笔书写,指题名或题诗。嶙峋:形容山峰、岩石等突兀高耸。正德本、明钞本、万历本、康熙本、朱孔彰本(以下注中省称为"朱本")均从"玉"旁,误;此从宋本。

⑬旃檀林:旃檀即檀香,寺庙中用以燃烧祀佛。旃檀林指佛寺,即灵隐寺。旃:正统本、正德本、明钞本均误从"木"旁。

⑭睨:《淳祐志》作"眺",《(万历)钱塘志》作"瞻"。窣堵峰:窣堵,梵语

窣堵波之省,即佛塔。灵隐寺飞来峰下有慧理塔。此指飞来峰。

【辑评】

元方回《瀛奎律髓》卷二十三《闲适类·林处士水亭(陈尧佐)》:"城外逋翁宅,开亭野水寒。冷光浮荇叶,静影浸渔竿。吠犬时迎客,饥禽忽上栏。疏篱僧舍近,嘉树鹤庭宽。拂砌烟丝袅,侵窗笋戟攒。小桥横落日,幽径转层峦。好景吟何极,清欢尽亦难。怜君留我意,重叠取琴弹。"此为林和靖作,不可不取之,时一观,以想其所居也。

明郎瑛《七修类稿》卷四十三《事物类·和靖诗刻》:今拾遗《和运使陈学士游灵隐》等古诗四章,宋刻首篇者也,今见律绝多,而遂以此为拾遗,可乎?

闵师见写陋容以诗奉答

顾我邱壑人①,烦师与之写。北山终日悬,风调一何野!林僧忽焉至②,欲挥顷方罢。复有条上猿③,惊窥未遑下④。

【题解】

题中"写"指画,状写画之逼肖,山僧、条猿惟妙惟肖,栩栩如生。《孤山志》以为林逋得此画时,与闵上人"莫逆于心,相视而笑,盖可知矣"。此诗次序依正统本,但正统本列入拾遗,宋刻本列于《西湖与性上人话别》后,何养纯本、潘是仁本、吴调元本以此诗居首,正德本和明钞本,均以此诗及以下二首列五言律诗后,朱孔彰本入拾遗,序次与何、吴两本相同。

【校注】

①邱壑:深山与幽壑,指隐者所居。

②林僧:山林古寺中的僧人。

③条:《宋元诗会》作"松"。

④窥:宋本作"阚",字意相同。

监郡太博惠酒及诗①

尘事久谢绝,园庐方晏阴②。铿然郢中唱③,伸玩清人心④。况复对樽酒⑤,百虑安能侵。何以比交情?松桂寒萧森。

【题解】
据诗意,此诗盖作于归隐之后。"检《杭州府志》,和靖归隐后二十年中,任杭州通判者八人,其中仅三人《宋史》有传。三人中惟钱熙曾为太常博士。则此太博,或即钱熙。"(沈幼征校注《林和靖集》)此诗次序依正统本,但正统本列入拾遗,宋刻本列于《闵师》后,何养纯本、潘是仁本、吴调元本次《闵师》居前,正德本和明钞本,均次《闵师》列五言律诗后,朱孔彰本入拾遗,序次与何、吴两本相同。

【校注】
①监郡:即监州,宋代于诸州置通判。太博,太学博士或太常博士的省称。
②园庐:田园与庐舍。晏阴:柔和之阴,静事无为。《礼记·月令》:"(仲夏之月)是月也,日长至……百官静事毋刑,以定晏阴之所成。"
③郢中唱,亦称"郢唱",指格调高雅的诗文和高妙的曲调。典出战国楚宋玉《对楚王问》:"客有歌于郢中者,……其为《阳春白雪》,国中属而和者不过数十人;引商刻羽,杂以流徵,国中属而和者不过数人而已。"
④伸玩:展玩,展观玩味。
⑤樽酒:即杯酒。唐高适《赠别沈四逸人》:"耿耿樽酒前,联雁飞愁音。"

送牛秀才之山阳省兄

之子咏陟冈①,别我岁将晏②。后夜失群鹤,高天著行雁。楚山远近出,江树青红间。尊酒无足辞,离愁满行盼。

【题解】

此诗为送别之作,抒写了真挚友谊。宋本未见此诗;正统本始增入,次《监郡太博惠酒及诗》之后,列入拾遗,后均从之;何养纯本、潘是仁本、吴调元本均置《监郡太博惠酒及诗》之前;正德本和明钞本,置五言律诗后;朱孔彰本入拾遗,序次与何、吴两本相同。

【校注】

①陟冈:出自《诗经·魏风·陟岵》:"陟彼冈兮,瞻望兄兮。"

②将:从正统本,正德本以下均作"时"。晏:晚,迟。

【辑评】

清卢文弨《群书拾补》:《林和靖集》卷一五言古诗,陈惟成本,以此四首为拾遗,在七绝之后。今移之前,非也。和靖诗以五言近体为最,就一体中,自当以闲适一类居前,方与其人相称。惟旧本得之。

五言律诗

射弓次寄彭城四君①

襟掩皂貂斜②,晴鼙响水涯③。箭翎沉白雪,贴晕破微霞④。气为傍观壮,言因决胜夸。细钗金捍彀⑤,更忆五侯家⑥。

【题解】
彭城刘、钱、袁、曹等姓皆为郡望,不知指何姓。此诗描写了战士的精湛技艺、沙场练兵的场景和战争必胜的决心,不仅展示了林逋青年时期的英武形象,也表现了林逋豪情万丈的胸怀。此诗显为林逋隐居之前所作。此诗列宋本五言律诗第十三,正统本列《寄茂才冯彭年》后,他本从之。

【校注】
①射弓:指古代射礼。古重武习射,常举行射礼。射礼有大射、宾射、燕射、乡射四种。将祭择士为大射;诸侯来朝或诸侯相朝而射为宾射;宴饮之射为燕射;卿大夫举士后所行之射为乡射。此处指饮宴时以射箭决胜负为戏。
②皂貂:指黑貂制成的袍服。
③鼙(pí):古代军中用的小鼓。《周礼·夏官·大司马》:"中军以鼙令鼓,鼓人皆三鼓。"
④帖晕:箭靶中心。
⑤钗:盛箭器。捍:射者所着革制袖套。
⑥五侯:指同时封侯的五人。汉成帝封其舅王谭为平阿侯、王商为成都侯、王立为红阳侯、王根为曲阳侯、王逢时为高平侯。事见《汉书·元后

传》。后泛指权贵豪门。

旅馆写怀

垂成归不得,危坐对沧浪①。病叶惊秋色②,残蝉怕夕阳③。可堪疏旧计?宁复更刚肠?的的孤峰意④,深宵一梦狂。

【题解】
此诗是倦游思归之作。据钟婴、沈幼征研究,林逋漫游江淮的时间总在二十年以上,四十岁以前的行踪是为了抗击契丹。诗中"旧计",是指出游初期的抱负,此诗所写应是出游目的终未成功,尤有遗恨,作诗以明志。此诗列宋本诸诗第一百四十九首,正统本列《山中冬日》之后,他本均从。

【校注】
①沧浪:宋本作"浪浪",应误。
②病叶:败残之叶。
③残蝉:秋天的蝉。
④的的:分明貌。

将归四明夜坐话别任君①

酒酣相向坐,别泪湿吟衣。半夜月欲落,千山人忆归。乱尘终古在,长瀑倚空飞②。明日重携手,前期易得违③。

【题解】
据本书卷四《送善中师归四明》诗"四明山水别多时"之句,可确知林逋早年曾游四明。此诗题谓"将归四明",盖林逋曾久住四明,但已无考。此诗列宋本诸诗第一百三十三首,正统本列《中峰行乐却望北山因而成咏》之后,他本均从。

【校注】

①四明:指四明山,在浙江宁波西南。自天台山发脉,绵亘于奉化、慈溪、余姚、上虞、嵊州等境内。

②空:明钞本、万历本均作"云"。

③"明日"两句:意为今夜话别,明日尚可重携手。唐司空曙《别卢秦卿》诗:"知有前期在,难分此夜中。"

【辑评】

清陶元藻《全浙诗话》卷十《宋·宁波府志》:林君复五微韵律诗杂出"为"字,和靖或作赐号,或作赐谥。君复奉化黄贤村人,隐于钱塘之孤山。咸平中,征召不起,赐号"和靖"。处士事详《宋史》。有《将归四明夜坐话别任尹(君)》诗曰:"酒酣相向坐,别泪湿衿衣。半夜月欲落,千山人忆归。辞尘终古在,长瀑倚空飞。今日重携手,前期易得为。"

出曹州①

诗怀动叹嗟,驴立帽阴斜②。雨泺生新碱③,茅丛夹旧槎。午烟昏独店④,冈路透谁家⑤。几日江南兴,扁舟泊岸沙。

【题解】

林逋客曹州是在宋真宗咸平、景德年间,与李建中知曹州的时间吻合,客居曹州后,他开始大江南北、淮甸东西之游。此诗应写于诸首曹州诗之后。《旅馆写怀》《出曹州》等诗明显地体现出诗人从游历到隐居的心情变化,从当初的踌躇满志到之后的意兴阑珊,此时诗人已在归途,不复当初的雄心壮志。此诗列宋本诸诗第一百四十四首,正统本列《旅馆写怀》之后,他本均从。

【校注】

①曹州:今山东省菏泽的古称。

②驴立:即停驴眺望。帽阴:指帽檐。

③雨泺:积雨而成的水泊。碱:土内所含的一种白色质料。《说文·盐部》:"碱,卤也。"桂馥义证:"咸地之人,于日未出,看地上有白若霜者,扫而煎之,便成碱矣。"

④昏:使昏暗。宋王安石《古寺》诗:"犹有齐梁旧时殿,尘昏金像雨昏碑。"

⑤透:通过,穿过。

盱眙山寺①

下傍盱眙县,山崖露寺门②。疏钟渡淮口③,一径入云根④。竹老生虚籁⑤,池清见古源。高僧拂经榻,茶话到黄昏。

【题解】

此诗作于林逋放游江淮之时。据李一飞考证,林逋早年的行踪盖可划分为五个阶段,分别是从李建中学书、四明山居、曹州十年、江淮汴肥之游和客临江。在江淮汴肥之游期间,林逋足迹所至有泗州、盱眙、金陵、芜湖、历阳、无为、寿阳以及庐、舒、池等州。此诗列宋本诸诗第一百四十五首,正统本列《出曹州》之后,他本均从。

【校注】

①盱眙山:在今江苏省盱眙县东,北临洪泽湖,邻接安徽省。《太平寰宇记·泗州》:"盱眙山在县东四十里。按阮升之《记》云:'其山形若马鞍,遂名马鞍山。'"

②山崖:陡立的崖壁,此指盱眙山崖壁。

③疏钟:稀疏的钟声。淮口:淮河入湖之水口。

④云根:深山云起之处,亦指山石。

15

⑤虚籁:见本卷《和运使陈学士游灵隐寺寓怀》注②。

【辑评】

清黄培芳《香石诗话》卷三:林和靖诗,余最喜其五言,如"夕寒山翠重,秋净雁行高""水风清晚钓,花日重春眠""酒病妨开卷,春阴入荷锄""村路飘黄叶,人家湿翠微""竹老生虚籁,池清见古源""江流富春阔,山沓括苍危""静钟浮野水,深寺隔春城""天形孤鸟晚,烟色大江深",品格高逸,即此可接柴桑。

留题李颉林亭

兼琴枕鹤经①,尽日卧林亭。啼鸟自相语②,幽人谁欲听③。半阑花藉白④,一径草盘青。何必对樽酒⑤?此中堪独醒⑥。

【题解】

此诗表现诗人在闲静中独思,异乎流俗、清操自守的品格。诗中化用《楚辞·渔父》,表明自己澄静心态。此诗列宋本诸诗第一百三十五首,正统本列《盱眙山寺》之后,他本均从。

【校注】

①兼:从宋本,正统本、正德本皆同;他本均作"无"。鹤经:指《相鹤经》。

②自:明钞本、万历本及《宋元诗会》均作"旧",应误。

③幽人:幽隐之人,即隐士。

④藉:盛,多。从宋本,正统本、《宋元诗会》同;正德以后各本多作"籍"。

⑤樽酒:见本卷《监郡太博惠酒及诗》注⑤。

⑥独醒:独自清醒,指不同流俗。《楚辞·渔父》:"举世皆浊我独清,众人皆醉我独醒。"

翠微亭 在金陵清凉寺

亭在江干寺①,清凉更翠微。秋阶响松子,雨壁上苔衣②。绝境长难得,浮生不拟归。旅情何计是③,西崦又斜晖④。

【题解】
古金陵(今南京)城西有清凉山,半山有清凉寺,山巅有翠微亭,此诗作于放游金陵时。此诗列宋本诸诗第一百四十六首,正统本列《留题李颉林亭》之后,他本均从。宋本诗题有小注,正统本、正德本、明钞本、万历各本均无。

【校注】
①江干:江边、江岸。
②苔衣:泛指苔藓。南朝宋谢灵运《岭表赋》:"萝蔓绝攀,苔衣流滑。"
③情:从宋本,正统本同;正德以后各本均作"怀"。
④西崦:本指崦嵫山,传说中的日落处。南朝梁王僧孺《忏悔礼佛文》:"东榑才吐,西崦已仄。"此处亦指西山,喻人之暮年。又:明钞本及《宋元诗会》均误作"人"。

台城寺水亭①

金井前朝事②,林僧问不知。绿苔欺破阁,白鸟占闲池。清楚曾经晋,荒唐直到隋③。南廊一声磬,斜照独凝思④。

【题解】
此诗为林逋放游金陵时所写。作者寓历史兴亡于山水景色之中,思考历史的同时又平添了几分诗愁。此诗列宋本诸诗第一百四十八首,正统本列《翠微亭》之后,他本均从。

【校注】

①台城:东晋及南朝台省所在地,今江苏省南京市鸡鸣山南。台城寺,一名台城院,即法宝寺,明代以后名鸡鸣寺。水亭:即望湖亭。王焕镳《首都志》:"鸡笼山,一名龙山,又名鸡鸣埭,……南唐建望湖亭。"台:明钞本、万历本及《宋元诗会》均作"埊",误。

②金井:井栏上有雕饰的井,一般用以指宫廷园林中的井。此指胭脂井,原名景阳井,隋兵南下,后主与妃张丽华、孔贵嫔并投此井,卒为隋人牵出。井有石栏,呈红色,好事者附会为胭脂所染,呼为胭脂井。诗中"前朝事"当指此事。

③"清楚"二句:指东晋、南朝偏安一隅,定都南京。

④凝思:聚精会神地思考。

汴岸晓行

驴仆剑装轻,寻河早早行①。孤烟开道店②,平野喝农耕。老木回堤暗,初阳出浪明③。羁游事无尽④,尘土拂吾缨。

【题解】

林逋早年放游,足迹至汴京,此诗作于汴京。诗中颇显豪气,可窥见林逋当年英气勃勃的游侠形象。此诗列宋本诸诗第一百五十一首,正统本列《台城寺水亭》之后,他本均从。

【校注】

①寻:依循。

②道店:指开在路旁专供旅客食宿的小店。从宋本,正统本同;正德以后各本均误作"店道"。

③出:宋本误作"去"。
④羁游:羁旅无定。

和黄亢与季父见访①

积水凝悬馆,船宽或结楼。一窗方寄傲②,二巷忽同游。怨慕采菱曲③,苍茫拾翠洲④。微风起蘋末⑤,归路满清愁⑥。

【题解】
陈师道《后山诗话》云:"柳三变游东都南北二巷,作新乐府,骫骳从俗,天下咏之。"故此诗中"二巷"应指汴京。此诗列宋本五言律诗第十一,正统本列《和梅圣俞雪中同虚白上人见访》之后,他本从之。

【校注】
①黄亢:字清臣,建州浦城人。年十五,以文谒翰林学士章得象,得象奇之。曾游钱塘,以诗赠处士林逋,逋尤激赏。著有《东溪集》(见明邵经邦《弘简录》卷一百八十四)。
②寄傲:寄托旷放高傲的情怀。晋陶潜《归去来兮辞》:"倚南窗以寄傲,审容膝之易安。"寄:从宋本、正统本、正德本、明钞本、万历各本均同;康熙本作"倚"。邵裴子按:"鲍校先圈去之,再批'倚字不误',窃谓从'寄'为是。"
③怨慕:思慕。《孟子·万章上》:"万章问曰:'舜往于田,号泣于旻天,何为其号泣也?'孟子曰:'怨慕也。'"采菱曲:乐府清商曲名,又称《采菱歌》《采莲曲》。晋郭璞《江赋》:"忽忘夕而宵归,咏《采菱》以叩舷。"
④苍茫:广阔无边的样子。拾翠洲:位于广东省广州市西南。唐陆龟蒙《送李明府之任南海》诗:"居人爱近沉珠浦,候吏多来拾翠洲。"
⑤"微风"句:取意宋玉《风赋》:"夫风生于地,起于青蘋之末。"
⑥清愁:凄凉的愁闷情绪。

19

淮甸南游①

几许摇鞭兴,淮天晚景中。树森兼雨黑,草实著霜红。胆气谁怜侠,衣装自笑戎。寒威敢相掉,猎猎酒旗风。

【题解】

此诗作于放游江淮时。据《咸淳临安志》卷六十六载,宋真宗时,辽军入侵,澶州之战前,宋真宗用浙江富阳人谢涛为曹州知府,谢涛"赋税移输睢阳助兵食"。林逋与谢涛有通家之好,此时戎装出游,自诩"胆气谁怜侠,衣装自笑戎"。宋人周紫芝《竹坡诗话》对林逋亦有"微邻于侠"的评论。范仲淹《寄赠林逋处士》诗亦称"剧谈来剑侠"(可参见钟婴《孤山景区与林和靖》一文)。诗中表现了林逋一身戎装、握鞭骑马出游的场景,颇能呈现林逋的另一种情怀与胸襟,带有几分豪放开阔的气势。此诗未见于宋本,他本均收。

【校注】

①淮甸:指淮河流域。

赠任懒夫

未肯求科第,深坊且隐居。胜游携野客①,高卧看兵书。点药医闲马②,分泉灌晚蔬。汉廷无得意,谁拟荐相如③。

【题解】

诗中对无人向朝廷推荐任懒夫颇有微词,希望友人被赏识,并得到荐举的机会,同时也表现了林逋早年建立功业的想法。此诗列宋本诸诗第一百四十首,正统本列《赠崔少微》后,他本从之。

【校注】
①胜游:快意的游览。野客:指隐逸者。
②点药:施用少量的药于患处。
③荐相如:指狗监杨得意荐司马相如之事。汉武帝读《子虚赋》而善之,恨不与此人同时。狗监杨得意称司马相如与其同邑,汉武遂召相如。事见《史记·司马相如列传》。

淮甸城居寄任刺史①

扰扰非吾事,深居断俗情。石莎无雨瘦,秋竹共蝉清。剑在慵闲拂,诗难忆细评。寥然独搘枕②,淮月上山城。

【题解】
此诗为林逋放游江淮时所作,一方面表现对官场的厌倦,另一方面也希望能戍守边疆、建立功勋。此诗列宋本诸诗第一百二十五首,正统本列《途中回寄闾丘秀才》后,他本从之。

【校注】
①淮甸:淮河流域。刺史:官名,为朝廷所派督察地方之官。
②寥然:寂静貌。搘(zhī):支撑。

【辑评】
清陶元藻《全浙诗话》卷十(宋):和靖与士大夫诗,未尝不及迁擢;与举子诗,未尝不言登第。视此为何等随缘应接,不为苛难亢绝如此。老杜云"卒无轩冕意,不是傲当时","钟鼎山林各天性,浊醪粗饭任吾年",道义重而不轻王公者也。阮孝绪,南平王致书要之,不赴,曰:"非志骄富贵,但性畏庙堂,使麇麕可骖,何以骥騄为。"

寄祝长官坦

怀想与君劳,区区未剧曹①。深心赖黄卷②,垂老愧青袍③。临事终存道,为诗转近骚。庐江五亩宅,归去亦蓬蒿④。

【题解】

此诗借寄赠表达自己归隐之意。此诗列宋本五言律诗第十六,正统本列《寄临川司理赵时校书》后,他本从之。诗题"坦"字,宋本、正统本、正德本、明钞本、万历诸本均无此字;康熙本、朱孔彰本有"坦"字。

【校注】

①剧曹:泛指政务繁剧的郎官曹吏。剧:繁忙。曹:郡县属官。唐孙逖《送赵大夫护边》诗:"欲传清庙略,先取剧曹郎。"

②黄卷:书籍。古人用辛味、苦味之物染纸以防蠹,纸色黄,故称"黄卷"。晋葛洪《抱朴子·疾谬》:"杂碎故事,盖是穷巷诸生,章句之士,吟咏而向枯简,匍匐以守黄卷者所宜识。"杨明照校笺:"古人写书用纸,以黄蘗汁染之防蠹,故称书为黄卷。"

③青袍:借指出仕。

④"庐江"二句:借用陶潜弃官归隐之事。五亩宅:《孟子·梁惠王上》:"五亩之宅,树之以桑,五十者可以衣帛矣。"蓬蒿:指荒野偏僻之处。

偶 书

闲看是斯文①,无秦拟自焚。病来嫌万事②,休去负深云。直语时多忌③,幽怀俗不分④。如何麋与鹿,犹此傍人群!

【题解】

此诗表现了诗人的牢骚郁勃,为林逋诗中罕见之作。"休去""直语"等句,意指欲归休而不能如愿,抒发了不为世容,不为人知之感慨。沈幼征认为,应当作于归隐之前。此诗列宋本诸诗第一百五十首,正统本列《冬夕得卫枢至》之后,他本均从。

【校注】

①斯文:指礼乐教化、典章制度。《论语·子罕》:"天之将丧斯文也,后死者不得与于斯文也。"此指作者自著。
②嫌:从宋本,他本均作"兼",误。
③直语:没有藻饰的语言。时多:宋本作"多时",应误。
④幽怀:隐藏在内心的情感。怀:宋本、正统本、正德本均作"肠";明钞本缺此字;万历本始作"怀"字。疑原作"肠"字。

湖楼写望①

湖水混空碧,凭栏凝睇劳②。夕寒山翠重,秋净鸟行高③。远意极千里④,浮生轻一毫⑤。丛林数未遍⑥,杳霭隔渔舠⑦。

【题解】

全诗细腻婉约地描绘了西湖晚景,湖水澄净,山色浓郁,构成了真切如画的诗境,突出了西湖之美、孤山之秀,使西湖山水浑然天成,圆融一体。方回评:"'夕寒山翠重'一联,佳句也。"纪昀评:"前四句极有意境。"此诗于诸本均列五言律诗之首。

【校注】

①写:从宋本,正德以后各本均作"晚"。
②凝睇:注视。
③净:宋本作"静",他本均作"净"。鸟:从宋本,《咸淳临安志》《宋诗钞补》及朱本均作"雁"。高:《苕溪渔隐丛话》作"疏",依此诗之韵,应为"高"。

④远意：高远的意趣。《世说新语·品藻》："冀州刺史杨淮，二子乔与髦俱总角为成器。"刘孝标注引晋荀绰《冀州记》："乔字国彦，爽朗有远意。"

⑤浮生：以人生在世，虚浮不定，故称人生为"浮生"。语本《庄子·刻意》："其生若浮，其死若休。"

⑥丛林：佛教僧众聚居的处所。《大智度论》卷第三："僧伽，秦言众，多比丘一处和合，是名僧伽。譬如大树丛聚，是名为林。"泛指寺院为丛林。

⑦杳霭：云雾飘缈貌。渔舠：指刀形的小渔船。

【辑评】

宋蔡正孙《诗林广记·后集》卷九：大抵和靖诗喜于对意，如"伶伦近日无侯白，奴仆当时有卫青"，又如"破殿静披蠹白古，斋房闲试酪奴春"之类。虽假对亦不草草，故气格不无少贬。然其五言，如"夕寒山翠重，秋静鸟行疏"，……此等句，又何害其为工夫太过也。

元方回《瀛奎律髓》卷二十三《闲适类》：和靖先生林处士名逋，字君复，钱塘西湖孤山隐居。"夕寒山翠重"一联，佳句也。

秋日西湖闲泛①

水气并山影，苍茫已作秋。林深喜见寺，岸静惜移舟。疏苇先寒折，残虹带夕收。吾庐在何处？归兴起渔讴②。

【题解】

诗中表现烟雨迷蒙的画境，整体突出一种水墨清雅的风致和静幽之美。其意向选取以静为主，赋予西湖闲旷恬静的幽美，也是林逋的自我写照，悠然自得，萧散疏淡。此诗于诸本均列入五言律诗，次《湖楼写望》后。

【校注】

①闲：《淳佑志》作"独"，误。

②归兴：归思。渔讴：渔歌。

【辑评】

明何伟然、丁允和选,陆云龙译《皇明十六家小品》卷一《林和靖诗题辞》:凌初成得和靖全诗,示余,为之续句,若……"林深喜见寺,岸静惜移舟",……此皆五七言律联句佳者,虽其景易穷,其才未超,而就一时意象得之,故已不减唐调。其他体若起结佳句,未尽收也。宋人于律诗,何以舍此取彼,后人又有不读唐后书之禁,未观其全,遂致纷纭,试掩姓名,虚心玩之,即不足拟孟襄阳,其于郊寒岛瘦,似不多让。

上湖闲泛舣舟石函因过下湖小墅①

平湖望不极②,云树远依依。及向扁舟泊,还寻下濑归③。青山连石埭④,春水入柴扉。多谢提壶鸟⑤,留人到落晖。

【题解】

林逋故庐在孤山,当是下湖亦有小墅。林逋将自然景物人格化,赋予其性情,这是对隐居生活的摹写,同时,也与佛教禅宗"无心"的闲适之趣相契合,与清静解脱的生活情趣达成共鸣。此诗于宋本中为五言律诗第五首,正统本始列《秋日西湖闲泛》之后。

【校注】

①上湖:即西湖。明田汝成《西湖游览志》:"西湖,故明圣湖也。……以其输委于下湖也,又称上湖。"下湖,宋吴自牧《梦粱录·下湖》:"下湖,在钱塘门外,其源出于西湖,一自玉壶水口流出,九曲,沿城一带,至余杭门外;一自水磨头石函桥闸流出,策选锋教场、杨府、云洞、北郭税务侧,合为一流,如环带形。"

②湖:从《淳祐临安志》;《咸淳志》及正德以后各本均作"皋"。根据诗题,当作"湖"。

③下濑:指下濑船,即行于浅水急流中的平底快船。

④石埭:石筑的堤岸。
⑤提壶鸟:鸟名,即鹈鹕。

西湖舟中值雪

浩荡弥空阔,霏霏接水濆①。舟移忽自却,山近未全分。冻轸闲清泛②,温炉挹薄熏③。悠悠咏招隐④,何许叹离群⑤?

【题解】

此诗意境清旷,属林逋的闲适之作。诗中用晋左思、陆机的《招隐》诗点明隐居之乐,表现自己的志趣。此诗于宋本中为五言律诗第十首,正统本始列《上湖闲泛舣舟石函因过下湖小墅》之后。《淳祐志》题作《西湖泛雪》。

【校注】

①水濆:水边沿河高地。
②轸:琴上的弦轴。泛:指泛音,为古琴演奏技巧。
③挹:从《淳祐志》;《咸淳志》作"揖";宋本、正统本、正德本、明钞本及万历本均作"接";康熙本、《宋诗钞》、朱本均作"擁"。
④招隐:招人归隐。晋左思、陆机均有《招隐诗》,如左思《招隐诗(一)》:"杖策招隐士,荒涂横古今。岩穴无结构,丘中有鸣琴。……"意在通过描写隐士的生活及居住环境,咏隐居之乐。
⑤叹:从《咸淳志》;明钞本、万历本均为"叹";康熙本、朱本作"欵",误。

【辑评】

元魏初《青崖集》卷一《杭州大雪并序》诗:竹梢松滴玉零星,一样林逋诗苦冽。

西村晚泊

弭棹危桥外①,霜村乍夕阴②。田园向野水,樵采语空林③。白鸟归飞远④,青山重复深。那辞迟新月⑤,谁复赏微吟⑥。

【题解】

此诗着重描写孤山西北最具田园风光的湖滨之处。宋本列于第二十九首,正统本始列《西湖舟中值雪》后,后均从之。

【校注】

①弭棹:停泊船只。
②霜村:指白色月光笼罩的山村。
③樵采:指打柴人。
④白鸟:白羽的鸟,此处指鹤。《诗经·大雅·灵台》:"麀鹿濯濯,白鸟翯翯。"归飞:从宋本,《咸淳志》、康熙本、朱本均同;正统本、正德本、明钞本、万历本均作"飞归"。
⑤辞:从宋本,正统以后各本均作"堪"。迟:等候。
⑥微吟:小声吟咏。

湖村晚兴

沧洲白鸟飞①,山影落晴晖。映竹犬初吠,弄舡人合归②。水波随月动,林翠带烟微。寺近疏钟起③,翛然还掩扉④。

【题解】

此诗使西湖的澄净优美与喧闹的红尘浊世两相对比,表现林逋隐居环境的清幽,生活的平淡无波,心性的净澈澄明。此诗取意于静,将动的情态引入静景之中,使整诗呈现静态,创造了独特的清幽诗风和幽寂诗境。此诗未见于宋本,他本均收。

【校注】

①沧洲:水滨,借指隐士的居处。

②舡:即船。合:《宋诗钞》作"各",误。

③起:《咸淳志》作"作",误。

④翛然:自然超脱,无拘无束。《庄子·大宗师》:"翛然而往,翛然而来而已矣。"翛:从《咸淳志》、正统本,他本作"萧"。

【辑评】

清沈涛《瓻庐诗话》卷上:林和靖《湖村晚兴》云"映竹犬初吠,弄舡人各归","各"一本作"合",非是诗意,言湖上晚来游人已散,弄船人亦各归家耳。"各"字下得简峭有致,若作"合"字,便索然矣。且此诗通首写望,"合"字乃忆想之辞,其为浅人妄改无疑。

湖山小隐三首①

猿鸟分清绝②,林萝拥翠微③。步穿僧径出,肩搭道衣归④。水墅香菰熟⑤,烟崖早笋肥。功名无一点,何要更忘机⑥!

园井夹萧森,红芳堕翠阴。昼岩松鼠静,春塍竹鸡深⑦。岁课非无秫⑧,家藏独有琴。颜原遗事在⑨,千古壮闲心⑩。

衡门邻晚坞⑪,环堵背寒岗⑫。片月通萝径⑬,幽云在石床。客游抛鄠杜⑭,渔事拟沧浪⑮。管乐非吾尚⑯,昂头肯自方⑰!

【题解】

林逋受陶渊明影响,归隐山居,蔬园自足,安贫乐道。此三首组诗着重描写小园居所的春色灿烂和山野气息,风景如画,生意盎然,诗人与僧为邻,与道为友,体现了诗人的闲适心情和隐逸心志,足见其心境空明,了然无尘,人格澄澹透明之至。此诗未见于宋本,他本均收。正统本题下有"三首"二字,何养纯本、潘是仁本均同;明钞本无此二字。

【校注】

①小隐:指隐居山林。西晋王康琚《反招隐》诗:"小隐隐陵薮,大隐隐朝市。"

②鸟:正德本、明钞本均误作"马"。清绝:谓清雅至极。

③翠微:指山光水色青翠缥缈。西晋左思《蜀都赋》:"鬱蓱蓱以翠微,崛巍巍以峨峨。"刘逵注:"翠微,山气之轻缥也。"

④搭:《淳祐志》作"掩",应误。

⑤香菰:即茭白。秋结实,曰菰米,又称雕胡米。菰:从明钞本,万历本同;《咸淳志》作"酤",康熙本、朱本同;正统本作"沽"。

⑥要:《淳祐志》《咸淳志》、万历本、《宋元诗会》均作"处"。

⑦竹鸡:鸟名。形似鹧鸪而小,多生活在竹林里。

⑧岁课:一年的劳绩。唐白居易《花前叹》诗:"岁课年功头发知,从霜成雪君看取。"秫:梁米、粟米之黏者,多用以酿酒。从明钞本,万历本同;《咸淳志》、康熙本、朱本皆作"术",误。

⑨颜原:指颜回和原宪,孔子弟子。颜回素以德行著称,原宪出身贫寒,个性狷介,二人均安贫乐道。

⑩闲心:闲适的心情。

⑪衡门:横木为门,指简陋的房屋。《诗经·陈风·衡门》:"衡门之下,可以栖迟。"此处借指隐者所居。坞:从《瀛奎律髓》,他本均作"岛"。西湖除孤山外,无他岛,称"晚岛"似非。

⑫环堵:四周环着土墙,借指狭小、简陋的居室。《礼记·儒行》:"儒有一亩之宫,环堵之室。"《淮南子·原道训》:"环堵之室,茨之以生茅,蓬户瓮牖,揉桑为枢。"

⑬片月:弦月。南朝陈徐陵《走笔戏书应令》诗:"片月窥花簟,轻寒入锦巾。"

⑭鄠杜:鄠县与杜陵。鄠县,古邑名,今为陕西西安户县。杜陵,汉宣帝陵墓,靠近长安,为游览胜地。东汉班固《西都赋》:"商洛缘其隈,鄠杜滨其足。"

⑮渔事、沧浪:《孟子·离娄上》:"有孺子歌曰:'沧浪之水清兮,可以濯我缨;沧浪之水浊兮,可以濯我足。'"诗中借用此句,意指归隐。

⑯管乐:管仲和乐毅的并称。管仲为春秋齐国名相,乐毅为战国燕国名将。晋袁宏《三国名臣序赞》:"孔明盘桓,俟时而动,遐想管乐,远明风流。"

⑰自方:自比。

【辑评】

金元好问《中州集·癸集》第十《灯下读林和靖诗》:落叶落复落,清霜今几番。疏灯照茅屋,山月入颓垣。老爱寒花淡,幽嫌宿鸟喧。卷中林处士,相对两忘言。

元方回《瀛奎律髓》卷二十三《闲适类》:和靖诗,予评之在姚合之上。兼无以诗自矜之意,而浑涵亦非合可望。

清王士祯《带经堂集》卷九十一《蚕尾续文》卷十九《跋林逋诗集》:和靖诗特工五言,如"昼岩松鼠静,春栈(堑)竹鸡深"……何减昔人所举"草泥行郭索,云木叫钩辀"耶!

小隐自题

竹树绕吾庐,清深趣有余。鹤闲临水久,蜂懒采花疏①。酒病妨开卷,春阴入荷锄。尝怜古图画,多半写樵渔。

【题解】

此诗借绕竹、闲鹤、懒蜂等刻画了散淡无拘的隐居生活,创造出一种闲静淡远的境界。诗人流露出对古图画中樵渔自给自足生活方式和优游自在人生态度的钦羡,将上古逸民生活作为人生的最高境界,表现出隐逸之趣和淡泊情怀。此诗未见于宋本,他本均收。

【校注】
①采:从明钞本,万历本同;《咸淳志》《宋诗钞》、康熙本、朱本均作"得";宋本无此诗。

【辑评】
宋施谔《(淳祐)临安志》卷八《山川·题林和靖隐居》:湖水春来绿,山云夏亦繁。何如隐君子,长啸掩柴门。

元方回《瀛奎律髓》卷二十三《闲适类》:(《小隐自题》)有工有味,句句佳。

清王士祯《带经堂诗话》卷十七《用事类》:今年夏五月,汪文冶(洋度)自广陵以《荷钼图》索题,亦用带经故事,余为赋绝句云"曾向欧阳受《尚书》,生涯常忆带经余。披图却爱林和靖,五字春阴入荷钼。"五字乃和靖句也。已上《分甘余话》。

小 隐

门径独萧然①,山林屋舍边。水风清晚钓,花日重春眠。苒苒苔衣滑②,磷磷石子圆③。人寰诸洞府④,应合署闲仙⑤。

【题解】
此诗意在表现林逋自然淡泊的高逸情怀。诗中状隐居园池中之碎石,圆润光洁,颇有趣味,增添了诗歌清远幽深的意境。此诗未见于宋本,他本均收。

【校注】
①门径:当门的小路。萧然:潇洒、悠闲。晋葛洪《抱朴子·刺骄》:"高蹈独往,萧然自得。"

②苔衣:见本卷《翠微亭》注②。
③磷磷:清澈明净,此指石子在水中明净的样子。
④人寰:人间。南朝宋鲍照《舞鹤赋》:"去帝乡之岑寂,归人寰之喧卑。"洞府:道教称神仙居住的地方。此指隐居之地。
⑤署:《淳祐志》作"置"。

【辑评】
清王士禛《带经堂集》卷九十一《蚕尾续文》卷十九《跋林逋诗集》:和靖诗特工五言,如……"水风清晚钓,花日重春眠",何减昔人所举"草泥行郭索,云木叫钩辀"耶!

山北晚望

晚来山北景,图画亦应非。村路飘黄叶,人家湿翠微。樵当云外见,僧向水边归。一曲谁横笛①,蒹葭白鸟飞。

【题解】
林逋笔下的西湖孤山,蕴有浓厚的画意,呈现出清淡的意味。此诗表现平远闲旷的画境,也是林逋平淡诗风的反映。此诗未见于宋本,他本均收。明刻诸本及明钞本均为此题,康熙本、朱孔彰本作《北山写望》。据首句"晚来山北景",兹从诸明本。

【校注】
①横笛:笛子。即今七孔横吹之笛,与古笛之直吹者相对而言。唐张巡《闻笛》诗:"旦夕危楼上,遥闻横笛音。"

【辑评】
清陈文述《颐道堂集·文钞》卷十《书林和靖诗后》:和靖制行在通介之间,诗间有酬应之作,故稿就辄弃,托于晦迹林壑,不以诗名。若其摹山范水,则饮渌餐霞,类云衲飞仙,不食人间烟火也。五言如……"村路飘黄叶,人家入翠微""微风引竹籁,斜月转花阴"、……"竹风过枕簟,梅雨润巾箱"

"水波随月动,林翠带烟微"、……"泉声落坐石,花气上行衣""诗景多留石,船痕半载书""钟远移斋候,香迟上定身""着壁云衣重,通帘翠壁深"……"酒病妨开卷,春阴入荷锄"、……"草长团粉蝶,林暖堕青虫"、……"绿苔欺破阁,白鸟占闲池"、……"早烟村意远,春岸涨痕深""鹤迹秋偏静,松阴午欲停",七言如……"春烟寺院敲茶鼓,夕照楼台卓酒旗""横欹片石安琴荐,独傍新篁看鹤笼""鱼觉船行沈草岸,犬闻人语出柴扉"、……"楼台冷簇云萝外,钟磬晴敲水石间"、……"秋花泡露明红粉,水鸟冲烟湿翠衣"、"白鸟背人秋自远,苍烟和树晚来浓"、……"芳草得时依旧长,文禽无事等闲来"、……"柏子有茆生塔地,鹤毛无响堕廊风""秋棱瘦出无多寺,古翠浓连一半云"、"岛上鹤毛遗野迹,岸傍花影动春枝"、……"千里白云随野步,一湖明月上秋衣"。小坐微吟,如置身林香山翠中,正不以苦吟见长。梅圣俞所云:"辞主静正,趋向博远,寄适于诗。"为能深知其意。踪迹类司空表圣、王摩诘,诗境亦似之。

中　峰①

　　中峰一径分,盘折上幽云②。夕照前村见③,秋涛隔岭闻④。长松含古翠,衰药动微薰。自爱苏门啸⑤,怀贤思不群⑥。

【题解】

　　此诗借苏门山隐者的典故,点出自己品性的孤高。诗人在描绘自然景物时,也将自己内在的品性涵养、人文精神贯注其中。宋本未见此诗,他本均收。

【校注】

①中峰:即雷峰。《淳祐临安志》:"世传此峰,众山环绕,故曰中峰。"
②盘折:回环曲折。幽云:云深之处。
③前村:《淳祐志》《咸淳志》均作"全村",应误。

33

④秋涛:即钱江潮。岭:指慈云岭。《淳祐志》《咸淳志》均作"岸"。
⑤苏门啸:指啸咏,喻高士的情趣。《晋书·阮籍传》:"籍尝于苏门山遇孙登,与商略终古及栖神导气之术,登皆不应,籍因长啸而退。至半岭,闻有声若鸾凤之音,响乎岩谷,乃登之啸也。"
⑥思:《淳祐志》《咸淳志》《宋诗钞》、康熙本、朱本均作"事",误。不群:此指孤高之人。

小圃春日

岸帻倚微风①,柴篱春色中②。草长团粉蝶,林暖坠青虫。载酒为谁子?移花独乃翁③。於陵偕隐事④,清尚未相同⑤。

【题解】
此诗表现了苏轼、杨孟瑛等疏浚西湖之前,孤山一带的荒芜和野气。诗作炼句琢字,用意深析,意味隽永。宋本未见此诗,他本均收。

【校注】
①岸帻:推起头巾,露出前额。指态度洒脱,简率不拘。
②柴篱:指藩篱、栅栏。
③乃:《瀛奎律髓刊误》中纪昀批此诗云:"疑是'此'字。"邵裴子按语:"'乃'原可作'是'解,王引之《经传释词》引《晏子春秋》'非乃子邪'谓'乃子','是子'也,则'乃翁'亦即'是翁'耳。"
④於(wū)陵:借指陈仲子,战国时齐国隐逸之士,适楚,居于於陵。《孟子·滕文公下》:"匡章曰:'陈仲子岂不诚廉士哉!居于陵,三日不食,耳无闻,目无见也。'"
⑤清尚:清白高尚,指高尚的节操。《三国志·蜀志·杨戏传》:"尚书清尚,勑行整身。"

【辑评】
元方回《瀛奎律髓》卷十《春日类》:中四句工不可言。

春夕闲咏

屐齿遍庭深①,时为拥鼻吟②。微风引竹籁③,斜月转花阴④。静赏应难极,孤怀自不禁⑤。苍然小池上,烟露达青岑⑥。

【题解】
此诗为林逋的闲适之作,字字推敲,极有功力。宋本列于第十八首,他本均列《小圃春日》之后。

【校注】
①屐齿:指足迹,游踪。宋张孝祥《水龙吟》(过浯溪):"漫郎宅里,中兴碑下,应留屐齿。"
②拥鼻吟:指以雅音曼声吟咏。《晋书·谢安传》:"安本能为洛下书生咏,有鼻疾,故其音浊,名流爱其咏而弗能及,或手掩鼻以效之。"
③竹籁:风吹动竹子发出的声音。
④斜月:西斜的落月。花阴:为花丛遮蔽而不见日光之处。
⑤孤怀:孤高的情怀。唐孟郊《连州吟》:"孤怀吐明月,众毁烁黄金。"
⑥烟露:烟雾露水。青岑:青翠的高峰,指青山。汉张衡《思玄赋》:"嚮青岑之玉醴兮,餐沆瀣以为粮。"

春日感怀

衡宇日萧寂①,高春犹掩扉②。春风似有旧,社燕亦重归③。览照老已具④,开尊人向稀⑤。颓然此心曲⑥,持底属芳菲⑦?

【题解】

此诗情景交融,寞落惆怅的基调隐含其中。宋本列于五言律诗第四,正统本始列《春夕闲咏》之后。

【校注】

①衡宇:同"衡门"。见本卷《湖山小隐三首》注⑪。萧寂:萧条寂静。

②高舂:日影西斜近黄昏时。《淮南子·天文训》:"(日)至于渊虞,是谓高舂;至于连石,是谓下舂。"

③社燕:燕子春社时来,秋社时去。故有"社燕"之称。唐羊士谔《郡楼晴望》诗:"地远秦人望,天晴社燕飞。"

④览照:明察,比照。此指持镜自照。

⑤开尊:即开樽,指饮酒。

⑥心曲:心事。

⑦底:什么。属:属酒。

郊园避暑

柴门鲜人事①,氛垢颇能忘②。爱彼林间静,复兹池上凉。托心时散帙③,迟客或携觞④。况有陶庐趣⑤,归禽语夕阳。

【题解】

诗人沉醉于清幽静谧的山水景色之中,将远离尘世的隐逸生活点染得颇富情趣。此诗于宋本列五言律诗第八,正统本列《春日感怀》之后,他本均从。

【校注】

①柴门:用柴木做的门,言其简陋。三国魏曹植《梁甫行》:"柴门何萧条,狐兔翔我宇。"

②氛垢:指尘世。能:从宋本,《咸淳志》与正统本同;正德以后各本均作"相"。

③托心:犹寄情。三国魏嵇康《琴赋》:"顾兹梧而兴虑,思假物以托心。"散帙:打开书帙,指读书。谢灵运《酬从弟惠连》诗:"凌涧寻我室,散帙问所知。"

④或:从宋本,《咸淳志》同;他本均作"复"。

⑤陶庐:晋陶渊明隐居之地。庐:从宋本,《咸淳志》、正统本同;他本均作"篱"。

园庐秋夕

兰杜裛衰香①,开扉趣自长。寒烟宿墟落②,清月上林塘③。意想殊为适,形骸固可忘。援琴有余兴,聊复寄吟觞。

【题解】

此诗作于隐居之时。诗人心境、志向、情趣与景物的结合,表现了隐居生活的平淡适然。此诗列宋本诸诗第三十首,正统本列《郊园避暑》之后,他本均从。

【校注】

①兰杜:兰草、杜若,均为香草名。杜:从宋本,正统本同;正德以后各本皆误作"社"。裛(yì):通"浥",沾湿。

②墟落:村落。

③林塘:树林池塘。南朝梁刘孝绰《侍宴饯庾於陵应诏》诗:"是日青春献,林塘多秀色。"

山村冬暮

衡茅林麓下①,春气已微茫②。雪竹低寒翠,梅花落晚香。

樵期多独往,茶事不全忙。双鹭有时起,横飞过野塘。

【题解】
此诗表现林逋居处陋室而怡然自得。此诗列宋本诸诗第一百十三首,正统本列《园庐秋夕》之后,他本均从。

【校注】
①衡茅:衡门茅屋,简陋居室。晋陶潜《辛丑岁七月赴假还江陵夜行涂口》诗:"养真衡茅下,庶以善自名。"林麓:指山林。《周礼·地官·林衡》:"林衡,掌巡林麓之禁令而平其守,以时计林麓而赏罚之。"
②气:从宋本,《咸淳志》《瀛奎律髓》、正统本同;正德以后各本均作"色"。微茫:隐约模糊。

【辑评】
宋高似孙《纬略》卷八"水事":皮日休诗序曰:"各补茶事十数条。"林和靖诗亦曾用"茶事"二字,"茶事"尤精绝。
元方回《瀛奎律髓》卷十三《冬日类》:第六句尤佳。

山中冬日

残雪照篱落,空山无俗喧①。鸡寒懒下树,人晏独开门。废圃春荣动②,回塘雾气昏③。谁家岁酒熟④,辍棹忆西村。

【题解】
诗中表现了诗人平静朴素的隐居生活。此诗列宋本诸诗第二十七首,正统本列《山村冬暮》之后,他本均从。

【校注】
①俗喧:尘世的喧扰。
②春荣:春草。《尔雅·释草》:"草谓之荣。"

③回塘:环曲的水池。
④岁酒:当年所酿的新酒。

闻叶初秀才东归

高鸿多北向,极目雨余天①。春满吴山树,人登汴水船。吟生千里月,醉尽一囊钱。肯便怀乡邑②,时清复少年。

【题解】
此诗极写叶初秀才不遇。惋惜之意,不言自喻。此诗未见于宋本,他本均收。

【校注】
①极目:满目,充满视野。
②肯便:明钞本及万历本均作"□伎"。乡邑:家乡。《墨子·号令》:"发候必使乡邑忠信善重士,有亲戚、妻子,厚奉资之。"乡:正统本、正德本均作"于"。

病中谢冯彭年见访

老去已多病,况复梅雨时①。山空门自掩,昼永枕频移②。晚燕巢犹湿,新篁籜未披③。若非求仲至④,谁复问栖迟⑤。

【题解】
此诗应作于作者晚年。据诗句"求仲"可知,冯彭年应为隐士。诗人年老体病,又值梅雨季节,甚觉凄凉,忽见隐士老友见访,相知相惜之情溢于言表。此诗列宋本诸诗第二十六首,正统本列《闻叶初秀才东归》之后,他本均从。

【校注】

①梅雨:指初夏产生在江淮流域持续时间较长的阴雨天气。因时值梅子黄熟,故称黄梅天。

②昼永:白昼漫长。

③新篁:新生的竹子,亦指新笋。箨(tuò):竹笋皮。包在新竹外面的皮叶,竹长成逐渐脱落。未:宋本及正统本、正德本均作"半"。

④求仲:汉代隐士,后为隐士代称。晋赵岐《三辅决录·逃名》:"蒋诩归乡里,荆棘塞门,舍中有三径,不出,惟求仲、羊仲从之游。"后以"三径"指归隐者家园。此处求仲应指冯彭年。

⑤栖迟:游息。

冬夕得卫枢至

冷话复长吟,俱非俗者心。空斋留并宿①,几度梦相寻②。鸟乱槐枝折,烟微雪气侵③。如何急前去④,羸马万山深。

【题解】

卫枢,应为林逋友人。此诗抒写了林逋得知诗友远道来访的欣喜之情和肺腑之言,情真意切。此诗列宋本诸诗第一百三十七首,正统本列《病中谢冯彭年见访》之后,他本均从。此诗题从宋本,正统本"夕"作"日",正德以后各本均脱"得"字。

【校注】

①并:从明钞本;宋本及正统本、正德本均作"与"。

②度:从明钞本,万历本同;康熙本、朱本均作"夜"。

③雪气:积雪散发出来的寒气。

④急:从明钞本;万历以后各本均作"念"。

中峰行乐却望北山因而成咏

拂石玩林壑①,旷然空色秋。归云带层巘②,疏苇际沧洲③。固自堪长往,何为难久留?庶将濠上想④,聊作剡中游⑤。

【题解】
此诗极摹居所的空旷和寂灵,以及自己的隐居之乐。此诗列宋本五言律诗第九,正统本列《偶书》之后,他本均从。诗题"行乐"二字,万历本、康熙本均误作"行药",余本均作"行乐"。

【校注】
①林壑:山林涧谷,此处借指隐居之地。
②归云:指行云。《汉书·礼乐志》:"流星陨,感惟风,籋归云,抚怀心。"层巘:重叠的山峰。
③沧洲:滨水的地方,借指隐士居处。三国魏阮籍《为郑冲劝晋王笺》:"然后临沧洲而谢支伯,登箕山以揖许由。"
④濠上:濠水之上。《庄子·秋水》记庄子与惠子游于濠梁之上,见倏鱼出游从容,因辩论鱼知乐否。后多用"濠上"喻自得其乐之地。
⑤剡中:指剡县一带,汉代置县,境内有天姥山,是古代文人向往的游览胜境。南朝宋谢灵运《登临海峤初发彊中作与从弟惠连见羊何共和之》诗:"暝投剡中宿,明登天姥岑。"

【辑评】
清卢文弨《群书拾补》:"行药'见《文选》,但旧本实是'行乐',七律中有'昔年行乐伴王孙'之句,此诗中亦全无行药意。

和梅圣俞雪中同虚白上人见访①

湖上玩佳雪,相将惟道林②。早烟村意远,春涨岸痕深③。地僻过三径④,人闲试五禽⑤。归桡有余兴⑥,宁复比山阴⑦?

【题解】

梅尧臣诗集有《对雪忆往岁西湖访林逋处士》绝句三首,朱东润先生《梅尧臣集编年校注》列于庆历七年(1047),上距和靖下世(1028)已十九年。梅尧臣《林和靖先生诗集序》云:"天圣中,闻钱塘西湖之上有林君。……是时,余因适会稽还,访于雪中。"梅尧臣访林逋,有"高峰瀑泉"之赞。林逋此诗当作于此时。此诗列宋本五言律诗第七,正统本列《将归四明夜坐话别任君》之后,他本均从。

【校注】

①题中"见"字,明钞本作"来"。梅圣俞:梅尧臣(1002—1060),字圣俞,世称宛陵先生,宣州宣城(今安徽省宣城市)人,北宋诗人。皇祐三年(1051)始得宋仁宗召试,赐同进士出身,为太常博士。欧阳修荐为国子监直讲,累迁尚书都官员外郎,世称"梅直讲""梅都官",嘉祐五年(1060)卒。梅尧臣颇有诗名,与苏舜卿齐名,时号"苏梅",与欧阳修并称"欧梅"。参与编撰《新唐书》,著有《宛陵先生集》及《毛诗小传》等。

②道林:即支遁,东晋高僧,字道林。此处喻虚白上人。

③春涨:春季水涨。

④三径:见本卷《病中谢冯彭年见访》注④。

⑤五禽:指鹤、孔雀、鹦鹉、白鹇、鹭鸶五种飞禽。宋郭若虚《图画见闻志·近事·五客图》:"李文正公(李昉)于私第之后园育五禽以寓目,皆以客名之。后命画人写以为图:鹤曰仙客,孔雀曰南客,鹦鹉曰陇客,白鹇曰闲客,鹭鸶曰雪客。"

⑥归桡:即归舟。唐戴叔伦《戏留顾十一明府》诗:"未可动归桡,前程

风浪急。"

⑦山阴:晋王徽之的代称。王徽之曾居会稽山阴,故以代称。《世说新语·任诞》:"王子猷居山阴,夜大雪,眠觉开室,会酌酒,四望皎然,因起彷徨咏左思《招隐》诗,忽忆戴安道。时戴在剡,即便夜乘小船就之,经宿方至,造门不前而返。人问其故,王曰:'吾本乘兴而来,兴尽而返,何必见戴。'"明谢肇淛《五杂俎·人部三》:"文徵仲得笔法于巙子山,而参以松雪,亦时为黄米二家书,然皆非此公当行,惟小楷正书,即山阴在世,亦当虚高足一席。"

和史宫赞

门对远峰青①,常时亦懒扃。久贫惭嗜酒,多病负穷经②。鹤迹秋偏静,松阴午欲亭③。蜀庄何足问④,惟解事沉冥⑤。

【题解】
此诗乃林逋超脱世俗羁绊、忘情于我的寄兴之作。此诗列宋本诸诗第九十二首,正统本列《和黄亢与季父见访》之后,他本从之。

【校注】
①峰:从宋本,他本均作"岑"。
②穷经:极力钻研经籍。唐韩偓《再思》诗:"近来更得穷经力,好事临行亦再思。"
③午欲亭:将近正午。
④蜀庄:指汉代蜀郡人庄遵,字君平,曾于成都卖卜。汉扬雄《法言·问明》:"蜀庄沉冥,蜀庄之才之珍也,不作苟见,不治苟得,久幽而不改其操,虽随、和何以加诸?"后因避东汉明帝刘庄讳,改为严君平。
⑤沉冥:犹玄寂。事:明钞本、万历本均作"似",应误。

和酬天竺慈云大师①

林表飞来色②,犹惭久卜邻③。沿洄一水路④,梦想五天人⑤。谢绝空园草⑥,沉冥满几尘。暮云如有得,宁谢寄声频⑦?

【题解】
此诗写景细致,情景交融,疏淡的风致蕴含其中,表现了诗人的思念之情。此诗列宋本诸诗第一百十四首,正统本列《和史宫赞》之后,他本从之。

【校注】
①酬:依宋本增,正统本同。天竺:寺名。《淳祐临安志·武林山》:"天竺寺……隋开皇中,大法师真观于飞来峰下造之,峰既来自天竺,故以名焉。"慈云大师(964—1032):名遵式,俗姓叶,字知白,台州宁海(今浙江省宁海)人。《西湖高僧事略》:"王文穆出守,重师之道,奏复天竺名,寻请赐慈云号。……凡为法祈祷必然指,惟存三焉。"
②林表:林梢,林外。南朝谢朓《休沐重还丹阳道中》诗:"云端楚山见,林表吴岫微。"
③惭:从宋本,他本并作"怜"。卜邻:选择邻居。《左传·昭公三年》:"谚曰:'非宅是卜,唯邻是卜。'二三子先卜邻矣。"
④沿洄:顺流而下为沿,逆流而上为洄。指灵隐寺至西湖之间的水路。
⑤五天:即五天竺。原指古印度,古代印度区域分为东、南、西、北、中五天竺。此处指天竺寺。
⑥空园:荒园。唐王勃《郊兴》诗:"空园歌独酌,春日赋闲居。"
⑦寄声:托人传话。晋陶潜《丙辰岁八月于下潠田舍获》诗:"司田眷有秋,寄声与我谐。"

和朱仲方送然社师无为还历阳①

归路过东关②,行行一锡闲③。破林霜后月,孤寺水边山。顶笠冲残叶,腰装宿暮湾④。香灯旧吟社⑤,清思逐师还⑥。

【题解】
本书卷三《和西湖霁上人寄然社师》《和陈湜赠希社师》均见"社师",当指同诗社僧人。另,卷四有《秋日含山道中回寄历阳希然山人》七绝一首,此四首诗或同指一人。此诗未见于宋本,他本均收。

【校注】
①无为:即无为县,始建制于隋朝,今隶属安徽省芜湖市,地处安徽中南部,长江北岸。历阳:今安徽省和县。
②路:《宋元诗会》作"客",误。东关:关隘名,三国吴诸葛恪筑,为魏、晋、南北朝时的要冲。故址在今安徽省含山县西南濡须山上。南朝梁任昉《奏弹曹景宗》:"东关无一战之劳,涂中罕千金之费。"
③锡:即锡杖,僧人所持的禅杖。杖头有锡环,中段用木,振时作声。
④腰装:带着行装。
⑤香灯:即长明灯,通常用琉璃缸盛香油燃点,设于佛像前,或用于祭祀。此处指诗社所用燃香膏的照明灯。社:明钞本误作"杜",《宋诗钞补》作"舍",亦误。
⑥清思:清雅美好的情思。

和酬杜从事题壁①

弭盖入衡宇②,相看情独深。萧疏秋树色,老大故人心。

佳话频移晷③,清飙几拂襟④。寥然长卿壁⑤,题赠比兼金⑥。

【题解】

此诗为林逋唱酬之作,颇见他与友人的情谊。此诗列宋本诸诗第三十六首,正统本列《和朱仲方送然社师无为还历阳》之后,他本从之。

【校注】

①从事:官职名。汉以后三公及州郡长官皆自辟僚属,多以从事为称。题壁:指将诗文题写于壁上。

②弭盖:谓驭车驾而徐行。盖,即车盖,借指车。衡宇:见本卷《湖山小隐三首》注⑪。

③移晷:日影移动。

④清飙:即清风。飙:从宋本,正统本同;正德以后各本均为"标",误。

⑤寥然:寂静貌。长卿壁:长卿,即司马相如。《史记·司马相如列传》称司马相如"家居徒四壁立",形容其贫穷。

⑥赠:从宋本,他本均作"此"。兼金:价值倍于常金的好金子,泛指多量的金银钱帛。《孟子·公孙丑下》:"前日于齐,王馈兼金一百而不受。"赵岐注:"兼金,好金也,其价兼倍于常者。"

夏日寺居和酬叶次公

午日猛如焚,清凉爱寺轩。鹤毛横藓阵①,蚁穴入莎根②。社信题茶角③,楼衣笊酒痕④。中餐不劳问⑤,笋菊净盘尊。

【题解】

此诗借唱和摹写隐居小园的山野气息。此诗未见于宋本,他本均收。

【校注】

①藓阵:苔藓排列成阵。

②莎根：莎，即莎草，多年生草本植物，根可入药。
③茶角：指封装茶叶的器物。
④笐(hàng)：架起。
⑤中餐：午饭。唐贾岛《送贞空二上人》诗："林下中餐后，天涯欲去时。"

僧院夏日和酬朱仲方

一院掩萧森①，晨凉又夕阴。鹤应输静立，蝉合伴清吟②。著壁云衣重③，通帘竹翠深。卧屏来看否④，天姥雪千寻⑤。

【题解】
此诗颇见林逋的孤高自许、隐士之风。此诗未见于宋本，他本均收。
【校注】
①萧森：草木茂密貌。
②清吟：清雅地吟诵。
③云衣：指云气。刘向《九叹·远逝》："游清灵之飒戾兮，服云衣之披披。"
④卧屏：指卧榻上之短屏。
⑤天姥：即天姥山，在浙江省嵊州市与新昌县之间。《太平寰宇记·江南东道八·越州》："天姥山，在县南八十里。"《后吴录·地理志》云："剡县有天姥山，传云登者闻天姥歌谣之响。"千寻：古以八尺为一寻。"千寻"形容极高或极长。

送长吉上人

囊集暮云篇，行行肯废禅①？青山买未暇②，朱阙去随

47

缘③。茗试幽人井④,香焚贾客船。淮流迟新月,吟玩想忘眠。

【题解】

诗中借巢由买山而隐之事,表达追慕太古逸民之风,其隐逸思想融合儒道,浸染禅学。此诗列宋本五言律诗第十二,正统本列《僧院夏日和酬朱仲方》之后,他本从之。

【校注】

①废:宋本误作"发"。
②青山:指归隐之处。唐贾岛《答王建秘书》诗:"白发无心镊,青山去意多。"《世说新语·排调》:"支道林(支遁)因人就深公(竺法深)买印山,深公答曰:'未闻巢由买山而隐。'""青山"句借用此意。
③朱阙:借指朝廷、京城。《十洲记》:"臣故韬隐逸而赴王庭,藏养生而侍朱阙。"
④幽人:幽隐之人,即隐士。

怀长吉上人北游

青山日已远,香褵渐多尘①。应爱淮流上,聊逢月色新。孤禅安逆旅②,警句语谁人③?复有伤离客,中林病过春④。

【题解】

此诗极写隐居生活。据诗所知,林逋隐居盖有病因。此诗列宋本五言律诗第十五,正统本列《送长吉上人》之后,他本从之。

【校注】

①香褵:袈裟、僧袍。褵:从宋本;朱本误作"褗";他本误作"褵"。
②孤禅:指孤单的僧人。逆旅:旅舍。
③警句:警策动人的语句。警:宋本、正统本、正德本、明钞本、万历各

本均同;康熙本及朱本均为"惊",误。

④中林:林野。东晋习凿齿《诸葛武侯宅铭》:"迹逸中林,神凝岩端。"

春日送袁成进士北归

春潮上海门①,归雁远行分。千里倦行客,片帆还送君。酒波欺碧草,歌叠袅晴云。来岁东堂桂②,聊酬一战勋③。

【题解】

此诗既有离别思绪,又有寄福情怀。作者叙写淡泊宁静生活的同时,也表现了淳朴友情和清逸心态,以及友人之间的相互劝勉。此诗未见于宋本,他本均收。

【校注】

①海门:海口,内河通海之处。唐韦应物《赋得暮雨送李胄》:"海门深不见,浦树远含滋。"

②东堂桂:指科举考试及第。《晋书·郤诜传》载:"以对策上第,拜议郎。……累迁雍州刺史。武帝于东堂会送,问诜曰:'卿自以为何如?'诜对曰:'臣举贤良对策,为天下第一,犹桂林之一枝,昆山之片玉。'"

③一战勋:指科举及第。

送茂才冯彭年赴举①

相送不觉远,离亭寒日斜②。川途分野色③,僮御想京华④。背水当公战⑤,凌云属赋家⑥。前春得意处⑦,酺宴上林花⑧。

【题解】

此诗以景写意,意在鼓励友人奋力角逐科场,取得佳绩。此诗列宋本五言律诗第十八,正统本列《春日送袁成进士北归》之后,他本从之。

【校注】

①茂才:即秀才。汉时开始与孝廉并为举士的科名,后因避汉光武帝刘秀名讳,改"秀"为"茂"。唐宋间凡应举者皆称秀才。

②离亭:古代建于离城稍远的道旁供人歇息的亭子。古人往往于此送别。

③川途:道路。

④僮御:仆婢。

⑤背水:指应试科举,尽力角逐。

⑥凌云:直上云霄,多形容志向崇高。此处是预祝冯彭年科举及第。

⑦前春:宋代科举考试三年一试。此处"前春"指上一科次的考试。

⑧上林:秦旧苑,汉初荒废,至汉武帝时重新扩建。宋代进士及第者,赐宴于琼林苑。此处上林指琼林苑。

送史殿省典封川①

马援疏蛮邑②,铜标何可穷③?人烟时亦有,海色自如空。髭发梅分白④,旌旗瘴减红⑤。惟应莳药罢⑥,埋照酒醪中⑦。

【题解】

此诗意在鼓励友人,亦可见林逋早年的建功之志。此诗列宋本五言律诗第十七,正统本列《送茂才冯彭年赴举》之后,他本从之。诗题"川"字,诸本皆作"州",邵裴子据林逋墨迹,依卢文弨校,改为"川"字。

【校注】

①殿省:宋代官署,掌供奉天子衣食、舆辇等之政令。封川:今属广东省封开县。

②马援(前14—49):字文渊,扶风茂陵(今陕西杨凌)人。西汉末年至东汉初年著名军事家,东汉开国功臣之一,虽已年迈,但仍请缨东征西讨,西破羌人,南征交趾,官至伏波将军,被尊称为"马伏波"(《后汉书》有传)。

③铜标:按《后汉书》李贤注,马援南征交趾,立铜柱为汉界,"铜标"指此事。

④梅:明钞本误作"栀"。

⑤减:明钞本误作"载"。

⑥莳(shí)药:多年生草本植物,可入药。莳:宋本作"侍",正统本同;正德作"恃",小注"疑"字,明钞本同;万历本始校定作"莳",当从之。

⑦埋照:喻匿迹。宋本缺此二字;正统本作"都在",正德本、明钞本、万历本均同;康熙本、《宋诗钞》《宋元诗会》、朱本均作"埋照"。邵裴子按:"此二字,宋本已缺,无从知其原为何字,兹姑从近本,务全文可读而已。"酒醪:汁滓混合的酒,泛指酒。

送王舍人罢两浙宪赴阙①

上阁还旌节②,明廷觐冕旒③。清谈倾祖席④,蠹简压归舟⑤。远俗今无讼⑥,闲田亦有秋⑦。公朝论爵赏⑧,当拜富民侯⑨。

【题解】

王舍人名不可考。据沈幼征注,《浙江通志》载宋仁宗以前,任提点刑狱公事者共六人,无王姓。诗中林逋对罢官友人加以宽慰,足见其洞明世事、高卓见识。此诗列宋本五言律诗第二十,正统本列《送史殿省典封川》之后,他本从之。

【校注】

①舍人:官名。《周礼·地官·舍人》:"舍人,掌平宫中之政,分其财守,以法掌其出入。"宋有中书舍人、起居舍人等官。两浙:宋有两浙路,地

辖今江苏省长江以南及浙江省全境。宪：宪司。诸路提点刑狱公事，景德四年置，负责调查疑难案件，劝课农桑，以及代表朝廷考核官吏等事，即后世按察司之职。赴阙：入朝，指陛见皇帝。

②上阁：唐称中书舍人为阁老，故称上阁。阁：从宋本，他本皆作"问"，句意不通，应误。旄：从宋本，他本皆作"旌"。旄，指古代用牦牛尾做竿饰的旗子。旄节：镇守一方的长官拥有旄节。

③明廷：圣明的朝廷。冕旒：即皇冠，此指皇帝。

④祖席：饯行的宴席。祖：从宋本，他本均作"绮"，误。

⑤蠹简：被虫蛀坏的书。泛指破旧书籍。

⑥远：从宋本，正统本、明钞本、万历本均同；康熙本、《宋诗钞》《宋元诗会》、朱本均作"越"。邵裴子按："和靖律诗，对仗极工，此以'远俗'对'闲田'，决非'越俗'，犹上一联以'祖席'对'归舟'，决非'绮席'也。"无讼：指民风淳朴。《论语·颜渊》："听讼，吾犹人也，必也使无讼乎！"

⑦闲田：指无人耕种的荒地。有秋：有收成。《尚书·盘庚上》："若农服田力穑，乃亦有秋。"

⑧公朝：古代官吏在朝廷的治事之所，借指朝廷。朝：正统本、正德本、明钞本、万历本均作"期"，应误。爵赏：爵禄和赏赐。

⑨富民侯：指高官。汉武帝晚年，悔以江充潜杀卫太子据，又悔征伐连年。会车千秋上书为卫太子鸣冤，因擢升为大鸿胪，数月后又代刘屈氂为丞相，封富民侯，取"大安天下，富实百姓"之意。事见《汉书·车千秋传》《汉书·食货志上》《汉书·韦玄成传》。后因以"富民侯"称安天下、富百姓的高官。

送昱师赴请姑苏①

同功阇间人②，衣囊覆氍巾③。新烟赤岸暝④，融雪太湖春。钟远移斋候，香迟上定身。当知举如意⑤，宝地雨花频⑥。

【题解】

此诗以佛语入诗,体现林逋参以佛家明心见性的思想。此诗列宋本五言律诗第二十八,正统本列《送王舍人罢两浙宪赴阙》之后,他本从之。

【校注】

①昱师:居昱,钱塘人,曾学诗于林逋。

②阊闾:即阊庐。春秋吴王阊闾都姑苏。阊闾人,即姑苏人。

③衣橐:盛衣服的包裹或口袋。氎(dié):细棉所织之巾。唐慧琳《一切经音义》:"氎者,西国木棉花如柳絮,彼国土俗皆抽捻以纺为缕,织以为布,名之为氎。"

④新烟:指寒食节后重新举火所生之烟。赤岸:在今江苏六合东南。

⑤如意:器物名。梵语"阿那律"的意译。古之爪杖,用骨、角、竹、木、玉、石、铜、铁等制成,长三尺许,前端作手指形。脊背有痒,手所不到,用以搔抓,可如人意,因而得名。或作指划和防身用。和尚宣讲佛经时,也持如意,记经文于上,以备遗忘。此处亦指讲经。

⑥宝地:佛地,多指佛寺。南朝齐王融《出家顺善篇颂》:"将安宝地,谁留化城。"雨花:佛祖说法,诸天降众花,满空而下。唐杜甫《谒文公上方》:"吾师雨花外,不下十年余。"仇兆鳌注:"《续高僧传》:法云讲《法华经》,忽感天花,状如飞雪,满空而下,延于堂内,升空不坠。又胜光寺道宗讲《大论》,天雨众花,旋绕讲堂,飞流户内。"

送皎师归越①

林间久离索②,忽忽望西陵③。静户初闻扣,归舟又说登。野烟含树色④,春浪叠沙稜⑤。幸谢云门路⑥,同寻苦未能。

【题解】

此诗为赠别之作,颇见惜别之情。此诗列宋本五言律诗第三十二,正统本列《送昱师赴请姑苏》之后,他本从之。

【校注】

①皎师:当是卷三《尝茶次寄越僧灵皎》之灵皎。越:即越州,古地名,今浙江省绍兴市。

②离索:离群索居。唐杜甫《夜听许十一诵诗爱而有作》诗:"离索晚相逢,包蒙欣有击。"

③忽忽:倏忽、极速。西陵:浙江省杭州萧山区西兴镇的古称。

④野烟:指荒僻处的霭霭雾气。

⑤沙稜:指沙滩上由风浪造成的条状凸起的部分。

⑥云门:山名。在浙江绍兴南。山有云门寺。

送越倅杨屯田赴阙①

越中分治罢②,山水别来初。诗景多留石,船痕半载书。野程江树远③,公宴郡楼虚。看塞严徐召④,清风满直庐⑤。

【题解】

此诗乃送别友人、寄予祝愿之作。此诗列宋本五言律诗第三十三,诸本此诗均在《送皎师归越》之后。

【校注】

①越倅:越州的副职官员,应为通判一类。屯田:指宋代工部官职,有屯田郎中、屯田员外郎。赴阙:见本卷《送王舍人罢两浙宪赴阙》注①。

②分治:分别治理。《管子·权修》:"朝不合众,乡分治也。"

③野程:谓行旅经过的途程。

④严徐:为严安、徐乐的并称。汉武帝时二人上书言事,皆拜郎中。事见《史记·平津侯主父列传》。后泛指有才识之士。

⑤直庐:旧时侍臣值宿之处。西晋陆机《赠尚书郎顾彦先》诗之二:"朝游游层城,夕息旋直庐。"

送思齐上人之宣城①

林岭蔼春晖②,程程入翠微③。泉声落坐石,花气上行衣④。诗正情怀淡,禅高语论稀⑤。萧闲水西寺⑥,驻锡莫忘归⑦。

【题解】
此诗对思齐上人的才华高度肯定,表达了诗人对朋友的思念,也可见林逋对佛、道超然处世态度的欣赏。此诗列宋本诸诗第一百三首,正统本列《送越倅杨屯田赴阙》之后,他本从之。

【校注】
①上人:指道德高尚的人。汉贾谊《新书·修政语下》:"闻道志而藏之,知道善而行之,上人矣;闻道而弗取藏,知道而弗取行也,则谓之下人也。"思齐上人:未详其人,盖取意《论语·里仁》:"见贤思齐焉,见不贤而内自省也。"宣城:位于安徽省东南部。
②蔼:笼罩,布满。春晖:春日的阳光。
③程程:一程又一程,谓路程遥远。
④行衣:出行所穿的衣服。
⑤语论:意为说话,谈论。宋本、正统本、正德本、明钞本、万历各本均作"论语",误。
⑥萧闲:潇洒悠闲。
⑦驻锡:僧人出行,以锡杖自随,故称僧人住止为驻锡。

送僧机素还东嘉①

康乐遗踪地②,言归已有期。江流富春阔③,山沓括苍危④。锡润飞晴霭⑤,罗寒滤晓澌⑥。东岩有幽石⑦,应许折松枝⑧。

【题解】

林逋与禅僧交往、习禅的作品很多,此诗为其中之一。诗中反映了林逋思想的复杂性,不仅融摄儒道,而且浸染了禅学思想。此诗列宋本诸诗第一百十一首,正统本列《送思齐上人之宣城》之后,万历本因增入《洞霄宫》,次为此诗,康熙本从之,朱孔彰本移《洞霄宫》和《宿洞霄宫》二首列五言律后,此诗仍次《送思齐上人之宣城》。

【校注】

①东嘉:即永嘉,今浙江省温州市的别称。

②康乐:指南朝宋文学家谢灵运。《宋书·谢灵运传》:"(灵运)袭封康乐公……性奢豪,车服鲜丽,衣裳器物,多改旧制,世共宗之,咸称谢康乐也。"曾任永嘉太守。

③富春:指富春江,泛指古富春地区。唐韩翃《送王少府归杭州》诗:"归舟一路转青蘋,更欲随潮向富春。"

④沓:正统本、正德本、明钞本均作"杳";万历本作"畓",康熙本同;朱本作"沓",此处从之,意为重叠。括苍:指括苍山,在今浙江省东南部。

⑤晴霭:清朗的云气。

⑥澌(sī):解冻时流动的冰,此处指寒气。

⑦幽:宋本、正统本、正德本、明钞本、万历本均误作"函"。

⑧折松枝:意为主讲佛法,阐明禅理。《陈书·张讥传》:"后主常幸钟山开善寺召从臣坐于寺西南松林下,敕召讥竖义。时索麈尾未至,后主敕取松枝,手以属讥,曰:'可代麈尾。'"

【辑评】

元方回《瀛奎律髓》卷四十七《释梵类》:和靖于僧徒交游良多,如《送机素》云"锡润飞晴霭,罗寒滤晓澌",下一句新奇。《寄清晓》云"树丛归夕鸟,湖影浸寒城",尤妙不可言。宜其隐于湖山,而名闻天下,彻九重垂百世也。胸次、笔端两相扶竖如此。

送僧休复之京师

金锡指归鸿①,田衣猎晓风②。春江片席远③,松月一房空。新句别离后,旧山魂梦中。到京当袖刺④,馆阁尽名公⑤。

【题解】

林逋思想倾向复古,追慕古风,此诗虽为送别之作,却极能反映他的儒学功底。此诗列宋本诸诗第一百十二首,在《送僧机素还东嘉》之后,诸本均同。

【校注】

①金锡:指锡杖。归鸿:归雁。三国魏嵇康《赠秀才入军》诗之四:"目送归鸿,手挥五弦。"鸿:明钞本作"帆",误。
②田衣:袈裟的别名,亦称"田相衣"。袈裟多方格形图案,类水田畦畔纵横,故得此名。"田衣猎"三字,明钞本缺。
③片席:片帆、孤舟。
④袖刺:置名刺于袖中,以备拜谒时通名。刺,名片。
⑤馆阁:北宋有昭文馆、史馆、集贤院三馆和秘阁、龙图阁等阁,分掌图书经籍和编修国史等事务,通称"馆阁"。

送僧之姑苏

被请阊门寺①,扁舟积水遥。几程冲腊雪,一饭泊村桥。岑色晴空映②,檀烟远吹飘③。公台悉余镇④,讲罢即相招。

【题解】

此诗于赠答送别之中呈现了诗人悠然自得的生命本真。此诗列宋本诸诗第一百二十七首,正统本列《送僧休复之京师》之后,他本从之。
【校注】
①阊门:城门名,在江苏省苏州市城西,唐代以来,阊门一带是十分繁华的地方,地方官吏常在此宴请和迎送宾客。
②岑:宋本作"荼",误。
③檀烟:檀香燃烧所生之烟。
④公台:古代以三台象征三公,因借指三公之位或泛指高官。

送闻义师谒池阳郡守①

渺渺大江流,沿洄过几州。登舻忽此别,振锡未尝游②。九子寻真界③,千兵见假侯④。松枝谈妙字,铃阁想迟留⑤。

【题解】
此诗表现了林逋与友人的惜别之情和恬淡好古之风。此诗列宋本五言律诗第三,正统本列《送僧之姑苏》后,他本从之。
【校注】
①池阳:即今安徽省池州市。郡守:郡的长官,主一郡之政事。秦废封建设郡县,郡置守、丞、尉各一人,守治民,丞为佐。宋以后郡改府,知府亦称郡守。
②振锡:谓僧人持锡出行。南朝宋谢灵运《山居赋》:"建招提于幽峰,冀振锡之息肩。"
③九子:指九子山,亦名九华山。在今安徽省池州市青阳县境内。真界:指寺观。
④千兵:武官"千户"的别称。
⑤铃阁:指翰林院以及将帅或州郡长官办事的地方。迟留:停留。

寄思齐上人

松下中峰路,怀师日日行。静钟浮野水,深寺隔春城。阁掩茶烟晚,廊回雪溜清①。当期相就宿②,诗外话无生③。

【题解】
此诗为林逋寄和诗之一,表达了对诗友的思念之情,以及渴望加强联系、互相交流的愿望。此诗未见于宋本,他本均收。

【校注】
①雪溜:雪融化时的滴水。北齐魏收《櫂歌行》:"雪溜添春浦,花水足新流。"
②当期:如期,准时。
③无生:佛教语。谓没有生灭,不生不灭。晋王该《日烛》:"咸淡泊于无生,俱脱骸而不死。"

寄吴肃秀才时在天王院夏课①

肄业寄僧房②,暑天湖上凉。竹风过枕簟③,梅雨润巾箱④。引步青山影,供吟白鸟行⑤。明年重访旧,身带桂枝香⑥。

【题解】
此诗意在劝慰吴肃秀才不要因应试失利而失意,人生须有壮志,全诗无半点颓废之气。《苕溪诗话》云:"和靖与士大夫诗,未尝不及迁擢,与举子诗,未尝不言登第,视此为何等随缘应接,不为苟难亢绝如此。"此诗未见于宋本,他本均收。正统本、正德本、明钞本及万历诸本,题下均无注。

【校注】

①夏课:唐代举子,落第后寄居京师过夏,课读为文,谓之"夏课"。此处指举业。

②肄业:修习课业。古人书所学之文字于方版谓之业,师授生曰授业,生受之于师曰受业,习之曰肄业。房:正统本作"坊",正德以下各本均作"房",据诗意,应为"房"。

③枕簟:枕席。唐韩愈《新亭》诗:"水文浮枕簟,瓦影荫龟鱼。"

④巾箱:古时放置头巾的小箱子,后亦用以存放书卷、文件等物品。

⑤白鸟:见本卷《西村晚泊》注④。

⑥桂枝:喻登科及第。唐孟浩然《送洗然弟进士举》:"桂枝如已擢,早逐雁南飞。"

寄钱紫微易①

晞发起初晨②,中丘谢病身③。空持白云意④,遥赠紫微人。画毂坊门远⑤,苍苔掖署春⑥。元和旧文体⑦,当许继清尘⑧。

【题解】

林逋虽然归隐,但并不因此鄙弃仕途之人,其寄赠之诗,多借以表现自己的慕古之风。此诗列宋本诸诗第一百十首,正统本列《寄吴肃秀才》后,他本从之。正统本、正德本、明钞本及万历诸本均无小注"易"字。

【校注】

①钱紫微易:钱易,字希白,临安(今浙江杭州)人,北宋初人,生卒年不详。钱易十七岁举进士,以少年"轻俊"被黜,然自此以才藻知名。宋真宗咸平二年进士,累官至知制诰、翰林学士。善画,工行草书。著有《青云总

录》《南部新书》等。紫微:亦作"紫薇",唐开元元年改中书省为紫微省,负责起草诏令,中书舍人为紫微舍人。钱易曾为制诰,负责承命草拟诏令,故称钱紫微。

②晞(xī):干。

③中丘:丘,指小土山。中丘,丘园。南朝宋卞伯玉《荠赋》:"有萋萋之绿荠,方滋繁于中丘。"

④白云意:喻归隐之意。晋左思《招隐诗》之一:"白云停阴冈,丹葩曜阳林。"

⑤画毂:有画饰的车毂,指装饰华美的车子。坊门:古时街巷之门。唐白居易《失婢》诗:"宅院小墙庳,坊门帖榜迟。"

⑥掖署:唐代指门下、中书两省,分别在禁中左右掖,故称掖署。

⑦元和:即元和体,指唐代诗人白居易、元稹开创的一种诗风。因昌盛于元和(唐宪宗年号)年间,故名"元和体"。

⑧继清尘:此指追随前人。

寄清晓阇梨①

前时春雪晴,林壑趣弥清。几忆山阴讲,兼忘谷口耕②。树从归夕鸟,湖影浸寒城③。还肯重相访④?柴门掩杜蘅⑤。

【题解】

此诗表明诗人对僧友的思念。此诗列宋本诸诗第一百三十首,正统本列《寄钱紫微易》后,他本从之。

【校注】

①阇梨:亦作"阇黎",梵语"阿阇梨"的省称,意谓高僧,泛指僧。《梁书·侯景传》:"(僧通)初言隐伏,久乃方验,人并呼为阇梨,景甚信敬之。"

②谷口耕:指汉代谷口郑子真,修道守默,成帝时,不应大将军王凤之礼聘,事见于《汉书·王贡两龚鲍传》。此处借指隐居。汉扬雄《法言·问

神》:"谷口郑子真,不屈其志,而耕乎岩石之下,名震于京师,岂其卿!岂其卿!"

③寒城:寒天的城池。南朝齐谢朓《宣城郡内登望》诗:"寒城一以眺,平楚正苍然。"

④访:宋本作"望",应误。

⑤柴门:柴木之门,言其简陋。杜蘅:即杜若,香草名。《离骚》:"畦留夷与揭车兮,杂杜衡与芳芷。"蘅:宋本、明钞本均误作"衡"。

【辑评】

元方回《瀛奎律髓》卷四十七《释梵类》:和靖于僧徒交游良多,如《送机素》云"锡润飞晴霭,罗寒滤晓澌",下一句新奇。《寄清晓》云"树丛归夕鸟,湖影浸寒城",尤妙不可言。宜其隐于湖山,而名闻天下,彻九重垂百世也。胸次、笔端两相扶竖如此。

寄胡介

忆著胡居士①,长看古佛书。衡门惟老母,一食共寒蔬②。墨迹多图鹤,山名爱话庐③。几回曾会宿,风雪满庭除。

【题解】

此诗借寄赠表现自己的隐居之乐。此诗列宋本诸诗第一百三十四首,正统本列《寄清晓阇梨》后,他本从之。诗题"介",宋本、正统本、正德本、明钞本、万历诸本、康熙本均为"介",同卷后有赠胡诗,卢文弨校云:"俗本'乂'误作'介'",宋本、正统本、正德本均作"乂",明钞本误作"人",万历诸本、康熙本作"介",朱孔彰本前后两首均作"乂"。邵裴子按:"前诗曰:'忆着胡居士,长看古佛书。'是学佛才,后诗曰:'常流笑学仙'及'金方烧易得',是学仙者,其为两人无疑。第一首兹定从宋本以下六本作'介',第二首从宋本,以下四本('人'显为'乂'之误)作'乂'。鲍、朱两家所校均未审。"

【校注】

①居士：佛教用以称呼在家佛教徒之受过"三归""五戒"者。《维摩诘经》称，维摩诘居家学道，号称"维摩居士"。
②食：从宋本，正统后诸本作"饭"。寒蔬：冬天食用的蔬菜。
③话：正德本、明钞本、万历各本均误作"画"。庐：庐山。

寄孙冲簿公①

低折沧洲簿②，无书整两春。马从同事借，妻怕罢官贫。道僻收闲药，诗高笑古人。仍闻长吏奏③，表乞琐厅频④。

【题解】

此诗既有对友人的鼓励和肯定，也暗示了自己的清高和慕古。此诗列宋本诸诗第一百三十六首，正统本列《寄胡介》后，他本从之。

【校注】

①孙冲：字升伯，赵州平棘（今河北省赵县南）人。生卒年不详，北宋初人。举明经，历古田青阳尉、盐山丽水主簿。后举进士，登科甲，累官监丞、通判、太常博士。《宋史》有传。簿：官名，指主簿一类的官职，因负责文书簿籍故多称簿，历朝皆有。此从宋本，他本为"仲"。
②低折：屈心顺服，此处指委屈从事主簿之职。
③长吏：旧地位较高的官员。战国楚宋玉《高唐赋》："长吏隳官，贤士失志。"此指县令。
④琐厅：应为锁厅，指锁厅试。宋代称现任官或有爵禄者应进士试。《宋史·选举一》："凡命士应举，谓之锁厅试。"

【辑评】

宋阮阅《诗话总龟·百家诗话总龟后集》卷之五十《拾遗门》：林和靖诗："马从同事借，妻怕罢官贫。"颇能状寒廉态，抑又有意。所谓怕贫者，妇人女子耳，大丈夫之不移，何陨获之有？子美有"长贫任妇愁"，亦以男子未尝愁也。"让粟不谋妻",以明谋及妇人则不得辞也。
　　清陶元藻《全浙诗话》卷十宋:("马从同事借,妻怕罢官贫")又云:"浮生有定分,饥饱岂可逃。叹息谓妻子,我何随汝曹。"乐天云:"妻孥不说生怪问,而我醉卧方陶然。"退之云:"莫为儿女态,戚嗟忧贱贫。"
　　清陶元藻《全浙诗话》卷十宋:和靖"马从同事借,妻怕罢官贫",情状已可喜。及观岑参《送颜少府》云"爱客多酒债,罢官无俸钱",戎昱《题李明府壁》云"料钱供客尽,家计到官贫",虽欲不喜,不得也。

寄和昌符

　　家近太行居,西归压一驴。同侪多及第①,高论独知书。名迹收藏遍②,公门请谒疏③。离愁不可写,蝉噪夕阳初。

【题解】
　　此诗表达了与友人的情谊,颇能体现林逋寄赠诗细腻清幽的特点。此诗列宋本诸诗第一百四十一首,正统本列《寄孙冲簿公》后,他本从之。

【校注】
①同侪:同伴。
②名迹:名家的手迹。
③门、请:正统本、正德本、明钞本、万历四本作"卿""扣"。请谒:请求,干谒。

闻越僧灵皎游天竺山因而有寄①

　　天竺秋重入②,招提隔翠林③。几回闻桂子,无复忆山阴④。峰晓云衣破,溪寒石色深。扪萝诸胜概⑤,孤病负同寻。

【题解】
此诗重在意蕴与感受融为一体,总体风格澄淡高远。此诗未见于宋本,他本收之。

【校注】
①天竺山:位于杭州灵隐山南。
②竺:明钞本作"台",误。
③招提:梵语。音译为"拓门提奢",省称"拓提",后误为"招提"。其义为"四方",四方之僧称招提僧,四方僧之住处称为招提僧坊。北魏太武帝造伽蓝,创招提之名,后遂为寺院的别院。南朝宋谢灵运《答范光禄书》:"即时经始招提,在所住山南。"
④桂子:传说每年中秋后有月中桂子落于天竺寺。忆:从正统本;正德以后各本均作"隔",误。山阴:见本卷《和梅圣俞雪中同虚白上人见访》注⑦。
⑤扪萝:攀援葛藤。唐宋之问《灵隐寺》:"扪萝登塔远,刳木取泉遥。"

寄曹南任懒夫①

关门却坐忘②,一烬隐居香。午濑怀泉瀑,秋耕负晓冈。道深玄草在③,贫久褐衣荒④。料得心交者⑤,微吟为楚狂⑥。

【题解】
此诗意在表现诗人自处陋室而怡然自得之趣。此诗未见于宋本,他本收之。

【校注】
①曹南:即曹南山。《太平寰宇记·曹州·济阳县》:"曹南山,在县东二十里。"
②坐忘:道家谓物我两忘、与道合一的精神境界。《庄子·大宗师》:"隳肢体,黜聪明,离形去知,同于大通,此谓坐忘。"

③玄草:文稿,书稿。
④褐衣:粗布衣服。借指贫贱者。《史记·平原君虞卿列传》:"邯郸之民,炊骨易子而食,可谓急矣,而君之后宫以百数,婢妾被绮縠,余粱肉,而民褐衣不完,糟糠不厌。"
⑤心交:知心朋友。
⑥微吟:小声吟咏。楚狂:春秋楚人陆通。《论语·微子》:"楚狂接舆歌而过孔子曰:'凤兮!凤兮!何德之衰?'"邢昺疏:"接舆,楚人,姓陆名通,字接舆也。昭王时,政令无常,乃披发佯狂不仕,时人谓之楚狂也。"后指狂士。

途中回寄闾丘秀才

极目半秋色,此情聊惨凄。行人古道上①,落日破村西。剑饮无高会②,驴游困解携③。只因风与月,吾子有新题。

【题解】

此诗重在抒写对友人的思念之情。此诗列宋本诸诗第一百三十九首,正统本列《寄曹南任懒夫》后,他本从之。

【校注】

①"行人"句:化用唐耿湋《秋日》诗:"古道少人行"。
②饮:从宋本、正统本、正德本、明钞本、万历本均同;康熙本、朱本均作"影",误。高会:盛大宴会。《战国策·秦策三》:"于是使唐雎载音乐,予之五千金,居武安,高会相与饮。"
③解携:离别。唐杜甫《水宿遣兴奉呈群公》诗:"异县惊虚往,同人惜解携。"

寄辇下传神法相大师①

禁寺诸供奉②,如师艺学稀。粉轻昏古本③,罗重折秋衣。净碱生瓶晕,连阴长竹围。算应支遁马④,毛骨苦无肥。

【题解】

此诗颇能表现林逋诗歌善于构思的特点,对物候时令的刻画非常精确,既有情韵又富理趣。此诗列宋本诸诗第一百二十首,正统本列《淮甸城居寄任刺史》后,他本从之。

【校注】

①辇(niǎn)下:即辇毂下,犹言在皇帝车舆之下,代指京城。传神:谓画人像。宋张师正《括异志·许偏头》:"成都府画师许偏头者,忘其名,善传神,开画肆于观街。"

②禁寺:犹省寺。公卿官署,如太常寺、鸿胪寺等。供奉:以某种技艺在皇帝左右供职之官,如从事文学、艺术等。

③粉轻:指古人作画时用以作底之粉。

④支遁马:晋高僧支遁,常养马数匹。

寄临川司理赵时校书①

远宦风波隔,归期岁月频。天形孤鸟晚②,烟色大江春。驿路向山郭③,船樯留估人④。高台望不极,空使鬓华新。

【题解】

此诗虽为寄友之作,但亦表现作者济苍生、安社稷的宏愿。此诗列宋本五言律诗第二十七,正统本列《寄辇下传神法相大师》后,他本从之。

【校注】

①临川:古代郡名,三国吴置,今江西省抚州市。司理:即司理参军。掌狱讼刑罚。校书:古代掌校理典籍的官员,即校书郎。宋制,秘阁有校书郎。

②天形:天生的形态。唐独孤及《题思禅寺上方》诗:"山中有良药,吾欲豫天形。"

③驿路:驿道。唐王昌龄《送吴十九往沅陵》诗:"沅江流水到辰阳,溪口逢君驿路长。"山:从宋本,他本均作"江"。

④船樯:船桅杆。估:正统本、正德本、明钞本、万历本均为"估";康熙本始作"贾"字。

【辑评】

清黄培芳《香石诗话》卷三:林和靖诗,余最喜其五言,如"夕寒山翠重,秋净雁行高""水风清晚钓,花日重春眠""酒病妨开卷,春阴入荷锄""村路飘黄叶,人家湿翠微""竹老生虚籁,池清见古源""江流富春阔,山杳括苍危""静钟浮野水,深寺隔春城""天形孤鸟晚,烟色大江深",品格高逸,即此可接柴桑。

寄茂才冯彭年

异代甘泉赋①,谁当颂太微②?无如摘藻妙③,所惜赏音稀④。渐远江关树,方单客子衣⑤。扁舟舣何许?霰雪暮霏霏。

【题解】

此诗盖因冯彭年遭遇官场挫折而作,流露了林逋对知音的关切之情。此诗列宋本五言律诗第十九,正统本列《寄祝长官坦》后,他本从之。

【校注】

①甘泉赋:汉代扬雄所作。
②太微:古代星宿名,以为天庭。指朝廷或帝皇之居。
③摛藻:铺陈辞藻,意指施展文才。
④赏音:知音。三国魏曹植《求自试表》之一:"夫临博而企竦,闻乐而窃抃者,或有赏音而识道也。"
⑤客子:离家在外的人。汉王粲《怀德》诗:"鹳鹆在幽草,客子泪已零。去乡三十载,幸遭天下平。"

赠金陵明上人

高社似东林①,修行岁月深。讲多删旧钞,斋早唤幽禽②。上国名流重③,诸方学者寻。长因对清话④,山阁转松阴。

【题解】

此诗表现了林逋超凡脱俗的品格。此诗列宋本诸诗第一百四十七首,正统本列《射弓次寄彭城四君》后,他本从之。

【校注】

①高社:晋高僧慧远与慧永等十八人结社于庐山东林寺,同修净土之法,号白莲社。
②唤:正统本、正德本、明钞本、万历本均作"换",误。幽禽:鸣声幽雅的禽鸟。
③上:宋本作"亡",应误。
④清话:高雅不俗的言谈。

赠崔少微①

贤才负圣朝,终日掩衡茅②。尚静师高道③,甘贫绝俗交。晒碑看壁蠹,蒸术拾邻梢④。却忆扬夫子,劳劳事解嘲⑤。

【题解】

诗中赞扬友人清高不俗的品性,表现对友人才华的肯定和惺惺相惜之意。此诗列宋本诸诗第一百三十八首,正统本列《赠金陵明上人》后,他本从之。

【校注】

①少微:星座名,共四星,在太微垣西南,后指处士。
②衡茅:见本卷《山村冬暮》注①。
③高道:崇高的德行。
④梢:小柴。
⑤解嘲:因被人嘲笑而自作解释。《汉书·扬雄传下》:"时雄方草《太玄》,有以自守,泊如也。或嘲雄以玄尚白,而雄解之,号曰解嘲。"

知县李大博得替①

惠爱复公清②,三年报政成③。弦歌敦雅俗④,桃李蔼春荣。县治尝游刃⑤,朝趋久影缨⑥。相门如有相⑦,他日愿持衡⑧。

【题解】

据此诗"相门如有相"句,推知李大博当为宰相之后。诗中对李大博政绩极为称赏。此诗列宋本五言律诗第六,正统本列《赠任懒夫》后,他本从之。诗题"得"字,宋本、正统本、正德本、明钞本、万历诸本均无,朱孔彰本增入,卢文弨认为应有"得"字,后皆从之。

【校注】

①大博:即太博。得替:指任期届满,有人接替。

②惠爱:犹仁爱。《韩非子·奸劫弑臣》:"哀怜百姓,不忍诛罚者,此世之所谓惠爱也。"公清:清廉无私。

③三年:唐宋地方官任期为三年。

④弦歌:依琴瑟而咏歌,指礼乐教化。敦:宋本缺,下小注"御名"二字。雅俗:指雅正的风气。唐杨巨源《薛司空自青州归期》诗:"已变畏途成雅俗,仍过旧里捋秋风。"

⑤游刃:精熟,自如。典出《庄子·养生主》:"彼节者有间而刀刃者无厚,以无厚入有间,恢恢乎其于游刃必有余地矣。"

⑥趋:同"趋"。彩缨:指在朝廷做官。

⑦相门:《史记·孟尝君列传》:"文闻将门必有将,相门必有相。"

⑧持衡:即持衡擁璇。喻执掌权柄。

赠蒋公明

高亢近谁同,心闲爱子慵。居深避俗客,睡起听邻钟。纸轴敲晴响,茶铛煮晚浓①。南斋屡招宿②,幽语数诸峰。

【题解】

诗中表现林逋与友人的惺惺相惜,也反映了林逋与其心灵的契合和交好的原因。此诗列宋本诸诗第一百四十一首,正统本列《知县李大博得替》后,他本从之。

【校注】

①茶铛:煎茶用的釜。

71

②南斋:住室南面的书房。

喜冯先辈及第后见访

肄业十年初①,萧然此饭蔬。何期桂枝客②,来访竹林居。香炷开新诰③,尘痕拂旧书。回轩应睠睠④,将与岭云疏。

【题解】
诗中表现对友人的期望,鼓励其求取科第,期盼春风得意,折桂归来。此诗列宋本五言律诗第二十一,正统本列《赠蒋公明》后,他本从之。诗题"冯"字从宋本,他本皆作"马"。

【校注】
①肄业:见本卷《寄吴肃秀才》注②。
②何期:犹岂料。桂枝客:亦称"桂客",对科举及第者之称。
③香炷:点燃着的香。开:从宋本,他本皆作"看",应为音误。诰:唐宋以后,皇帝授官封赠之命令。
④回轩:回曲的长窗,后为长窗之别名。睠(juàn):反顾。

赠胡乂

妻儿终拟弃,旧识尽名贤。高节嫌趋世,常流笑学仙①。金方烧易得②,星度算来玄③。只说寻山去,相期已数年。

【题解】
诗中对友人极为赞赏,同时也展现了自己的孤高超逸。此诗列宋本诸诗第一百四十二首,正统本列《喜冯先辈及第后见访》后,他本从之。何养纯本、潘是仁本错题为"赠胡介"，详见本卷《寄胡介》提要。

【校注】

①常流：凡庸之辈。《晋书·习凿齿传》："琐琐常流，碌碌凡士，焉足以感其方寸哉！"

②金方：道家炼金丹之法。

③星度：星辰运行的度数。《事物纪原》引《帝王世纪》："黄帝受命，及推分星次，以定律度。"《史记·历书》："乃者，有司言星度之未定也，广延宣问，以理星度，未能詹也。"

赠张绘秘教九题①

【题解】

此组赠答诗共九首，反映了禅宗静默观照与沉思冥想影响下的林逋心态，郁懑化解，平淡幽逸。同时，也表现了林逋诗歌的巧思特点，能从普通物象中发掘诗意，字句锤炼，造语新奇。此组诗未见于宋本，他本均收。

诗　将②

风骚推上将③，千古耸威名。子美常登拜④，昌龄合按行瑠璃堂图以王昌龄为诗夫子⑤。笼纱疑旆影⑥，击钵认金声⑦。唱和知谁敌，长驱势已成。

【校注】

①秘教：疑作"秘校"。

②诗将：诗坛称雄的诗人。

③上将：主将，统帅。

④子美：即杜甫。指杜甫为诗坛主将。

⑤昌龄:即王昌龄。应居高位,可以巡行部属。
⑥笼纱:唐王播少孤贫,客扬州惠昭寺木兰院,随僧斋食,僧厌之。后出镇是邦,访旧游,向之题句,已皆以碧纱笼之。事见王定保《唐摭言》。
⑦击钵:即击钵催诗,喻诗才敏捷。南朝齐竟陵王萧子良,常于夜间邀集才人学士饮酒赋诗,刻烛限时,规定烛燃一寸,诗成四韵。萧文琰认为这并非难事,乃与丘令楷、江洪二人改为击铜钵催诗,要求钵声一止,诗即吟成。事见《南史·王僧孺传》。

诗　家①

　　风月骚人业,相传能几家。清心长有虑,幽事更无涯②。隐奥谁知到,陵夷即自嗟③。千篇如可构④,聊拟当豪华。

【校注】
①诗家:即诗人。
②幽事:雅事。
③陵夷:由盛到衰。意为浅俗。
④构:正统本缺,应是仍遵宋本旧式,避宋高宗讳。正德本、明钞本、万历本均作"得",邵裴子注:"当是臆补于前,沿袭于后。"康熙本、朱本均作"构"。

诗　匠①

　　诗流有匠手②,万象片心通③。山落分题月,花摇刻句风。劳形忘底滞④,巧思出樊笼。唐律如删正,斯人合立功。

【校注】
①诗匠:指在诗歌方面造诣或修养很深的人。

②诗流:指诗人。
③万象:宇宙间一切事物或景象。
④劳形:指使身体劳累、疲倦。《庄子·渔父》:"苦心劳形,以危其真。"
底滞:迟钝,此处指苦思推敲。

诗　笔①

青镂墨淋漓②,珊瑚架最宜。静援花影转,孤卓漏声迟③。题柱吾无取④,如椽彼一时⑤。风骚兼草隶,千古有人知。

【校注】

①诗笔:写诗的笔。宋王安石《赠老宁僧首》诗:"闲中用意归诗笔,静外安身比太山。"
②青镂:即青镂管。青色玉雕的笔管,借指毛笔。
③漏声:铜壶滴漏之声。
④题柱:即题桥柱。喻对功名有所抱负。汉司马相如初离蜀赴长安,曾于成都城北升仙桥题句于桥柱,自述致身通显之志,曰:"不乘赤车驷马,不过汝下也!"事见晋常璩《华阳国志·蜀志》。
⑤如椽:典出《晋书·王珣传》:"珣梦人以大笔如椽与之,既觉,语人曰:'此当有大手笔事。'"

诗　狂①

岸帻都旁若②,穷搜无遁形③,写嫌僧阁窄④,吟怕酒船停⑤。绝顶寒曾上,闲门夜不扃。兴阑犹拍髀⑥,毫末视青冥⑦。

【校注】

①诗狂:狂放不羁的诗人。

②岸帻:推起头巾,露出前额。形容态度洒脱,或衣着简率不拘。旁若:旁若无人的省称。

③穷搜:极力搜寻。

④僧阁:寺院楼阁。

⑤酒船:即酒杯。宋朱敦儒《减字木兰花》词:"痛饮何言,犀筯敲残玉酒船。"

⑥兴阑:兴残。唐王维《从岐王过杨氏别业应教》诗:"杨子谈经所,淮王载酒过。兴阑啼鸟换,坐久落花多。"拍髀:拍腿,形容激动之状。

⑦毫末:毫毛末端,喻极其细微。青冥:青苍幽远,指青天。《楚辞·九章·悲回风》:"据青冥而摅虹兮,遂倐忽而扪天。"

诗 魔①

花露湿晴春,秋灯落烬频。只缘吟有味②,不觉坐劳神。寄远情无极③,搜奇事转新。此魔降不得,珍重五天人④。

【校注】

①诗魔:酷爱写诗如着魔一般的人。

②只缘:各本均同,仅朱本作"祇知"。

③寄远:寄送远方。无极:无穷尽。

④五天人:见本卷《和酬天竺慈云大师》注⑤。

【辑评】

明徐𤊹《笔精》卷三《诗评》:宋林逋云"只缘吟有味,不觉坐劳神。"此非深于诗者,不能道也。

诗　牌①

蠹方标胜概②,读处即忘归。静壁悬虚白③,危楼钉翠微。清衔时亦有,绝唱世还稀。一片题谁作？吾庐水石围④。

【校注】
①诗牌:用以题诗的木板。唐人谓之诗板,宋人谓之诗牌。
②胜概:美景。
③虚白:指心中纯净无欲。语本《庄子·人间世》:"瞻彼阕者,虚室生白,吉祥止止。"
④水石:即泉石,指清丽胜景。

诗筒乐天早与微之唱和常以竹筒贮诗往还①

唐贤存雅制,诗笔仰朱谅防闲②。递去权应紧诗权出薛许昌③,封回债已还诗债出贾司仓④。带班犹恐俗,和节不妨删⑤。酒篚将书簏,谁言季孟间？

【校注】
①诗筒:盛诗稿以便传递的竹筒。唐白居易《秋寄微之十二韵》:"忙多对酒樽,兴少阅诗筒。"自注:"此在杭州,两浙唱和诗赠答,于筒中递来往。"
②防闲:防止,指以筒贮诗,以防为人所见。朱谅:朱本误列"闲"字下。沈幼征注:"疑为反切上下字,下脱切字。本卷末首《孤山雪中写望》第五句'载'字下即注'昨盖切'可类推。"
③薛许昌:薛能(约817—约882),字大拙,汾州(今山西汾阳)人。唐武宗会昌六年(846)登进士第。唐宣宗大中八年(854)授盩厔尉,累辟使府。大中十三年(859),为义成军节度使李福观察判官。累官御史、刑部员

外郎。世称薛许昌,有《薛能诗集》十卷。

④贾司仓:贾岛(779—843),字阆仙,人称诗奴。诗债:谓他人索诗或要求和作,未及酬答,如同负债。

⑤和节:协调、合适。唐韩愈《唐故相权公墓碑》:"维匡调娱,不失其正;中于和节,不为声章。"删:从康熙本,他本均作"山"。

【辑评】

明高濂《遵生八笺》卷之八《起居安乐笺》下卷《诗筒葵笺》:白乐天与微之常以竹筒贮诗,往来赓唱,故和靖诗云"带班犹恐俗,和节不妨山"之句。既有诗,可无吟笺?许判司远以葵笺见惠,绿色而泽,入墨觉有精采。询其法,乃采带露蜀葵叶研汁,用布挹沫竹纸上,伺少干,用石压之。许尝诗云"不采倾阳色,那知恋主心?"不独便于山家,且知葵藿倾阳之意。

诗　壁①

数题留粉堵②,还胜在屏风。坐读棋慵下,眠看酒恰中。僧房秋色冷,山驿晚阳红③。更有栖迟句④,家徒一亩宫⑤。

【校注】

①诗壁:被诗人题上诗的墙壁,或专供诗人题诗的墙壁。

②粉堵:粉墙。唐杜牧《题宣州开元寺》诗:"溪声入僧梦,月色晖粉堵。"

③山驿:山中驿站。

④栖迟:漂泊失意。唐李贺《致酒行》:"零落栖迟一杯酒,主人奉觞客长寿。"

⑤一亩宫:《礼记·儒行》:"儒有一亩之宫,环堵之室,筚门圭窬,蓬户瓮牖。"

宿洞霄宫二首①

大涤山相向,华阳路暗通②。风霜唐碣朽③,草木汉祠空。剑石苔花碧,丹池水气红。幽人天柱侧,茅屋洒松风。

秋山不可尽,秋思亦无垠。碧涧流红叶,青林点白云。凉阴一鸟下,落日乱蝉分。此夜芭蕉雨,何人枕上闻?

【题解】

此二首诗意在表现隐居生活的清静优雅,孤寂清苦的叹息亦稍有流露。全诗画面场景不时变换,具有流动美感,整体抒情工巧,澄淡清逸。此二诗万历间刻本始收入,见于何养纯、潘是仁刻本,康熙本从之。第一首题作《洞霄宫》,在《送思齐上人之宣城》之后,第二首题作《宿洞霄宫》,在五律之末。卢文弨校曰:"二首见《洞霄宫集》,是公手迹。"邵裴子依卢文弨校,改正诗题,并依朱孔彰本,同次《诗壁》后。

【校注】

①洞霄宫:道观名。在今浙江省杭州余杭区南大涤天柱两山之间。汉元封(前110—前105)时为祈福之处。唐建天柱观,宋大中祥符五年(1012)改为洞霄宫。

②华阳路:唐吴筠《天柱观记》、吴越王钱镠《天柱观记》皆谓大涤洞暗通华阳、林屋。

③朽:万历以后各本均作"久",依《洞霄诗集》改。邵裴子按:"《洞霄诗集》二诗后有道士王思明跋云:'得真迹于先生七世孙可山林君洪处。'思明与陆游同时,同集有其《求洞霄宫碑谢别陆放翁》诗。"

【辑评】

清卢文弨《群书拾补》:《洞霄宫》。案:《宿洞霄宫》二首,见《洞霄宫集》,云"是公手迹",今乃离置两处,此首间于赠送类中。又一首上有"宿"

字,置于五律之末,编次殊无法。

孤山雪中写望

片山兼水绕,晴雪复漫漫。一径何人到,中林尽日看①。远分樵载<small>昨盖切</small>重,斜压苇丛干。楼阁严城寺,疏钟动晚寒。

【题解】

诗中极摹孤山雪景,表现诗人结庐隐居的高雅节操。此诗康熙以前诸本未收。卢文弨校云:"此诗真迹见《江村消夏录》,应补入。"邵裴子按:"此诗墨迹尚存,兹依卢说补列五言律诗之末。"朱孔彰本列入"拾遗",并删"昨盖切"三字。

【校注】

①中林:林野。《诗·周南·兔罝》:"肃肃兔罝,施于中林。"

卷二

七言律诗

峡石寺①

长淮如练楚山青②,禹凿招提甲画屏③。数崦林萝攒野色④,一崖楼阁贮天形。灯惊独鸟回晴坞,钟送遥帆落晚汀。不会剃头无事者⑤,几人能老此禅扃⑥。

【题解】

此诗当作于放游江淮之时,乃有为而发。此诗未见于宋本,他本均收。

【校注】

①峡石寺:位于今安徽省寿春县东北。寺盖建于峡石之上。

②淮:正统本、正德本、明钞本均同;万历本、康熙本、朱本均作"怀",应为音误。

③招提:见卷一《闻越僧灵皎游天竺山因而有寄》注③。甲:明钞本作"四",误。

④崦(yān):即山。

⑤剃头:指落发出家。

⑥禅扃:指禅房。唐刘禹锡《赠别约师并引》诗:"师逢吴兴守,相伴住禅扃。"

【辑评】

清吴乔《围炉诗话》卷五:林逋泉石自娱,故诗清绮绝伦。时有晚唐卑调弱句。如《孤山寺》"破殿静披蘯白古,斋房闲试酪奴春",《峡石寺》"灯惊独鸟回晴坞,钟送遥帆落晚汀",俱工。……至和靖云"白公睡阁幽如画,张祐诗牌妙入神。""不会剃头无事者,几人能老此禅扃。"狼籍甚矣!

出泉水驿

晓城寒水共萧萧,湿碧吹青路一条。烟霭浓间出山驿,林萝深里过溪桥。闲情谩会吟兼画,隐事犹输钓与樵。多谢孤村人落外①,酒旗风急更相招。

【题解】
此诗画意浓厚,应作于放游江淮之时。此诗未见于宋本,他本均收。
【校注】
①人落:人聚居的地方。

过芜湖县①

诗中长爱杜池州②,说着芜湖是胜游。山掩肥城当北起,渡冲官道向西流。风稍樯碇纲初下③,雨摆鱼薪市未收。更好两三僧院舍,松衣石发斗山幽④。

【题解】
诗中借景抒情,清逸静幽,亲切自然。此诗未见于宋本,他本均收。
【校注】
①湖:康熙本、《宋诗钞》均作"城",误。"芜湖是胜游"之"湖",二本亦误作"城"。
②杜池州:指杜牧。曾任池州刺史。
③稍:诸本均同,邵裴子按:"疑是'捎'误作'梢',再误作'稍'也。"碇:停船时沉入水底用以稳定船身的石块或系船的石礅。此字明钞本缺。纲:

正统本、正德本、明钞本、万历本、《宋诗钞》均同;朱本作"网"。

④发斗:明钞本缺此二字。

【辑评】

清卢文弨《群书拾补》:《过芜湖县》,俗本作"芜城",并诗中亦同,大误。芜城是扬州,未尝置县,况诗首句云"诗中长爱杜池州",安得以为芜城?

无为军①

掩映军城隔水乡,人烟景物共苍苍。酒家楼阁摇风斾,茶客舟船簇雨樯②。残笛远砧闻野墅③,老苔寒桧看僧房。狎鸥更有江湖兴④,珍重江头白一行。

【题解】

此诗笔墨疏朗,颇能体现林逋的山水诗特点。此诗未见于宋本,他本均收。

【校注】

①无为军:今安徽省中部无为县。宋初置无为军。

②茶客:经营茶业的商人。

③笛:明钞本作"宿",误。野墅:村舍,田庐。

④狎鸥:指隐逸。《列子·黄帝篇》:"海上之人有好沤鸟者,每旦之海上,从沤鸟游,沤鸟之至者百住而不止。其父曰:'吾闻沤鸟皆从汝游,汝取来,吾玩之。'明日之海上,沤鸟舞而不下也。"

耿济口舟行①

环回几合似江干②,刺眼诗幽尽状难③。沙觜半平春晚湿④,水痕无底照秋宽。老霜蒲苇交千刃,怕雨凫鸥著一攒。拟就孤峰寄蓑笠,旧乡渔业久凋残⑤。

【题解】

此诗反映了林逋无意宦途,心慕隐居。此诗未见于宋本,他本均收。

【校注】

①耿济口:在今山东省齐河县。后汉建武五年(29),耿弇进讨张步,在此渡河,故名。

②环回:曲折回旋。江干:江边,江岸。

③刺眼:谓触目。

④沙觜:一端连陆地,一端突出水中的带状沙滩,常见于低海岸和河口附近。

⑤残:明钞本误作"漫"。

池阳山店

数家村店簇山旁,下马危桥已夕阳。惊鸟忽冲溪蔼破,暗花闲堕堑风香。时闲盘泊心犹恋①,日后寻思兴必狂。可惜回头一声笛,酒旗摇曳出疏篁。

【题解】

此诗作于放游之时,但诗中反映的是作者澄静平淡的心境。此诗未见于宋本,他本均收。

【校注】

①盘泊:滞留。

安福县途中作①

诗景纷拏且按鞭②,坏桥危蹬已鸣泉③。云根道店多沽酒,山崦人家亦种田④。谷鸟惊啼冲宿雨,野梅愁绝闭寒烟。玉梁阁皂堪行遍⑤,回到临江即上船⑥。

【题解】

此诗颇能反映林逋诗作景物描写细腻的特点。此诗列宋本诸诗第一百二十四首,正统本列《园庐》后,他本从之。

【校注】

①安福县:在今江西省西部。

②纷拏(rú):混乱貌。汉王逸《九思·悼乱》:"嗟嗟兮悲夫,彀乱兮纷拏。"

③已:朱本作"走"。

④山崦:山坳。

⑤玉梁:山名,即安徽东、西梁山。又称天门山。阁皂:山名。在今江西省清江县东,连亘二百余里,形如阁,色如皂。为道教名山福地。

⑥临江:在今江西省清江县西临江镇。宋置临江军。

采石山①

危阁闲登日渐曛②,整屏晴雨枕江濆③。秋稜瘦出无多寺,古翠浓连一半云。坐卧不抛输钓叟,往来长见属鸥群。翻然却怪宣城守④,是甚移将李白坟⑤?

【题解】

此诗反映了林逋七律的特点，即注重字句研炼，讲究对仗工整，具有晚唐体的特征。此诗列宋本诸诗第九十六首，正统本列《寺居》后，他本从之。

【校注】

①采石山：即采石矶，位于今安徽省马鞍山市长江东岸。石：明钞本误作"不"。

②曛(xūn)：黄昏。

③整：各本皆同，《宋诗钞补》作"画"。江濆(fén)：江岸。指沿江一带。

④翻然：反而。宣城守，指唐范传正，时为宣歙观察使。

⑤移将：唐范传正《唐左拾遗翰林学士李公新墓碑并序》："按图得公之坟墓，在当涂属邑。因令禁樵采，备洒扫，访公之子孙，欲申慰荐。凡三四年，乃获孙女二人……云：'先祖志在青山，遗言宅兆，顷属多故，殡于龙山东麓，地近而非本意。坟高三尺，日益摧圮，力且不及，知如之何。'闻之悯然，将遂其请。因令当涂令诸葛纵……躬相地形，卜新宅于青山之阳，以元和十二年正月二十三日，迁神于此。遂公之志也。西去旧坟六里，南抵驿路三百步，北倚谢公山，即青山也。"

山谷寺^①

才入禅林便懒还^②，众峰深壑共孱颜^③。楼台冷簇云萝外^④，钟磬晴敲水石间。茶版手擎童子净^⑤，锡枝肩倚老僧闲^⑥。独孤房相碑文在^⑦，几认题名拂藓斑。

【题解】

林逋喜居山寺，与禅僧多有交往，受禅学思想影响颇深，此诗可见一斑。此诗未见于宋本，他本均收。

【校注】

①山谷寺：位于今安徽省怀宁县西。《太平寰宇记·舒州·怀宁县》：

"山谷寺在县西二十里。梁大同二年建,以山谷为名。寺东北隅有第三祖塔,大历七年敕改为觉寂塔。"

②才:正统本、正德本、明钞本、万历本均同;康熙本、朱本作"一"。

③共:同"拱"。屠颜:即巉岩。

④云萝:指深山隐居之处。

⑤茶版:托茶盏的用具。

⑥锡枝:即锡杖。

⑦"独孤"句:唐独孤及《舒州山谷寺觉寂塔隋故镜智禅师碑铭》:"剖符是州,登禅师遗居,周览尘迹,明征故事。……碑版之文,隋内史侍郎河东薛公道蘅、唐相国刑部尚书赠太傅河南房公琯继论撰之。"

黄家庄

黄家庄畔一维舟①,总是沿流好宿头。野兴几多寻竹径②,风情些小上茶楼③。遥村雨暗鸣寒犊,浅溆沙平下晚鸥④。更有锦帆荒荡事⑤,茫然随分起诗愁⑥。

【题解】
黄家庄,未详,据"更有锦帆荒荡事"推知,当在隋代所开运河之上。此诗对历史的思考平添了诗愁,也体现了林逋的人文关怀。此诗列宋本诸诗第一百五十二首,正统本列《林间石》后,他本从之。

【校注】
①维舟:系船停泊。南朝梁何逊《与胡兴安夜别》诗:"居人行转轼,客子暂维舟。"

②野兴:对郊游的兴致或对自然景物的情趣。北魏杨衒之《洛阳伽蓝记·正始寺》:"是以山情野兴之士,游以忘归。"

③茶:万历本、康熙本、朱本同;明钞本作"林"。

④溆(xù):水边。

⑤锦帆荒荡事:指隋炀帝御龙舟幸江都一事,其龙舟以锦为帆,故名"锦帆"。宋《开河记》:"锦帆过处,香闻十里。"

⑥茫:宋本作"落",康熙本同;正统本作"茫"。诗:康熙本作"时",卢校二字作"茫""诗"。

淮甸南游

幽胜程程拟遍寻,不妨淮楚入搜吟。薜莎篱落溪庄静①,松竹楼台坞寺深。数抹晚霞怜野笛,一筛寒水羡沙禽②。腰间组绶谁能爱③,时得闲游是此心。

【题解】

此诗反映林逋不慕仕途,为人澄澹高逸。《钦定四库全书总目》称:"其诗澄澹高逸,如其为人。"此诗未见于宋本,他本均收。

【校注】

①篱落:即篱笆。晋葛洪《〈抱朴子〉自叙》:"贫无僮仆,篱落顿决。荆棘丛于庭宇,蓬莠塞乎阶霤。"

②水:正统本、正德本、明钞本、万历本均同;康熙以后各本均作"雨"。沙禽:沙洲或沙滩上的水鸟。

③组绶:古人佩玉,用以系玉的丝带,借指官爵。《礼记·玉藻》:"天子佩白玉而玄组绶,公侯佩山玄玉而朱组绶,大夫佩水苍玉而纯组绶,世子佩瑜玉而綦组绶,士佩瓀玫而缊组绶。"

山园小梅二首

众芳摇落独暄妍①,占尽风情向小园②。疏影横斜水清浅③,暗香浮动月黄昏④。霜禽欲下先偷眼⑤,粉蝶如知合断魂⑥。幸有微吟可相狎,不须檀板共金尊⑦。

剪绡零碎点酥干⑧,向背稀稠画亦难。日薄从甘春至晚,霜深应怯夜来寒。澄鲜只共邻僧惜⑨,冷落犹嫌俗客看。忆着江南旧行路⑩,酒旗斜拂堕吟鞍⑪。

【题解】

诗题称"小梅",当是林逋隐居孤山之初,新栽不久所作(参见程杰《杭州西湖孤山梅花名胜考》)。此诗整体把握梅的姿态、幽香、疏枝旁逸、临水迎风、落英缤纷,用笔细腻、含蓄。作者与梅在精神上的契合,表现了诗人不苟世俗、高洁自好的避世思想,寄托了他的高洁情怀和隐逸志趣。此诗古今评论最多,北宋王直方,南宋王十朋、许顗,明代李日华等均十分称赏,虽然"疏影""暗香"由"竹影""桂香"改动而来,却使诗作有了不朽生命。南宋刘克庄编《千家诗》即选入此诗。此二诗未见于宋本,他本均收。

【校注】

①摇落:凋残,零落。北周庾信《枯树赋》:"沉沦穷巷,芜没荆扉,既伤摇落,弥嗟变衰。"暄妍:天气暖和,景色明媚。南朝宋鲍照《春羁》诗:"暄妍正在兹,摧抑多嗟思。"

②尽:《淳祐志》作"断",误。

③"疏影"二句:此句为诗家所称赞。欧阳修谓:"前世咏梅者多矣,未有此句也。"(《归田录》)司马光《温公续诗话》:"曲尽梅之体态。"宋蔡正孙《诗林广记后集》:"王晋卿(诜)云:'和靖疏影、暗香之句,杏与桃李皆可用也。'东坡云:'可则可,但恐杏桃李不敢承当耳。'"

④月黄昏:谓香动于月色黄且昏之际。明李日华《紫桃轩杂缀》载南朝有"竹影横斜水清浅,桂香浮动月黄昏"之句,林逋当化用此句。

⑤霜禽:霜鸟,指白鸥、白鹭等。唐孟郊《立德新居》诗:"霜禽各啸侣,吾亦爱吾曹。"

⑥如:《淳祐志》作"无",误。

⑦檀板：檀木制的拍板，歌唱时用以击节。此处指歌唱。

⑧碎：《淳祐志》《咸淳志》作"落"。点酥：点抹凝酥。宋文同《惜杏》诗："北园山杏皆高株，新枝放花如点酥。"

⑨澄鲜：清新。南朝宋谢灵运《登江中孤屿》诗："云日相辉映，空水共澄鲜。"

⑩着：《淳祐志》作"昔"，误。

⑪吟：《咸淳志》作"银"，误。

【辑评】

宋黄彻《䂬溪诗话》卷六：西湖"横斜""浮动"之句，屡为前辈击节，尝恨未见其全篇。及得其集，观之云："众芳摇落独暄妍，占尽风情向小园。疏影横斜水清浅，暗香浮动月黄昏。霜禽欲下先偷眼，粉蝶如知合断魂。幸有微吟可相狎，不须檀板共金尊。"其卓绝不可及，专在十四字耳。又有七言数篇，皆无如"池水倒窥疏影动，屋檐斜入一枝低"，"雪后园林才半树，水边篱落忽横枝"之句。

宋王直方《王直方诗话·二十八》：王君卿在扬州，同孙臣源、苏子瞻适相会。君卿置酒曰："'疏影横斜水清浅，暗香浮动月黄昏'，此林和靖梅花诗，然而为咏杏与桃李皆可用也。"东坡曰："可则可，只是杏李花不敢承当。"一座大笑。

宋蔡启《蔡宽夫诗话》：林和靖《梅花诗》："疏影横斜水清浅，暗香浮动月黄昏"，诚为警绝；然其下联乃云："霜禽欲下先偷眼，粉蝶如知合断魂"，则与上联气格全不相类，若出两人。乃知诗全篇佳者诚难得。

宋许顗《彦周诗话》：大凡《和靖集》中，梅诗最好，梅花诗中此两句尤奇丽。

宋周紫芝《竹坡诗话》：林和靖赋梅花诗，有"疏影横斜水清浅，暗香浮动月黄昏"之语，脍炙天下，殆二百年。东坡晚年在惠州，作梅花诗云："纷纷初疑月挂树，耿耿独与参横昏。"此语一出，和靖之气遂索然矣。张文潜云"调鼎当年终有实，论花天下更无香。"此虽未及东坡高妙，然犹可使和靖作衙官。政和间，余见胡份司业和曾公衮《梅诗》云"绝艳更无花得似，暗香惟有月明知。"亦自奇绝，使醉翁见之，未必专赏和靖也。

宋胡仔《苕溪渔隐丛话前集》卷二十七《林和靖》：陈辅之《诗话》云："唐人《牡丹诗》云'红开西子妆楼晓，翠揭麻姑水殿春。'若改'春'作'秋'，全是莲花诗。林和靖《梅花诗》云'疏影横斜水清浅，暗香浮动月黄昏。'近似野蔷薇也。"

宋蔡正孙《诗林广记·后集》卷九：《蔡宽夫诗话》云："和靖《梅诗》'疏影''暗香'一联，诚为警绝，然其'下霜禽粉蝶'一联，则与上联气格全不相类，若出两人。乃知诗全篇佳者诚难得。唐人多摘句为图，盖以此。"

宋王楙《野客丛书》卷二十二《陈胡二公评诗》：东坡云："诗人有写物之工，'桑之未落，其叶沃若'，他物不可当此。"林和靖诗"疏影横斜水清浅，暗香浮动月黄昏"，决非桃杏诗。皮日休《白莲》诗"无情有恨何人见，月冷风清欲堕时"，决非红莲诗。仆观陈辅之《诗话》谓："和靖诗近野蔷薇。"《渔隐丛话》谓："皮日休诗移作白牡丹，尤更亲切。"二说似不深究诗人写物之意，"疏影横斜水清浅"，野蔷薇安得有此萧洒标致？而牡丹开时，正风和日暖，又安得有"月冷风清"之气象邪！陈标《蜀葵诗》曰："能共牡丹争几许"，柳浑《牡丹诗》曰："也共戎葵较几多"，辅之渔隐所见，正与二公一同。

宋韦居安《梅磵诗话》卷下：梅格高韵胜，诗人见之吟咏多矣。自和靖"香""影"一联为古今绝唱，诗家多推尊之。其后东坡次少游"槁"字韵及谪罗浮时赋古诗三篇，运意琢句，造微入妙，极其形容之工，真可企微孤山。以此见骚人咏物，愈出而愈奇也。

元方回《瀛奎律髓》卷二十"梅花"类：和靖八梅未出，犹为易题。"疏影""暗香"，一经此老之后，人难措手矣。近世诸人为梅诗，一切蹈袭，殊无佳话。甚者搜奇抉隐，组织千百，去梅愈远。放翁七言律三十余首，其在蜀中所赋尤多，似若寓意于所爱者。咏梅当以神仙、隐逸、古贤士君子比之，不然则以自况。若专以指妇人，过矣。此所选十五首又似苦肉多于骨，与同时尤、杨、范体格不同云。

元方回《瀛奎律髓》卷二十"梅花"类："疏影""暗香"之联，初以欧阳文忠公极赏之，天下无异辞。王晋卿尝谓"此两句杏与桃、李皆可用也"。苏东坡云"可则可，但恐杏、桃、李不敢承当耳"。予谓"彼杏、桃、李者，影能疏乎？香能暗乎？繁秾之花，又与'月黄昏'、'水清浅'有何交涉？且'横斜'、

'浮动'四字,牢不可移"。

明王世贞《艺苑卮言》卷四:至"霜禽""粉蝶","直五尺童耳"。

明谢肇淛《小草斋诗话》卷二《外篇上》:《梅花》诗,"暗香""疏影"两语,自是擅场,所微乏者,气格耳。

明胡应麟《少室山房笔丛》卷二十三《续乙部·艺林学山五》:"疏影横斜"于水波清浅之处,"暗香浮动"于月色黄昏之时。二语于梅之真趣,颇自曲尽,故宋人一代尚之。然其格卑,其调涩,其语苦,未足大方也。

明俞弁《逸老堂诗话》卷上:林和靖《梅》诗:"疏影横斜水清浅,暗香浮动月黄昏。"议者以"黄昏"难对"清浅"。杨升庵《丹铅续录》云:"黄昏,谓夜深香动月之黄而昏,非谓人定时也。"余意二说皆非,岂诗人之固哉? 梅花诗往往多用月落参横字,但冬半黄昏时参横已见,至丁夜则西没矣。和靖得此意乎?

明安磐《颐山诗话》:竹坡老人曰:"和靖梅花诗'疏影横斜水清浅,暗香浮动月黄昏。'东坡云'纷纷初疑月挂树,耿耿独与参横昏。'此语一出,和靖气索然矣。张文潜云:'调鼎当年终有实,论花天下更无香。'虽未及坡之高妙,犹可使和靖作牙官。胡份云:'绝艳更无花得侣,暗香唯有月明知。'使醉翁见之,未必专赏和靖也。"老人殆未知诗者,梅诗须让和靖,东坡别有一段风味。张、胡之诗,未见佳处。张诗上句劣,胡诗下句劣也。

明李东阳《麓堂诗话》:天文惟雪诗最多,花木惟梅诗最多。雪诗自唐人佳者已传不可偻数,梅诗尤多于雪。惟林君复"暗香""疏影"之句为绝唱,亦未见过之者,恨不使唐人专咏之耳。

明李日华《紫桃轩杂缀》:"竹影横斜水清浅,桂香浮动月黄昏",林君复改二字为"疏影""暗香"以咏梅,遂成千古绝调。

明王路《花史左编》卷一《花魁拟新进英贤》:林和靖诗"疏影横斜水清浅,暗香浮动月黄昏",写梅之风韵。

清朱彝尊《曝书亭集·孤山拜林和靖墓》诗:鹤语声应隔岭村,孤亭寂口倚云根。一抔荒土埋诗骨,几树野梅开墓门。剩水残山悲往事,暗香疏影欲销魂。斜阳回望皆陈迹,试觅渔樵与细论。

清阮元《揅经室集·续集》卷九《合暗香浮动月黄昏》:疏影暗香交水

月,若教作画颇难工。谁知和靖诗心在,透入苍山石骨中。清浅倒垂枝掩映,黄昏斜倚气朦胧。妙从不甚分明处,两面纵横觅句同。

清梁诗正《西湖志纂》卷十二《艺文·腊日与守约同舍赏梅西湖(王十朋)》:暗香和月入佳句,压尽千古无诗才。

清沈涛《匏庐诗话》卷上:前人游孤山吊和靖,诗不一而足,韦梅磵独取徐抱独之"咸平处士风流远,招得梅花枝上魂。疏影暗香如昨日,不知人世几黄昏。"蜀僧北磵之"先生一意若云闲,洁白都无一点斑,名字不须深刻石,暗香疏影满人间。"余谓二诗固佳然,不如黄宜山之"坟边疏影尚横斜,鹤老苔荒处士家,独立东风难著语,只携樽酒酹梅花。"更有"不著一字"之妙。若吴兰皋之"高风千载梅花共,说著梅花便说君",未免直犯正位矣。又高菊磵《孤山雪后》云"近来行辈无和靖,见说梅花不要诗",意非不超,亦同此病,黄诗见《咸淳临安志》。

清田同之《西圃诗说》:梅花诗,东坡"竹外"七字,及和靖"雪后"一联,自是象外孤寄。若唐释齐已"前村风雪里,昨夜一枝开",明高季迪"流水空山见一枝",不落刻画,亦堪并响。

清田同之《西圃诗说》:《竹坡诗话》:"东坡晚年在惠州作梅花诗,云'纷纷初疑月挂树,耿耿独与参横昏。'此语一出,和靖'暗香'、'疏影'之句索然矣。又称张文潜'调鼎当年终有实,论花天下更无香',虽未及东坡高妙,然犹可使和靖作衙官。又云胡司业份'绝艳更无花得似,暗香唯有月明知',亦自奇绝,使醉翁见之,未必专赏和靖"等语,大是不解。东坡"纷纷""耿耿"句,未是绝作,至张、胡句,更复了不异人,安见在"暗香""疏影"之上?且置却东坡"竹外"七字而于此是取,不唯难服和靖之心,亦且大拂东坡之意,妍媸骎昧,乌足言诗!

清田同之《西圃诗说》:林和靖《梅》诗"疏影横斜水清浅,暗香浮动月黄昏。"《苇航纪谈》云"黄昏"以对"清浅",乃两字,非一字也。"月黄昏",谓夜深香动,月为之黄而昏,非谓人定时也。盖画午后阴气用事,花房敛藏,夜半后阳气用事,而花敷蕊散香,凡花皆然,不独梅也。其解固是,然和靖以此咏梅,愚意以为不甚允协。盖南唐江为已先有句云"竹影横斜水清浅,桂香浮动月黄昏。"细玩其情形、理致,殊觉一字难移,恰是"竹""桂"。即就

"月为之黄而昏"一解论之,亦自是桂花,不是梅花。而古今诵之,不辨未详耶?抑附和盛名耶?吾不能无间然矣。

清田同之《西圃诗说》:梅花诗,在汉、晋未之或闻,自宋鲍照以下,仅得十七人,共二十一首。唐诗人虽多,而杜少陵才二首,白香山四首,元微之、韩退之、柳子厚、刘梦得、杜牧之各一首,其余不过一二,如李翰林、韦左司、孟东野、皮日休并无一篇。至宋代方盛行,究其佳者,亦仅林和靖、苏东坡数首数句耳,何至程祁、陈从古、周必大等,动辄千首,亦甚不自量矣!

清吴仰贤《小匏庵诗话》卷二:潜夫言:"梅花累人,然人亦累梅花。"后世士大夫好咏梅,如张洽元、冯子振多至百首,可云词费。至方虚谷赋《梅花百咏》以谀贾相,见《癸辛杂志》,此则梅花之厄也。善夫高菊礀诗云:"自从和靖先生后,闻说梅花不要诗。"

清陶元藻《全浙诗话》卷十宋:《来马湖集》"水田飞白鹭,夏木啭黄鹂",唐李嘉祐诗也,摩诘增"漠""阴"二字。"竹影横斜水清浅,桂香浮动月黄昏",唐江为诗也,和靖易"疏""暗"二字,脍炙人口,遽掩前人。将人有重轻,抑文有显晦也。

清陶元藻《全浙诗话》卷十宋:《西湖》"横斜""浮动"之句,屡为前辈击节,尝恨未见其全篇,及得其集,观之云"众芳摇落独暄妍,占尽风情向小园。疏影横斜水清浅,暗香浮动月黄昏。霜禽欲下先偷眼,粉蝶如知合断魂。幸有微吟可相狎,不须檀板与金尊。"其卓绝不可及,专在十四字耳。

清陶元藻《全浙诗话》卷十宋:《麓堂诗话》:"天文惟雪诗最多,花木惟梅诗最多。雪诗自唐人佳者已传,不可缕数;梅诗尤多于雪,惟林君复'暗香''疏影'之句为绝唱,亦未见过之者,恨不使唐人专咏之耳,杜子美才出一联云'幸不折来伤岁暮,若为看去乱乡愁',极力便别。"

清陶元藻《全浙诗话》卷十宋:《梁溪漫志》:"陈辅之云'林和靖'疏影横斜水清浅,暗香浮动月黄昏',殆似野蔷薇'。是未为知诗者。予尝踏月水边见梅影在地,疏瘦清绝,熟味此诗,真能与梅传神也。野蔷薇丛生,初无疏影花阴散漫,乌得横斜也哉。"

湖上隐居

湖水入篱山绕舍,隐居应与世相违。闲门自掩苍苔色,来客时惊白鸟飞①。卖药比尝嫌有价,灌园终亦爱无机②。如何天竺林间路,犹到秋深梦翠微。

【题解】
此诗描绘了林逋隐居的小园及西湖景物,反映了林逋澄澹高逸,心无半点尘世的汲汲营营。此诗列宋本诸诗第一百三十二首,正统本列七言律诗之首,他本从之。

【校注】
①来:从宋本、正统本、正德本、明钞本均同;万历以后各本均作"过"。
②灌园:浇灌园圃,指退隐家居。《史记·商君列传》:"君之危若朝露,尚将欲延年益寿乎? 则何不归十五都,灌园于鄙。"

湖山小隐二首

道着权名便绝交①,一峰春翠湿衡茆②。庄生已愤鹓鸾吓③,扬子休讥蠛蠓嘲④。瀲瀲药泉来石窦⑤,霏霏茶蔼出松梢⑥。琴僧近借南薰谱⑦,且并闲工子细钞⑧。

闲搭纶巾拥缥囊⑨,此心随分识兴亡。黑头为相虽无谓⑩,白眼看人亦未妨⑪。云喷石花生剑壁⑫,雨敲松子落琴床⑬。清猿幽鸟遥相叫,数笔湖山又夕阳。

【题解】

此诗颇能体现林逋鄙视富贵功名,立德体道的真隐。诗中详摹隐居之趣,亦杂有对官场的愤激之语,既表明林逋于宦途中拂袖而去的孤傲情怀,也描写了一位超然尘外、睥睨万物且甘于寂寞的隐士形象。此诗列宋本诸诗第一百五首,正统本列《湖上隐居》后,他本从之。

【校注】

①道着:说及。

②衡茆:即衡茅。见卷一《山村冬暮》注①。

③"庄生"句:典出《庄子·秋水》:"惠子相梁,庄子往见之。或谓惠子曰:'庄子来,欲代子相。'于是惠子恐,搜于国中三日三夜。庄子往见之,曰:'南方有鸟,其名为鹓鶵……非梧桐不止,非练实不食,非醴泉不饮。于是鸱得腐鼠,鹓鶵过之,仰而视之曰:"吓!"今子欲以子之梁国而吓我耶?'"

④"扬子"句:意为不介意他人讥嘲。汉扬雄《解嘲》:"今子乃以鸱枭而笑凤皇,执蝘蜓而嘲龟龙,不亦病乎!"

⑤潏潏:水涌出貌。唐罗隐《野狐泉》诗:"潏潏寒光溅路尘,相传妖物此潜身。"石窦:石穴。北魏郦道元《水经注·漓水》:"验其山有石窦,下深数丈,洞穴深远,莫究其极。"

⑥霏霏:浓密盛多。茶蔼:烹茶时的水气。

⑦琴僧:善于弹琴的僧人。《南薰》:指琴歌。相传为虞舜所作,《史记·乐书》:"昔者舜作五弦之琴,以歌《南风》。"裴骃集解引王肃曰:"《南风》,育养民之诗也。其辞曰:'南风之薰兮,可以解吾民之愠兮。'"

⑧并闲工:宋本作"功",应误。

⑨纶巾:冠名,古代用青色丝带做的头巾。缥囊:用淡青色的丝绸制成的书囊。

⑩黑头:即黑头公。指少年而居高位者。《晋书·王珣传》:"弱冠与陈郡谢玄为桓温掾,俱为温所敬重,尝谓之曰:'谢掾年四十,必拥旄杖节。王掾当作黑头公,皆未易才也。'"

⑪白眼:表示鄙薄或厌恶。典出《晋书·阮籍传》:"籍又能为青白眼,见礼俗之士,以白眼对之。"

⑫剑壁:峭壁。唐武元衡《同幕中诸公送李侍御归朝》诗:"巴江暮雨连三峡,剑壁危梁上九霄。"

⑬琴床:琴案。

【辑评】

元方回《瀛奎律髓》卷二十三《闲适类》:(其一)"愤"当作"惯"。

元方回《瀛奎律髓》卷二十三《闲适类》:(其二)三四亦豪壮,隐君子非专衰懦之人也。

明何伟然《十六名家小品》卷一《林和靖诗题辞》:凌初成得和靖全诗,示余,为之续句,若……"云喷石花生剑壁,雨敲松子落琴床",……此皆五七言律联句佳者,虽其景易穷,其才未超,而就一时意象得之,故已不减唐调。其他体若起结佳句,未尽收也。宋人于律诗,何以舍此取彼,后人又有不读唐后书之禁,未观其全,遂致纷纭,试掩姓名,虚心玩之,即不足拟孟襄阳,其于郊寒岛瘦,似不多让。

西湖泛舟入灵隐寺

水天相映淡㶒溶①,隔水青山无数重。白鸟背人秋自远,苍烟和树晚来浓。桐庐道次七里濑②,彭蠡湖间五老峰③。辍棹迟回比未得④,上方精舍动疏钟⑤。

【题解】

此诗极写西湖、灵隐之景,对句工整,颇具晚唐体特征。此诗未见于宋本,他本均收。

【校注】

①㶒(yōu)溶:《淳祐志》作"溶溶"。水流动貌。

②桐庐:位于今浙江省杭州市,地处钱塘江中游,富春江斜贯县境。道次:途中。七里濑:亦名七里泷,为富春江一段,桐庐境内。

③彭蠡：即彭蠡湖，鄱阳湖古称。五老峰：江西庐山东南部峰名。如五老人并肩耸立，故称"五老峰"。
④迟回：犹徘徊。比：《淳祐志》《咸淳志》均作"归"。
⑤精舍：指佛寺。

湖上晚归

卧枕船舷归思清，望中浑恐是蓬瀛①。桥横水木已秋色，寺倚云峰正晚晴②。翠羽湿飞如见避，红蕖香裛似相迎③。依稀渐近诛茅地④，鸡犬林萝隐隐声。

【题解】
此诗意境如诗如画，色调温暖，充满生机，体现了林逋的隐居之乐。此诗列宋本诸诗第八十二首，正统本列《西湖泛舟入灵隐寺》后，他本从之。

【校注】
①望中：想望之中。蓬瀛：蓬莱和瀛洲，神山名，相传为仙人所居之处。泛指仙境。
②正：宋本、《苕溪渔隐丛话》均作"更"。
③红蕖：红荷花。裛：宋本、正统本、正德本及《宋诗钞》均同；明钞本、万历本、康熙本及朱本均为"溺"，"溺"与"裛"形似，"溺"当误字。
④诛茅：芟除茅草，结庐安居。

【辑评】
宋蔡正孙《诗林广记·后集》卷九：大抵和靖诗喜于对意，如"伶伦近日无侯白，奴仆当时有卫青"，又如"破殿静披蓬古，斋房闲试酪奴春"之类。虽假对亦不草草，故气格不无少贬。然其五言，如"夕寒山翠重，秋静鸟行疏"，长句如"桥横水木已秋色，寺倚云峰更晚晴"，……此等句，又何害其为工夫太过也。

湖上初春偶作

梅花开尽腊亦尽,春暖便如寒食天①。气色半归湖岸柳②,人家多上郭门船③。文禽相并映短草④,翠潋欲生浮嫩烟。几处酒旗山影下,细风时已弄繁弦⑤。

【题解】

此诗颇见林逋诗歌的幽静境界和雅致清淡的诗风。此诗未见于宋本,他本均收。

【校注】

①春暖:从正统本、正德本、明钞本、万历本均同;《咸淳志》、康熙本、《宋诗钞》、朱本均作"晴暖"。寒食:清明前一日或二日。

②气色:即景色。南朝宋谢惠连《西陵遇风献康乐》诗:"萧条洲渚际,气色少谐和。"从正统本、正德本、明钞本、万历本均同;《咸淳志》、康熙本、《宋诗钞》、朱本均作"春色"。

③郭门:外城的门。《左传·昭公二十年》:"寅闭郭门,踰而从公。"

④文禽:羽毛有纹彩的鸟。短:《宋元诗会》作"芳",误。

⑤繁弦:繁杂的弦乐声。此处指风声如乐。

西湖春日①

争得才如杜牧之②?试来湖上辄题诗。春烟寺院敲茶鼓③,夕照楼台卓酒旗④。浓吐杂芳熏崿嵼⑤,湿飞双翠破涟漪⑥。人间幸有蓑兼笠,且上渔舟作钓师⑦。

【题解】

诗中西湖之景与隐居生活相得益彰,表现林逋的隐居之趣。此诗列宋本诸诗第一百二十八首,正统本列《湖上初春偶作》后,他本从之。

【校注】

①此诗及《池上春日》《春阴》三首,俱见于宋本,《瀛奎律髓》均作"王平甫"作,应误。

②争得:怎得。杜牧之:杜牧(803年—约852年),字牧之,号樊川居士。晚唐诗人。

③茶鼓:佛教语。禅寺法堂西北角设置此鼓,集僧用茶汤时用。茶:明钞本、万历本均作"斋",误。

④卓:竖立。

⑤巘崿:山峦。南朝宋谢灵运《晚出西射堂》诗:"连鄣迭巘崿,青翠杳深沈。"

⑥双翠:一双翠鸟。

⑦上:万历本作"下",误。钓师:渔人。唐郑谷《试笔偶书》诗:"华省惭公器,沧江负钓师。"

【辑评】

清陈文述《颐道堂集·文钞》卷十《书林和靖诗后》:和靖制行在通介之间,诗间有酬应之作,故稿就辄弃,托于晦迹林壑,不以诗名。若其摹山范水,则饮渌餐霞,类古衲飞仙,不食人间烟火也。五言如……"村路飘黄叶,人家入翠微""微风引竹籁,斜月转花阴"、……"竹风过枕簟,梅雨润巾箱""水波随月动,林翠带烟微"、……"泉声落坐石,花气上行衣""诗景多留石,船痕半载书""钟远移斋候,香迟上定身""着壁云衣重,通帘翠壁深"、……"酒病妨开卷,春阴入荷锄"、……"草长团粉蝶,林暖堕青虫"、……"绿苔欺破阁,白鸟占闲池"、……"早烟村意远,春岸涨痕深""鹤迹秋偏静,松阴午欲停"。七言如……"春烟寺院敲茶鼓,夕照楼台卓酒旗""横欹片石安琴荐,独傍新篁看鹤笼""鱼觉船行沈草岸,犬闻人语出柴扉"、……"楼台冷簇云萝外,钟磬晴敲水石间"、……"秋花浥露明红粉,水鸟冲烟湿翠衣"、……"白鸟背人秋自远,苍烟和树晚来浓"、……"芳草得时依旧长,文禽无事等闲来"、……"柏子有茆生塔地,鹤毛无响堕廊风""秋稜瘦出无多寺,古翠浓连一半云""岛上鹤毛遗野迹,岸傍花影动春枝"、……"千里白云随野步,一湖明月上秋衣",小坐微吟,如置身林香山翠中,正不必以苦吟见长。梅圣俞所云:"辞主静正,趋向博远,寄适于诗。"为能深知其意。踪迹类司空表圣、王摩诘,诗境亦似之。

池上春日

一池春水绿于苔,水上花枝竹间开①。芳草得时依旧长,文禽无事等闲来②。年颜近老空多感,风雅含情苦不才。独有浴沂遗想在③,使人终日此徘徊。

【题解】

此诗写园池春景,景色的描绘中流露出无限喟慨,也表现出林逋以立德为重,具有孔圣浴沂的情怀。此诗列宋本诸诗第六十九首,正统本列《西湖春日》后,他本从之。诗题中"池"字,正统本、正德本均误作"溪"字。

【校注】

①竹间:从宋本,《咸淳志》、明钞本、万历本、康熙本均作"竹间";《瀛奎律髓》本作"间竹"。

②等闲:随便。

③浴沂:在沂水边洗澡,喻怡然处世的高尚情操。语出《论语·先进》:"莫春者,春服既成。冠者五六人,童子六七人,浴乎沂,风乎舞雩,咏而归。"

池上春日即事

鸳鸯如绮杜蘅肥①,鸂鶒夷犹翠潋微②。但据汀洲长并宿③,莫冲烟霭辄惊飞。已输谢客清吟了④,未忍山翁烂醉归⑤。钓艇自横丝雨霁⑥,更从蒲篠媚斜晖⑦。

【题解】

此诗颇见林逋对魏晋风度、竹林高贤的追慕。此诗未见于宋本,他本均收。

【校注】

①杜蘅:即杜若。香草名。

②鸂鶒:水鸟名。形大于鸳鸯,多紫色,好并游,俗称紫鸳鸯。夷犹:从容自得。宋张炎《真珠帘》(近雅轩即事)词:"休去,且料理琴书,夷犹今古。"

③汀洲:水中小洲。《楚辞·九歌·湘夫人》:"搴汀洲兮杜若,将以遗兮远者。"

④谢客:指南朝宋谢灵运。灵运幼名客儿,故有此称。南朝梁钟嵘《诗品》总论:"谢客为元嘉之雄。"

⑤山翁:指晋山简。时人亦称山公。简字季伦,山涛幼子,性嗜酒,镇守襄阳,常游同阳池,饮辄大醉。《世说新语·任诞》:"山公时一醉,径造高阳池。日莫倒载归,茗艼无所知。"后常指嗜酒之人。

⑥钓艇:钓鱼船。

⑦篠(xiǎo):细竹。

小园春日①

草烟横碧露华微,乘兴春园懒欲归。聚散有情输蛱蝶②,浅深无色比蔷薇。浮名莫惜千钟贵③,急景须防百岁稀④。一事不堪身衣褐⑤,且偷闲眼看芳菲。

【题解】

此诗表现林逋对自然的欣赏和对诗意生命的享受,从中可以感受到林逋恬淡旷远的襟怀和惬意潇洒的生存状态。此诗未见于宋本,他本均收。

【校注】

①春日:《咸淳志》作"春兴"。

②蛱蝶:蝴蝶。

③千钟:优厚的俸禄。

④急景:急驰的日光。

⑤衣褐:指粗布衣服,借指贫贱者。

夏日池上

莲香如绮细濛濛,翡翠窥鱼袅水荇①。卷箔未生单簟月,凭栏初过一襟风。横欹片石安琴荐②,独傍新篁看鹤笼③。沉李冻醪无寄与④,可怜潇洒兴谁同。

【题解】

此诗极写林逋的诗酒风流,隐居孤山的乐趣。此诗未见于宋本,他本均收。

【校注】

①翡翠:鸟名。嘴长而直,生活在水边,吃鱼虾之类。水荇:水草名。

②横欹:斜倚。

③傍:从《咸淳志》,康熙本、朱本均同;明钞本、万历本、《宋元诗会》均作"倚"。新篁:见卷一《病中谢冯彭年见访》注③。

④冻醪:冬季酿造、及春而成的酒。

西岩夏日

蕙帐萧闲掩弊庐①,子真岩石坐来初②。为惊野鸟巢间乳,懒过邻僧竹里居。新溜迸凉侵静语③,晚云浮润上残书。何烦强捉白团扇,一柄青松自有馀。

【题解】
此诗表现林逋的清静无为、任性自然的生活,以及他的隐逸志趣。此诗列宋本诸诗第四十四首,正统本列《夏日池上》后,他本从之。

【校注】
①蕙帐:帐的美称。南朝齐孔稚珪《北山移文》:"蕙帐空兮夜鹄怨,山人去兮晓猿惊。"
②子真:汉褒中人郑朴的字。居谷口,世号谷口子真。修道守默,汉成帝时大将军王凤礼聘之,不应。耕于岩石之下,名动京师。事见《汉书·王贡两龚鲍传序》。
③新溜:初解冻的急流。

夏日即事

石枕凉生茵阁虚,已应梅润入图书①。不辞齿发多衰疾②,所喜林泉有隐居。粉竹亚梢垂宿露③,翠荷差影聚游鱼。北窗人在羲皇上④,时为渊明一起予⑤。

【题解】
林逋受陶渊明影响,喜在自然中寻得道与真。此诗即表现意欲追踪古法的态度。此诗列宋本诸诗第七十四首,正统本列《西岩夏日》后,他本从之。

【校注】
①梅润:谓梅雨季节的潮湿空气。
②疾:从宋本,《咸淳志》《瀛奎律髓》均同;诸明本、康熙本、朱本均作"病"。
③宿:从宋本,《咸淳志》、康熙本均同;明钞本、万历本、朱本均作"薄"。
④羲皇:即伏羲氏。扬雄《剧秦美新》:"厥有云者,上罔显于羲皇。"李善注:"伏羲为三皇之一,故称羲皇。"此句意出晋陶潜《与子俨等疏》:"常言五六月中,北窗下卧,遇凉风暂至,自谓是羲皇上人。"
⑤起予:启发自己之意。《论语·八佾》:"子曰:'起予者商也!始可与言诗已矣。'"

【辑评】
元方回《瀛奎律髓》卷十一《夏日类》:隐君子之诗,其味自然不同。五、六下两只诗眼太工。

隐居秋日

行药归来即杜门①,啸台秋色背人群。幽虫傍草晚相映,远水着烟寒未分。高亢可能称独行②?穷空犹拟赖斯文。过从好事今谁是,自笑如何扬子云③。

【题解】
诗中表现林逋知足常乐,不以贫苦为害、不随俗世沉浮的高尚志节。其中"行药"句说明林逋在实际行动上身体力行佛、道两家修行的方法。此诗未见于宋本,他本均收。

【校注】
①行药:魏晋南北朝士大夫喜服五石散以养生,服药后漫步以散发药

性,谓之"行药"。延至唐代,余风犹存。《北史·邢峦传》:"孝文因行药到司空府南,见峦宅,谓峦曰:'朝行药至此,见卿宅乃住。'"杜门:闭门。

②独行:谓节操高尚,不随俗浮沉。《礼记·儒行》:"世治不轻,世乱不沮……其特立独行有如此者。"《后汉书》有《独行传》。

③扬子云:即扬雄。此句作者以扬雄自比。《汉书·扬雄传》:"家素贫,嗜酒,人希至其门,时有好事者载酒肴从游学。"

秋日湖西晚归舟中书事

水痕秋落蟹螯肥①,闲过黄公酒舍归②。鱼觉船行沉草岸,犬闻人语出柴扉。苍山半带寒云重,丹叶疏分夕照微。却忆青溪谢太傅③,当时未解惜蓑衣。

【题解】
诗中通过隐居生活的描述,表现归隐之乐,并借用谢安未能隐逸终老的典故,表明其志趣所在。此诗未见于宋本,他本均收。

【校注】
①蟹螯:螃蟹变形的第一对脚。此指蟹。从魏晋始,吃蟹是一种隐逸生活的象征。《晋书·毕卓传》:"右手持酒杯,左手持蟹螯,拍浮酒船中,便足了一生矣。"唐韩翃《题张逸人园林》:"麈尾手中毛已脱,蟹螯尊上味初香。"

②黄公:魏晋时王戎与阮籍、嵇康等竹林七贤会饮之处。南朝宋刘义庆《世说新语·伤逝》:"(王濬冲)经黄公酒垆下过,顾谓后车客:'吾昔与嵇叔夜、阮嗣宗共酣饮于此垆。竹林之游亦预其末。自嵇生夭、阮公亡以来,便为时所羁绁。今日视此虽近,邈若山河!'"后常以"黄公酒垆"指朋友聚饮之所,抒发物是人非的感叹。此处指酒舍。

③青溪:古水名。三国吴在建业城东南所凿东渠。发源于今江苏省南京市钟山西南,流经南京市区,入秦淮河,曲折达十余里,亦名九曲青溪。

谢太傅:指晋谢安。安卒赠太傅。谢安出仕后,曾游憩于青溪附近。

【辑评】

元方回《瀛奎律髓》卷十二《秋日类》:句句有滋味。

清储大文《存砚楼二集》卷十二《书贻王立夫》:西湖诗,白、林、苏三家尤著。和靖诗曰"往往鸣榔与横笛,斜风细雨不堪听",又曰"闲过黄公酒舍归",又曰"湖上凭阑日渐长",又曰"长空如淡鸟横飞",雅得静中深趣。

清孙之騄《晴川蟹录》卷二《秋时风致》:杭人最重蟹秋时风致,唯此为佳。林和靖诗曰"草泥行郭索",又云"水痕秋落蟹螯肥"是也。《西湖志余》。

城中书事

一门深掩得闲权,纯白遗风要独全①。强接俗庸终反道②,敢嫌贫病是欺天。围形古寺谙寻鹤③,照薜秋廊拟疏玄④。从此免惭岩下者,子真高兴未萧然⑤。

【题解】

此诗所叙皆隐居之事,与"城中"无涉。"城"字疑误,以诸本无异文,故仍其旧(参见沈幼征校注《林和靖集》)。此诗未见于宋本,他本均收。

【校注】

①纯白:犹纯洁。《庄子·天地篇》:"机心存于胸中,则纯白不备。"

②庸:从明钞本,万历本同;康熙本、朱本均作"流",应误。终:正统本、正德本、明钞本、万历本均作"中",显为音误。

③围形:邵裴子校:"疑是'图形'二字,读《相鹤经》之文,所疑或不谬也。"沈幼征按:"《相鹤经》:'其相曰:瘦头珠顶则冲霄,露眼黑睛则视远,隆鼻短喙则少暝,……'邵意当谓按经之图形以寻鹤。"

④疏玄:指为扬雄的《太玄》作疏解。

⑤子真：见本卷《西岩夏日》注②。

【辑评】

明叶廷秀《诗谭》卷九《林和靖诗》：和靖著有《省心录》，近圣贤之言，亦非癖隐忘世者。观其《偶书》一首"一任尘欺古鹿卢，圣经穷烂更何图。磻溪老叟能闲气，八十封侯不似无"，得非情见乎辞哉！……又"寻云看月亦应劳""敢嫌贫病是欺天"，皆其言之有理者也。

深居杂兴六首并序

诸葛孔明、谢安石畜经济之才①，虽结庐南阳，携妓东山，未尝不以平一宇内、跻致生民为意②。鄙夫则不然③，胸腹空洞④，谡然无所存置⑤，但能行樵坐钓，外寄心于小律诗，时或麠兵景物⑥。衡门情味⑦，则倒睨二君而反有得色⑧。凡所寓兴⑨，辄成短篇，总曰深居杂兴六首。盖所以状林麓之幽胜⑩，摅几格之闲旷⑪，且非敢求声于当世，故援笔以显其事云。

隐居松籁细铮然⑫，何独微之重碧鲜⑬？已被远峰擎巀嶭⑭，更禁初月吐娟娟⑮。门庭静极霖苔露⑯，篱援凉生裛菊烟⑰。中有病夫披白搭⑱，瘦行清坐咏遗篇⑲。

四壁垣衣钓具腥⑳，已甘衡泌号沉冥㉑。伶伦近日无侯白㉒，奴仆当时有卫青㉓。花月病怀看酒谱㉔，云萝幽信寄茶经㉕。茅君使者萧闲甚㉖，独理丛毛向户庭㉗。

薄夫何苦事奸奸㉘，一室琴书自解颜㉙。峰后月明秋啸去，水边林影晚樵还㉚。文章敢道长于古，光景浑疑剩却闲㉛。多少烟霞好猿鸟㉜，令人惆怅谢东山㉝。

冉冉秋云抱啸台㉞，一丘松竹是闲媒。谁闻济北传兵略㉟，枉说山东出相才㊱。樵褐短长披搯膝㊲，丹炉高下垒悬胎㊳。三千功行无圭角㊴，可望虚皇九锡来㊵。

上书可有三千牍㊶,下笔曾无一百函㊷。闲卷孤怀背尘世㊸,独营幽事傍云岩㊹。僧分乳食来阴洞,鹤触茶薪落蠹杉㊺。未似周颙少贞胜㊻,北山应免略相衔㊼。

松竹封侯尚未尊,石为公辅亦云云㊽。清华自合论闲客㊾,玄默何妨事静君㊿。鹤料免惭尸厚禄㉛,茶功兼拟策元勋。幽人不作山中相㉜,且拥图书卧白云。

【题解】

这是林逋着意描写孤山隐逸情志的组诗,表现出清高脱俗的节操和高雅闲逸的人格。林逋于序中对孔明、谢安的不世之功持淡然态度。六首诗均写及隐居生活所用之物,诸如药材、钓具、琴、书、茶等,林逋以躬耕者自处,略见其慵懒、闲散、清瘦的风貌,也展现林逋神闲气清、恬泊淡然的自我形象。林逋生于吴越,世代俸儒,《咸淳临安志》载林逋祖父林克己,曾为吴越王钱氏的通儒院学士,吴越亡时,林逋十余岁。从此组诗中可见,林逋隐居盖与其遗民意识有关。此诗未见于宋本,他本均收。

【校注】

①诸葛孔明:三国蜀诸葛亮(181—234),字孔明,号卧龙。琅琊阳都(今山东沂南)人。建安二年(197)隐居南阳,躬耕陇亩,自比管仲、乐毅。刘备三顾其庐,诸葛亮定鼎足三分之策,取荆、益二州,联孙抗曹,曾多次进取中原,后卒于军中。谢安石:晋谢安(320—385),字安石,陈郡阳夏(今河南太康)人。少以清谈知名,屡辞辟命,隐居山阴,放情丘壑,每游必以歌妓自随。孝武帝时,前秦苻坚南侵,安使谢石、谢玄等拒之,大胜于淝水。经济:经世济民。《晋书·殷浩传》:"足下沈识淹长,思综通练,起而明之,足以经济。"

②跻致:指达到,谓使达到安居乐业的境地。

③夫:明钞本误作"矣"。

④洞:正统本、正德本、明钞本均误作"恫"。

⑤谢然:浅薄。

⑥鏖兵:激烈战斗。此处指锤炼诗句。物:正统本、正德本、明钞本作"特",乃形误。

⑦情:正统本、正德本、明钞本均作"清",误。

⑧倒睨:向后斜视。得:正统本、正德本、明钞本作"德",误。

⑨寓兴:寄托兴致。

⑩盖:明钞本误作"益"。林麓:即山林。见卷一《山村冬暮》注①。

⑪几格:橱架。几:明钞本误作"凡"。

⑫松籁:风吹松树发出的自然声韵。

⑬碧鲜:形容竹的色泽,后为竹之别名。语出晋左思《吴都赋》:"檀栾婵娟,玉润碧鲜。"《旧五代史·周书·扈载传》:"载因游相国寺,见庭竹可爱,作《碧鲜赋》题其壁。"

⑭巏(sǒng):山峰耸起状。

⑮娟娟:姿态柔美貌。喻竹之美。

⑯静极:明钞本作"极静",误。

⑰篱援:谓竹篱上端。援,有攀触意。《太平御览》卷四七二引南朝宋刘义庆《幽明录》:"海陵民黄寻先居家单贫,尝因大风雨,散钱飞至其家,来触篱援,误落在余处,皆拾而得之。"

⑱白裕:当作"白袷",白色夹衣。《世说新语·雅量》:"顾和始为扬州从事",刘孝标注引晋裴启《语林》:"周侯饮酒已醉,箸白袷,凭两人来诣丞相。"唐李商隐《楚泽》诗:"白袷经年卷,西来又早寒。"

⑲清坐:安闲静坐。遗篇:前人遗留下来的诗文。晋常璩《华阳国志·蜀都士女》:"子山翰藻,遗篇有厚。"

⑳垣衣:墙上背荫处所生的苔藓植物,覆蔽如人之衣,故称"垣衣"。南朝齐王融《药名诗》:"石蚕终未茧,垣衣不可裳。"

㉑衡泌:指隐居之地。语本《诗经·陈风·衡门》:"衡门之下,可以栖迟,泌之洋洋,可以乐饥。"朱熹《诗集传》:"此隐居自乐而无求者之词。言衡门虽浅陋,然亦可游息;泌水虽不可饱,然亦可以玩乐而忘饥也。"《宋书·隐逸传·雷次宗传》:"汝等年各成长,冠娶已毕,修惜衡泌,吾复何忧。"沉冥:指隐士。《世说新语·栖逸》中王羲之议论阮裕说:"此君近不惊

宠辱,虽古之沉冥,可以过此?"

㉒伶伦:传说为黄帝时的乐官。古以为乐律的创始者。《吕氏春秋·古乐篇》:"昔黄帝令伶伦作为律。"侯白:隋魏郡人,字君素,好学有捷才,性滑稽,善巧辩,好为诽谐杂说,著《旌异记》十五卷、《启颜录》十卷。事见《隋书·侯白传》《新唐书·艺文志三》。后因以为伶人善戏谑者之称。

㉓卫青(?—前106):字仲卿,河东平阳(今山西临汾)人。西汉名将,后封长平侯。

㉔酒谱:《新唐书·王绩传》:"追述革酒法为经,又采杜康、仪狄以来善酒者为谱。"

㉕云萝:见本卷《山谷寺》注④。茶经:唐陆羽所撰,为我国最早的论茶专著。

㉖茅君:指传说中汉代在句容(今江苏句容县)句曲山修道成仙的茅盈、茅衷和茅固三兄弟,号三茅君。萧闲:潇洒悠闲。唐顾况《山居即事》诗:"下泊降茅仙,萧闲隐洞天。"

㉗丛毛:丛生的草。

㉘薄夫:平庸刻薄之人。《孟子·尽心下》:"孟子曰:'圣人,百世之师也……闻柳下惠之风者,薄夫敦,鄙夫宽。'"奸奸:指尔虞我诈。扬雄《法言·吾子》:"如奸奸而诈诈,虽有耳目,焉得而正诸?"李轨注:"奸奸者,以奸欺奸。"

㉙琴:《咸淳志》作"图"。

㉚林:《咸淳志》作"花"。

㉛疑:通"凝",意为凝聚。浑疑,即浑凝,融结一体。

㉜猿:正统本、正德本、明钞本、万历本均作"鱼"。

㉝谢东山:即谢安,见序注①。谢安隐居会稽山阴之东山,与王羲之、许询等游山玩水,多次拒绝朝廷辟命。后谢氏家族于朝中之人尽数逝去,方东山再起,任桓温征西司马,此后历任吴兴太守、侍中、吏部尚书、中护军等职。

㉞抱:万历本、康熙本、《宋诗钞》《宋元诗会》均同;明钞本作"挹"。

㉟济北传兵略:指汉代张良于下邳圯上,得黄石公所授兵法,后从汉高

祖过济北,见穀城山下黄石,取而葆祠之。事见《史记·留侯世家》。

㊱山东出相才:《汉书·赵充国辛庆忌传》:"秦汉已来,山东出相,山西出将。"

㊲搹(è):以手覆盖。

㊳垒:《宋元诗会》作"叠"。悬胎:即炼丹。《云笈七签·内丹·胞胎证混元》:"在胎成人,在药成神。"

㊴功行:僧道等修行的功夫。唐吕岩《五言》之十五:"二十四神清,三千功行成。"圭角:圭的棱角,泛指棱角,喻锋芒。《礼记·儒行》:"毁方而瓦合",汉郑玄注:"去己之大圭角,下与众人小合也。"孔颖达疏:"圭角谓圭之锋铓有楞角,言儒者身恒方正,若物有圭角。"

㊵虚皇:道教神名。南朝梁陶弘景《许长史旧馆坛碑》:"并证心清,俱漏身浊。离有离无,且华且朴。结号虚皇,筌法正觉。"九锡:古代天子赐给诸侯、大臣的九种器物,是一种最高礼遇。

㊶三千牍:上书求仕。汉东方朔初入长安,上书凡用三千牍,读之二月乃尽。事见《史记·滑稽列传》。

㊷一百函:代作书启效命。《宋书·刘穆之传》:"穆之与朱龄石并便尺牍,尝于高祖座与龄石答书。自旦至中日,穆之得百函,龄石得八十函,而穆之应对无废也。"

㊸孤怀:孤高的情怀。见卷一《春夕闲咏》注⑤。

㊹幽事:胜景。唐杜甫《秦州杂诗》之九:"丛篁低地碧,高柳半天青。稠叠多幽事,喧呼阅使星。"

㊺杉:从正统本,明钞本、万历本同;康熙本、朱本均作"衫",误。

㊻周颙:字颜伦,汝南安城人。南朝宋人,生卒年不详。工隶书,兼善《老》《易》,长于佛理。孔稚珪《北山移文》题下吕向注:"钟山在都城北。其先,周彦伦(周颙之字)隐于此。后应诏出为海盐县令,欲却过此山。孔生乃假山灵之意移之,使不许得至。"贞胜:谓守正执一,则可以御万变而无不胜。《周易·系辞下》:"吉凶者,贞胜者也。"韩康伯注:"贞者,正也,一也……万变虽殊,可以执一御也。"贞:明钞本误作"负"。

㊼相衔:相互怀恨。

㊽公辅：古代三公、四辅，均为天子之佐。借指宰相等大臣。

㊾清华：清高显贵。自合：自应、本该。闲客：清闲的人。

㊿玄默：指清静无为。扬雄《长杨赋》："且人君以玄默为神，澹泊为德。"李周翰注："玄默，无事也。"事静君：享受清静生活。《老子》第二十六章："重为轻根，静为躁君。"

(51)鹤料：泛指官俸，典出《左传·闵公二年》："狄人伐卫。卫懿公好鹤，鹤有乘轩者。将战，国人受甲者皆曰：'使鹤！鹤实有禄位。余焉能战？'"

(52)山中相：南朝梁陶弘景隐居于句容句曲山（即茅山），梁武帝时礼聘不出，国家每有大事常前往咨询，时人称之为"山中宰相"。事见《南史·隐逸传下·陶弘景》。

【辑评】

宋蔡正孙《诗林广记·后集》卷九：大抵和靖诗喜于对意，如"伶伦近日无侯白，奴仆当时有卫青"，……虽假对亦不草草，故气格不无少贬。

宋韦居安《梅磵诗话》卷上：林和靖诗好为的对，虽人名亦取其字虚实色类相偶，如"伶伦近日无侯白，奴仆当时有卫青"之类，人多称其工。然侯白本非伶伦，以秀才入官，隋文帝尝令于秘书省修国史，但好为滑稽，《启颜录》亦称其机辨敏捷。杨素与牛宏退朝，白谓素曰："日之夕矣。"素大笑曰："以我为'牛羊下来'耶！"其诙谐皆此类。《隋》《唐书》亦有侯白《笑林》十卷，世为优者多附益之，故和靖以为伶伦，误也。

清吴乔《围炉诗话》卷五：林逋泉石自娱，故诗清绮绝伦。时有晚唐卑调弱句。……如"伶伦旧日无侯白，奴仆当时有卫青""返照未沈僧独往，长烟如淡鸟横飞""校门过水无重数，石壁看霞到尽时""五亩自闲林下隐，一樽聊敌世间名""千里白云随野步，一湖明月上秋衣""烟含晓树人家远，雨湿春风燕子低"，诚一时之秀。

杂兴四首

短褐萧萧顶幅巾①，拥书才罢即嚬呻②。耕樵可似居山者,饮馔长如病酒人。闭户不无慵答客,焚香除是静朝真③。前贤风概聊希拟④,一刺偏多井大春⑤。

散帙挥毫总不忺⑥,病怀愁绪坐相兼,苔痕作意生秋壁⑦,树影无端上古帘。一壑等闲甘汩汩⑧,五门平昔避炎炎⑨,惟应数刻清凉梦,时曲颜肱兴未厌⑩。

湖上山林画不如,霜天时候属园庐⑪。梯斜晚树收红柿,筒直寒流得白鱼,石上琴尊苔野净⑫,篱阴鸡犬竹丛疏。一关兼是和云掩,敢道门无卿相车⑬。

掉臂何妨入隐沦⑭,高贤应总贵全真⑮。次山有以称聱叟⑯,鲁望兼之传散人⑰。拂水远天孤榜晚,夹村微雨一犁春⑱。不知图画谁名手,状取江湖太古民⑲。

【题解】

此四首诗当作于隐居之时,虽写及隐居之趣,但整体却表现出林逋的儒家内圣风范。林逋对颜回、陆龟蒙等极为推崇,心存效慕,更追慕太古、三代的生活方式,足见林逋以名节自持,立德体道的精神。此诗未见于宋本,他本均收。

【校注】

①短褐:粗布短衣,古代贫贱者或僮竖之服。幅巾:古代男子以全幅细绢裹头的头巾,后裁出脚即称幞头。宋李上交《近事会元·幞头巾子》:"今宋朝所谓巾,乃古之幅巾,贱者之服。"

②嗔呻:即苦吟。

③朝真:道家修炼养性之术,犹佛家之坐禅。真:明钞本误作"贞"。

④风概:即节操。《宋书·蔡兴宗传》:"兴宗幼立风概,家行尤谨,奉宗姑,事寡嫂,养孤兄子,有闻于世。"希拟:效法。晋葛洪《抱朴子·正郭》:"以此为忧世念国,希拟素王,有似蹇足之寻龙骐,斥鷃之逐鸿鹄,焦冥之方云鹏,蹶鼬之比巨象也。"

⑤刺:名帖。井大春:即井丹,东汉人,字大春。扶风郿(今陕西省眉

县)人。少受业太学,通五经,善谈论。性清高,未尝修刺候人。事见《后汉书·井丹传》。

⑥散帙:见卷一《郊园避暑》注③。忺(xiān):欢快,高兴。

⑦作意:故意。唐杜甫《江头五咏·花鸭》诗:"稻粱霑汝在,作意莫先鸣。"

⑧汩汩:沉没。晋王羲之《用笔赋》:"没没汩汩,若漾汜之落银钩;耀耀晞晞,状扶桑之挂朝日。"

⑨五门:古代宫廷设有五门,自外而内为皋门、库门、雉门、应门、路门。借指朝廷。

⑩颜肱:孔子曲肱与颜回乐贫之合用。《论语·述而》:"子曰:'饭疏食饮水,曲肱而枕之,乐亦在其中矣。'"《论语·雍也》:"一箪食,一瓢饮,在陋巷,人不堪其忧,(颜)回也不改其乐。"

⑪园庐:见卷一《监郡太博惠酒及诗》注②。

⑫琴尊:琴与酒樽为文士悠闲生活用具。南朝齐谢朓《和宋记室省中》诗:"无叹阻琴樽,相从伊水侧。"野:《宋元诗会》作"点",他本均作"野"。

⑬门无卿相车:西晋左思《咏史八首》之四:"寂寂杨子宅,门无卿相舆。"

⑭掉臂:自在行游貌。唐吕岩《七言》诗:"闲来掉臂入天门,拂袂徐徐撮彩云。"隐沦:隐居。

⑮高贤:高尚贤良之人。全真:保全天性。《庄子·盗跖》:"子之道,狂狂汲汲,诈巧虚伪事也,非可以全真也,奚足论哉!"

⑯次山:唐元结,字次山。聱叟:为元结的别号。元结为天宝间进士,自称浪士,及有官,人呼为漫郎。后客居樊上,左右皆渔者,少长相戏,又呼为聱叟。

⑰鲁望:唐陆龟蒙,字鲁望。陆龟蒙不喜与俗流交,常乘舟放游江湖间,时谓江湖散人。

⑱犁:从正统本,正德本、明钞本、《咸淳志》均同;康熙本作"溪"。

⑲太古:上古。《荀子·正论》:"太古薄葬,故不扣也。"

孤山后写望①

水墨屏风状总非，作诗除是谢玄晖②。溪桥袅袅穿黄落③，樵斧丁丁斫翠微④。返照未沉僧独往，长烟如淡鸟横飞。南峰有客锄园罢，闲倚篱门忘却归⑤。

【题解】

此诗意在摹写孤山静谧之美，林逋将西湖草木皆纳于自己的生命关照中，形成独有的视角和人文关怀。欧阳修《归田录》中说："处士林逋居于杭州西湖之孤山，逋工笔画，善为诗……自逋之卒，湖山寂寥，未有继者。"此诗未见于宋本，他本均收。

【校注】

①写望：纵目远望。唐郑世翼《登北邙还望京洛》诗："步登北邙坂，踟蹰聊写望。"

②谢玄晖：即谢朓(464—499)，字玄晖，陈郡阳夏(今河南太康县)人。南朝齐杰出的山水诗人。

③袅袅：柔弱细长貌。黄落：《淳祐志》《咸淳志》、万历本、康熙本、《宋诗钞》、朱本均同，正统本、正德本、明钞本均作"黄叶"。

④斫(zhuó)：用刀斧等砍或削。

⑤篱门：《淳祐志》作"篱间"；《万历钱塘志》作"林间"。

【辑评】

清储大文《存砚楼二集》卷十二《书贻王立夫》：西湖诗，白、林、苏三家尤著。和靖诗曰"往往鸣榔与横笛，斜风细雨不堪听"，又曰"闲过黄公酒舍归"，又曰"湖上凭阑日渐长"，又曰"长空如淡鸟横飞"，雅得静中深趣。

清吴乔《围炉诗话》卷五：林逋泉石自娱，故诗清绮绝伦。时有晚唐卑调弱句。……如"伶伦旧日无侯白，奴仆当时有卫青""返照未沈僧独往，长烟如淡鸟横飞""校门过水无重数,石壁看霞到尽时""五亩自闲林下隐,一樽聊敌世间名""千里白云随野步,一湖明月上秋衣""烟含晓树人家远,雨湿春风燕子低",诚一时之秀。

孤山寺端上人房写望①

底处凭阑思眇然②?孤山塔后阁西偏。阴沉画轴林间寺,零落棋枰葑上田③。秋景有时飞独鸟,夕阳无事起寒烟。迟留更爱吾庐近,只待重来看雪天。

【题解】

此诗"画轴""棋枰"之喻确切工细,钱锺书《宋诗选注》于林和靖诗仅选此首,注云:"从林逋这首诗以后,这两个比喻——尤其是后面一个——就常在诗里出现。"此诗未见于宋本,他本均收。

【校注】

①孤山寺:古代杭州西湖孤山上的寺院。唐元稹《永福寺石壁法华经记》:"永福寺,一名孤山寺,在杭州钱塘湖心孤山上,石壁《法华经》在寺之某所。"

②底处:何处。眇然:高远、遥远貌。《汉书·王褒传》:"何必偃卬诎信若彭祖,呴嘘呼吸如侨、松,眇然绝俗离世哉!"颜师古注:"眇然,高远之意也。"

③棋枰:棋局。葑(fēng)上田:即架田,在沼泽中以木作架,四周及底部以泥土及水生植物封实而成的浮于水面的农田。

【辑评】

宋胡仔《苕溪渔隐丛话前集》卷二十七:《蔡宽夫诗话》云:"吴中陂湖间,茭蒲所积,岁久根为水所冲荡,不复与土相着,遂浮水面,动辄数十丈,厚亦数尺,遂可施种植耕凿,人据其上,如木筏然,可撑以往来,所谓'葑田'

是也。林和靖诗云：'阴沉画轴林间寺，零落棋枰藓上田。'正得其实。尝有北人宰苏州，属邑忽有投牒，诉夜为人窃去田数亩者，怒以为侮己，即苛系之，已而徐询左右，乃藓田也，始释之。然此亦惟浙西最多，浙东诸郡已少矣。"

山阁偶书①

绕舍青山看未足，故穿林表架危轩。但将松籁延佳客，常带岚霏认远村②。吴榜自能凌晚汰③，湘累何苦属芳荪④。余生多病期恬养⑤，聊此栖迟一避喧。

【题解】

此诗极摹隐居之所。《西湖游览志》载林逋于孤山"构巢居阁，绕种梅花"。元代李祁作《巢居阁记》云："俯而视其下，则云树四合，群枝纷挐，而斯阁也，翼然出乎其上，真有若巢之寄乎木末者。"林逋所居山阁出于林木之上，阁外植有梅、竹，山阁掩映其中。此诗列宋本诸诗第四十一首，正统本列《孤山寺端上人房写望》后，他本从之。

【校注】

①山阁：《咸淳临安志》："和靖庐有巢居阁"，阁在山顶。

②岚霏：山间云雾。

③吴榜：大棹，即船棹。汰（tài）：水波。《楚辞·九章·涉江》："乘舲船余上沅兮，齐吴榜以击汰。"

④湘累：指屈原。扬雄《反离骚》："因江潭而记兮，钦吊楚之湘累。"李奇注："诸不以罪死曰累。屈原赴湘自沉，非以罪死，故曰湘累。"芳荪：香草名。屈原借香草以喻贤贞纯洁。

⑤恬养：谓以恬静涵养性情。语本《庄子·缮性》："古之治道者，以恬养知。"郭象注："恬静而后知不荡，知不荡而性不失也。"恬：从宋本，《淳祐志》《咸淳志》均同；他本皆作"怡"。

孤山寺

云峰水树南朝寺①,只隔丛篁作并邻②。破殿静披齑臼古③,斋房闲试酪奴春④。白公睡阁幽如画⑤,张祜诗牌妙入神⑥。乘兴醉来拖木突⑦,翠苔苍藓石磷磷。

【题解】

孤山寺即广化寺,乃林逋所居之地,范仲淹、梅尧臣、太守薛映、李及曾亲造其庐。范仲淹称林逋为"山中宰相",赞他"风俗因君厚,文章到老醇";梅尧臣有"高峰瀑泉"之赞。此诗列宋本诸诗第九十首,正统本列《山阁偶书》后,他本从之。

【校注】

①南朝寺:孤山寺建于陈代,故云南朝寺。

②丛篁:丛生的竹子。并邻:近邻。宋苏轼《监洞霄宫俞康直郎中所居四咏·逸堂》诗:"新第谁来作并邻,旧官宁复忆星辰。"

③齑臼:捣菜的石臼。

④酪奴:北魏人不习饮茶,而好奶酪,戏称茶为奶酪。北魏杨衒之《洛阳伽蓝记》:"羊比齐鲁大邦,鱼比邾莒小国。惟茗不中,与酪作奴……彭城王重谓曰:'卿明日顾我,为卿设邾莒之食,亦有酪奴。'"故复号茗饮为酪奴。

⑤白公睡阁:指白易居所筑竹阁。其《竹阁》诗:"晚坐松檐下,宵眠竹阁间。"故称睡阁。

⑥张祜诗牌:唐代诗人张祜,于杭州所作诗篇颇多。其《题杭州孤山寺》诗:"楼台耸碧岑,一径入湖心。不雨山长润,无云水自阴。断桥荒藓合,空院落花深。犹忆西窗月,钟声出北林。"

⑦木突:木屐。唐尚颜《赠村公》诗:"紬衣木突此乡尊,白尽须眉眼未昏。"突:明钞本、朱本同;《淳祐志》、《咸淳志》、万历本、《宋元诗会》

均作"屐"。

【辑评】

宋蔡正孙《诗林广记·后集》卷九:大抵和靖诗喜于对意,……又如"破殿静披蘉白古,斋房闲试酪奴春"之类。虽假对亦不草草,故气格不无少贬。

清吴乔《围炉诗话》卷五:林逋泉石自娱,故诗清绮绝伦。时有晚唐卑调弱句。如《孤山寺》"破殿静披蘉白古,斋房闲试酪奴春";《峡石寺》"灯惊独鸟回晴坞,钟送遥帆落晚汀",俱工。……至和靖云"白公睡阁幽如画,张祜诗牌妙入神。""不会剃头无事者,几人能老此禅扃。"狼藉甚矣。

西 湖

混元神巧本无形①,匠出西湖作画屏②。春水净于僧眼碧③,晚山浓似佛头青④。栾栌粉堵摇鱼影⑤,兰杜烟丛阁鹭翎。往往鸣榔与横笛⑥,细风斜雨不堪听⑦。

【题解】

此诗反映了吴越后期、北宋初年西湖的风貌,孤山一带仍显荒芜和野气。林逋终身与西湖为伴,此处借西湖写太古社会和世外桃源。此诗列宋本诸诗第一百三十二首,正统本列《孤山寺》后,他本从之。

【校注】

①混元:指开天辟地之时。形容极古远的时代。《云笈七签》卷二:"混元者,记事于混沌之前,元气之始也。"

②匠出:创造出。

③僧眼碧:清人冯应榴《苏诗合注》引宋施顾注,称:"《高僧传》,达摩大师,眼绀青色,后称碧眼胡僧。"

④佛头青:相传佛发为青色,故以"佛头青"比喻青黛色的山峦。

⑤栾栌:屋中柱顶承梁之木。曲者为栾,直者为栌。
⑥鸣榔:敲击船舷使作声。用以惊鱼,使入网中,或为歌声之节。
⑦细风斜雨:从宋本,《瀛奎律髓》、正统本、正德本、明钞本、万历本、康熙本均同。

【辑评】

宋阮阅《诗话总龟·增修诗话总龟》卷之十七《留题门下》:东坡爱西湖,诗曰:"若把西湖比西子,淡妆浓抹也相宜。"余宿孤山下,读林和靖诗,句句皆西湖写生,特天姿自然,不施铅华耳。作诗书壁曰:"长爱东坡眼不枯,解将西子比西湖。先生诗妙真如画,为作《春寒出浴图》。"

元方回《瀛奎律髓》卷三十四《川泉类》:三、四人所争诵。

明单宇《菊坡丛话》卷二:此诗首联,人所争诵。

清魏源《古微堂诗集》卷三《西湖》:晓日照湖烟,横斜自成幅。湖水浓如酿,湖舫深似屋。何须载酒行,自酌湖中渌。环湖万螺黛,对镜新膏沐。我来吸湖光,山影齐入腹。浓翠与空濛,潋滟自相蓄。湖山歌舞国,儿女英雄福。宜乎林逋诗,峭拔苦不足。用世贵形胜,遁世宜深谷。我已西湖恋,恐被西湖束。一笑上吴山,豁我海天目。

平居遣兴

有甚余闲得解嘲①,高慵时把几桯敲②。卑孜晚鸟沉幽语③,历刺烟篁露病梢④。草野交游披褐见⑤,神仙书史点朱钞⑥。皇朝不是甘逃遁,争向心如许与巢⑦。

【题解】

此诗颇显林逋古淡之风、高尚情操,高风绝尘之余韵为千古追踪。此诗列宋本诸诗第一百五十五首,正统本列《西湖》后,他本从之。

【校注】

①解嘲:见卷一《赠崔少微》注⑤。

②高慵:高傲,懒散。几桯:指桌案。
③卑孞:鸟鸣声。
④历刺:稀疏貌。烟篁:竹子。烟:从朱本;正统本、正德本、明钞本、万历本均作"幽"。
⑤披褐:身穿短褐。多指生活贫苦。《孔子家语·三恕》:"有人于此,披褐而怀玉,如何?"
⑥朱钞:宋时征收粮物官方发给民户的凭据。因其盖有官方红印,故称。宋俞文豹《吹剑录外集》:"县官初到,典吏必以追催畸零,试其廉贪。绢则二尺三尺,米则三升五升,累而计之则千万数。民户虽有朱钞存照,以所输不多,亦不与较。"
⑦争向:怎奈。向:《宋元诗会》作"奈"。如:明钞本误作"加",万历本同;《宋元诗会》改作"嘉",误。许与巢:指许由和巢父,相传为尧时高士。尧曾以天下让于许由、巢父,二人皆不受。

寺　居

浩然巾杖立秋钟①,院舍门门细径通。柏子有芽生塔地②,鹤毛无响堕廊风。闲栖已合称高士,清论除非对远公③。不厌浮尘拟何了,片心难舍此缘中。

【题解】
林逋与禅僧交往颇多,诗中极写隐居生活的乐趣,颇见佛学思想对林逋的熏染。此诗未见于宋本,他本均收。

【校注】
①浩然巾:背后有长大披幅的一种头巾,形如今之风帽。相传为唐孟浩然所戴而得名。巾:明钞本、万历本均作"中",应为形误。
②芽:明钞本、万历本均作"茅",应为形误。
③远公:晋高僧慧远,居庐山东林寺,世人称为远公。唐孟浩然《晚泊

浔阳望庐山》诗:"尝读远公传,永怀尘外踪。"

易从上人山亭

湖水江湾隔数峰①,篱门和竹夹西东。闲来此地行无厌,又共吾庐看不同。灵隐路归秋色里,招贤庵在鸟行中②。屏风若欲相揆见,合把巉岩与画工。

【题解】
此诗表现林逋诗歌的特点之一,即擅长以画写景,以画喻诗,借鉴王维"诗中有画"的手法,全诗意境浑融。此诗列宋本诸诗第八十八首,正统本列《采石山》后,他本从之。

【校注】
①水:《宋诗钞》作"上"。江:从明钞本,万历本同;《咸淳志》、《瀛奎律髓》、康熙本、《宋诗钞》、朱本均作"汪",误。
②招贤庵:指招贤寺,在西湖北岸葛岭上。唐代吴元卿弃官学道,在山中结庵。开运二年,钱氏改建为寺。

园　池

一径衡门数亩池①,平湖分涨草含滋。微风几入扁舟意,新霁难忘独茧期②。岛上鹤毛遗野迹,岸傍花影动春枝。东嘉层构名今在③,独愧冯阑负碧漪④。

【题解】
园乃林逋隐居之所,园中有池,池呈方形,又称"方塘"。此诗摹写园之春景,笔触细腻。此诗列宋本诸诗第三十七首,正统本列《易从上人山亭》后,他本从之。

【校注】

①衡门:见卷一《湖山小隐三首》注⑪。

②独茧:指一茧之丝,言其细。此处指隐居垂钓。《列子·汤问篇》:"詹何以独茧丝为纶,芒鍼为钩……引盈车之鱼于百仞之渊、汩流之中。"

③东嘉:浙江省温州的别称。宋陈叔方《颖川语小》卷上:"盖郡有同名,以方别之。温为永嘉郡,俚俗因西有嘉州,或称永嘉为东嘉。"东嘉层构:即南朝宋谢灵运任永嘉太守时所居之楼。构:宋本缺,小注"高宗庙讳",《咸淳志》作"构",正统本、正德本皆缺;明钞本、万历本皆作"有";"层构名",《宋诗钞补》作"谢梦曾",误。

④冯:"凭"的古字。碧漪:清澈的水波。唐李贺《河南府试十二月乐词并闰月·四月》:"金塘闲水摇碧漪,老景沉重无惊飞,堕红残萼暗参差。"

林间石

入夜跏趺多待月①,移时箕踞为看山②。苔生晚片应知静,云动秋根合见闲③。瘦鹤独随行药后④,高僧相对试茶间⑤。疏筼百本松千尺,莫怪频频此往还。

【题解】

诗中描写的深山林寺、林中之石,乃林逋栖心之所,反映了诗人澄澹高逸的情怀。此诗列宋本诸诗第一百二十一首,正统本列《园池》后,他本从之。

【校注】

①跏趺(jiā fū):"结跏趺坐"的略称。佛教中修禅者的坐法:两足交叉置于左右股上,称"全跏坐"。或单以左足压在右股上,或单以右足压在左

股上,叫"半跏坐"。跌:宋本、正统本均作"趺"。待:正统本作"侍",误。

②箕踞:一种轻慢、不拘礼节的坐的姿态,即随意张开两腿坐着,形似簸箕。《庄子·至乐篇》:"庄子妻死,惠子吊之,庄子则方箕踞鼓盆而歌。"

③秋根:也称云根,即山石。

④行药:见本卷《隐居秋日》注①。

⑤试茶:品茶。宋蔡襄《茶录》:"建安民间试茶,皆不入香,恐夺其真。"

留题李休幽居①

俗口喧喧利与名,到君风品即难评②。曾将五老关秋梦③,只爱南薰是正声④。鸟恋药棚长独立,树敧诗壁半旁生⑤。公车便不能征出⑥,搔首吾朝负圣明⑦。

【题解】

诗中慨叹李休的遭遇,反映友人超凡脱俗的品性和才艺,在借他人酒杯浇胸中块垒的同时,也表现了林逋生活的清雅及其品性的高洁。此诗未见于宋本,他本均收。

【校注】

①幽:正统本、正德本、明钞本、万历本均作"山";康熙以后各本均作"幽"。

②风品:品行。评:从朱本;正统本、正德本、明钞本、万历本、康熙各本均作"凭"。

③五老:见本卷《西湖泛舟入灵隐寺》注③。

④南薰:见本卷《湖山小隐二首(之一)》注⑦。

⑤敧:正统本、正德本、明钞本、万历各本均作"欹";康熙以后各本皆作"敧"。据颈联二句诗意看,"鸟恋"应与"树敧"相对,故从"敧"字。

⑥公车:汉代以公家车马递送应征的人,后因以"公车"为举人应试的代称。

⑦朝:正统本、正德本、明钞本、万历本均作"皇";康熙以后各本均作"朝"。

园　庐

柴关寒井对萧晨,自爱栖迟近古人。闲草遍庭终胜俗,好书堆案转甘贫。桥边野水通渔路,篱外青山见寺邻。懒为躬耕咏梁甫①,吾生已是太平民。

【题解】
此诗表现林逋居处陋室而怡然自得,不为世俗所拘的逸民生活,以及内心追慕巢由等人的高尚人格。此诗未见于宋本,他本均收。

【校注】
①梁甫:即《梁父吟》或《梁甫吟》的省称。三国蜀诸葛亮躬耕南阳,好为《梁甫吟》。

【辑评】
清曹煜《绣虎轩尺牍》卷一《与陆伯达》注:和靖诗"好书堆案自甘贫",君之谓也。

雪三首

瓦沟如粉叠楼腰①,高会谁能解酒貂②？清夹晓林初落索③,冷和春雨转飘萧④。堪怜雀避来闲地,最爱僧冲过短桥。独有闭关孤隐者⑤,一轩贫病在颜瓢⑥。

湿飘干堕著溪林,阵猛花尖聚砌阴⑦。晓沫平随茶筯薄⑧,冻痕全共药锄深。慵多只好披诗看,狂甚无如叩几吟。更想天山两三骑,臂鹰拳蹬簇骎骎⑨。

皓然窗户晓来新,画轴碑厅绝点尘。洛下高眠应有道⑩,山阴清兴更无人⑪。寒连水石明渔墅⑫,猛共松篁压寺邻。酒渴已醒时味薄⑬,独援诗笔得天真。

【题解】

此三首诗状居所之景非常细致,借绘雪以反映向自然的回归,儒家"穷居陋巷"、道家"退居山林"、佛家"闭关守寂"的思想在林逋身上融为一体。苏轼称:"先生可是绝俗人,神清骨冷无尘俗。……平生高节已难继,将死微言犹可录。"此诗未见于宋本,他本均收。

【校注】

①瓦沟:瓦楞之间的泄水沟。唐白居易《宿东亭晓兴》诗:"雪依瓦沟白,草绕墙根绿。"

②高会:盛大宴会。解酒貂:解下换酒之金貂。晋阮孚为散骑常侍,曾以所带金貂换酒,致为有司所弹劾。事见《晋书·阮孚传》。

③落索:冷落,萧索。

④飘萧:零落飘坠貌。

⑤闭:明钞本作"闲",误。

⑥颜瓢:语本《论语·雍也》:"一箪食,一瓢饮,在陋巷,人不堪其忧,(颜)回也不改其乐。"

⑦砌阴:台阶一侧背阴处。唐郑辕《指佞草赋》:"荣乎砌阴,实为龟为镜;肃我皇度,式如玉如金。"

⑧茶篯:煎茶用具。

⑨臂鹰:架鹰于臂。指外出狩猎或嬉游。骎骎:马疾速奔驰貌。晋陆机《挽歌》之一:"翼翼飞轻轩,骎骎策素骐。"

⑩洛下高眠:《后汉书·袁安传》:"时大雪,积地丈余。洛阳令身出案

行,见人家皆除雪出,有乞食者。至袁安门,无有行路。谓安已死,令人除雪入户,见安僵卧。问:'何以不出?'安曰:'大雪,人皆饿,不宜干人。'令以为贤,举为孝廉。"

⑪山阴清兴:《世说新语·任诞》:"王子猷居山阴。夜大雪,……忽忆戴安道。时戴在剡,即便夜乘小船就之。经宿方至,造门不前而返。人问其故,王曰:'吾本乘兴而行,兴尽而返,何必见戴!'"

⑫明:明钞本、万历本、康熙各本均作"鸣",误。渔墅:渔屋。

⑬渴:正统本误作"喝",正德本、明钞本、万历本、康熙本均同;朱本校作"渴"。

春　阴

似雨非晴意思深,宿酲牵率卧春阴①。苦怜燕子寒相并,生怕梨花晚不禁。薄薄帘帏欺欲透,遥遥歌管压来沉②。北园南陌狂无数③,只有芳菲会此心。

【题解】

此诗于白描中透露景物的风趣和精神,将物和景人格化,赋予其性情。此诗列宋本诸诗第九十九首,正统本列《雪三首》后,他本从之。

【校注】

①宿酲:即宿醉。牵率:株连,拖累。率:正统本、正德本、明钞本、万历本均作"引"。

②歌管:指唱歌奏乐。南朝宋鲍照《送别王宣城》诗:"举爵自惆怅,歌管为谁清?"

③北园:北面的园林或园圃。《诗经·秦风·驷驖》:"游于北园,四马既闲。"南陌:南面的道路。唐沈佺期《李舍人山园送庞邵》诗:"东邻借山

水,南陌驻骖騑。"

【辑评】

清厉鹗《宋诗纪事》卷二十四:(《西湖春日》《春阴》)按:以下二首,误入《林逋集》。

秋　怀

惠连初拟赋秋怀①,病束慵缠几未谐。湿叶堕丹明晚堑②,破云拖粉露晴崖③。先甘衰落归双髳④,已觉清凉入百骸⑤。试枕离骚校闲品,竹烟杉籁满萧斋。

【题解】

此篇为拟效谢惠连作《秋怀》诗,诗中写尽秋天来临之际的思绪和感慨。此诗列宋本诸诗第一百二十二首,正统本列《春阴》后,他本从之。

【校注】

①惠连:即谢惠连。秋怀:即谢惠连所作《秋怀》诗。

②丹:从宋本,明钞本同;他本均作"舟",误。

③拖:明钞本、万历本均作"施",误。

④髳:同"髦"。

⑤百骸:指人的各种骨骼或全身。《庄子·齐物论》:"百骸、九窍、六藏,赅而存焉,吾谁与为亲?"成玄英疏:"百骸,百骨节也。"

又咏小梅

数年闲作园林主,未有新诗到小梅。摘索又开三两朵①,团栾空绕百千回②。荒邻独映山初尽,晚景相禁雪欲来。寄语清香少愁结,为君吟罢一衔杯③。

【题解】

此诗写隐园小梅数年之后,长势改观不大,写作时间应晚于《山园小梅》二首。此诗未见于宋本,他本均收。

【校注】

①摘索:即瑟缩。

②团栾:《苕溪渔隐丛话》引宋子京《笔记》云:"不晓俚人反语,遄虽变突为团,亦其缪也。"邵裴子按:"和靖此诗,则作旋转解,皆引申圆(原)意,是团栾本有此语,且通用尚远在和靖以前,不能执一变'突栾'为非也。"团栾,本指圆月,此指梅花飞旋之状。

③衔杯:品含酒杯,指饮酒。

【辑评】

宋胡仔《苕溪渔隐丛话前集》卷二十七:国朝林逋诗云:"团栾空绕百千回",是不晓俚人反语,遄虽变"突"为"团",亦其缪也。

元方回《瀛奎律髓》卷二十《梅花类》:三、四眼前所可道,亦有味。

明薛瑄《敬轩文集》卷十八《友竹轩记》:盖昔人既兼友古今之善士,犹以为未足,又取草木之香洁秀异可爱者,以寓其好。若骚客之兰、陶潜之菊、周子之莲、林逋之梅,虽所取不同,而各为所适之志则一也。

梅 花

吟怀长恨负芳时①,为见梅花辄入诗。雪后园林才半树,水边篱落忽横枝。人怜红艳多应俗,天与清香似有私。堪笑胡雏亦风味③,解将声调角中吹④。

【题解】

此诗运用烘托手法,以抒怀入笔,直抒胸臆,描写了梅花斗雪的豪放神姿,从情到景,再至议论,情景交融,托物言志,境界壮阔,格调高亢,整首诗不假雕琢,雄厚博大,俊伟清新。黄庭坚《书林和靖诗》中云:"欧阳文忠公极赏林和靖'疏影横斜水清浅,暗香浮动月黄昏'之句,而不知和靖别有咏梅一联云:'雪后园林才半树,水边篱落忽横枝。'似胜前句。不知文忠公何缘弃此而赏彼。文章大概亦如女色,好恶止系于人。"此诗列宋本诸诗第九十七首,正统本列《又咏小梅》后,他本从之。《梅花》及《又二首》,正统本、正德本、明钞本、万历诸本均分题;康熙本、朱孔彰本作"梅花三首"。

【校注】

①吟怀:作诗的情怀。唐杜荀鹤《近试投所知》诗:"白发随梳落,吟怀说向谁?"

②胡雏:胡人小儿。

③"解将"句:指于角声中吹出《梅花落》的曲调。

【辑评】

宋胡仔《苕溪渔隐丛话前集》卷二十七:《雪浪斋日记》云:"为诗当饱参,然后臭味乃同,虽为大宗匠者亦然。'月观''横枝'之语,乃何逊之妙处也,自林和靖一参之后,参之者甚多。"

元方回《瀛奎律髓》卷二十《梅花类》:和靖《梅花》七言律,凡八首,前辈以为孤山八梅。胡澹庵尝两和之,成十六首。山谷谓"水边篱落忽横枝",此一联胜"疏影""暗香"一联。疑欧公未然,盖山谷专论格,欧公专取意味精神耳。

明文征明《甫田集》卷十一《某比以笔剡逋缓应酬为劳且闻有露章荐留者才伯贻诗见戏辄亦用韵解嘲》诗:千年处士说林逋,漫有声名达帝都。只辨梅花新句好,莫论封禅有书无。

清王士禛《带经堂集》卷九十一《蚕尾续文》卷十九《跋林逋诗集》:若咏梅"疏影""暗香"之句,及"雪后园林才半树,水边篱落忽横枝"一联,七言惟此可称绝唱,他殊不类何也。

清王士禛《带经堂诗话》卷十二:咏物之作,须如禅家所谓不粘不脱、不即不离,乃为上乘。古今咏梅花者多矣,林和靖"暗香""疏影"之句,独有千古,山谷谓不如"雪后园林才半树,水边篱落忽横枝";而坡公"竹外一枝斜更好",识者以为文外独绝,此其故可为解人道耳。《蚕尾文》并录二。

清陈文述《颐道堂集·文钞》卷十《书林和靖诗后》:若咏梅之"疏影横斜水清浅,暗香浮动月黄昏""雪后园林才半树,水边篱落忽横枝",妻梅子鹤,艳称千古,宜其言之亲切有味也。

清吴之振《宋诗钞》卷十三《林逋和靖诗钞》:欧阳文忠爱其咏梅花诗"疏影横斜"一联,谓前世未有此句。黄涪翁则以"雪后园林"二语为胜之。盖一取神韵,一取意趣,皆为杰句。然知欧阳之所赏者多,知涪翁之所赏者少也。所作虽夥,未尝留稿,或问之曰:"吾不欲取名于时,况后世乎?"故所存百无一二。

清陶元藻《全浙诗话》卷十宋:又有七言数篇,皆无如"池水倒窥疏影动,屋檐斜入一枝低。雪后园林才半树,水边篱落忽横枝"之句。

又二首

几回山脚又江头,绕著瑶芳看不休①。一味清新无我爱,十分孤静与伊愁。任教月老须微见②,却为春寒得少留。终共公言数来者③,海棠端的免包羞④。

小园烟景正凄迷⑤,阵阵寒香压麝脐⑥。池水倒窥疏影动,屋檐斜入一枝低。画工空向闲时看⑦,诗客休征故事题⑧。惭愧黄鹂与蝴蝶⑨,只知春色在桃溪⑩。

【题解】

此二首诗泛写西湖沿岸外出探梅之事,及状梅之情状,赞梅花之冰清玉洁,借以自喻。

【校注】

①瑶芳:白色花朵的美称。宋葛立方《多丽·赏梅》词:"冷云收,小园一段瑶芳。"瑶:《咸淳志》及明刻诸本、康熙本均同;明钞本作"孤",误。

②月老:谓月光暗淡。须:《咸淳志》、明刻诸本、康熙本均同;明钞本作"应",误。

③公言:公众的言论。

④包羞:忍受羞辱。《周易·否卦》:"六三,包羞。"《象》曰:"包羞,位不当也。"

⑤凄迷:形容景物凄凉迷茫。

⑥麝脐:雄麝的脐,麝香腺所在。借指麝香。唐唐彦谦《春雨》诗:"灯檠昏鱼目,薰炉咽麝脐。"

⑦工:从《瀛奎律髓》,正统本同。《咸淳志》、正德本、明钞本、万历本、康熙本、朱本均作"名"。

⑧客:万历本、康熙本均同;《咸淳志》《瀛奎律髓》、正统本、正德本、明钞本均作"俗"。邵裴子按:"窃谓'画工'对'诗客'最是。作'画名''诗俗'者,两失之;作'画工''诗俗'及'画名''诗客'者,虽得失参半,要未得谓具解也。"

⑨与:明钞本作"似",显误。

⑩桃溪:指桃源。溪:《瀛奎律髓》作"蹊",误。

【辑评】

宋何溪汶《竹庄诗话》卷二十四《警句下》:《王直方诗话》云:"林和靖诗云云,后联此句(池水倒窥疏影动,屋檐斜入一枝低)于前所称,真处伯仲之间。"

宋胡仔《苕溪渔隐丛话前集》卷二十七:山谷云:"欧阳文忠公极赏林和靖'疏影横斜水清浅,暗香浮动月黄昏'之句,而不知和靖别有咏梅一联,云'雪后园林才半树,水边篱落忽横枝。'似胜前句,不知文忠何缘弃此而赏彼。文章大概亦如女色,好恶止系于人。"苕溪渔隐曰:"王直方又爱和靖'池水倒窥疏影动,屋檐斜入一枝低',以谓此句于前所称,真可处伯仲之间。余观此句,略无佳处,直方何为喜之,真所谓一解不如一解也。"

元方回《瀛奎律髓》卷二十《梅花类》:"屋檐斜入一枝低",王直方以为可与欧、黄二公所喜之联相伯仲。胡元任《渔隐丛话》犹不然直方之说。"终共公言数来者"此一句当考。

杏　花

蓓蕾枝梢血点干①,粉红腮颊露春寒。不禁烟雨轻欹着②,只好亭台爱惜看③。隈柳旁桃斜欲坠④,等莺期蝶猛成团。京师巷陌新晴后⑤,卖得风流更一般⑥。

【题解】
诗中状杏花之貌,构思精巧。此诗列宋本诸诗第九十八首,正统本列《(梅花)又二首》后,他本从之。

【校注】
①蓓蕾:花蕾,含苞未放的花。血:明钞本、万历本均作"向",误。
②欹:宋本作"欺",正统本、正德本同,显误;明钞本、万历本均作"凝"。邵裴子按:"窃谓作'凝'者胜。"据宋本、正统本、正德本推断,"欺"乃形误,原字当为"欹"。
③亭:康熙本作"庭",《宋诗钞》同,误。
④隈(wēi):弯曲。
⑤晴:明钞本、万历本均误作"时"。后:万历本、康熙本误作"俊",显为形误。
⑥般:正统本、正德本、明钞本、万历本均作"端";他本均作"般"。

桃　花

柳坠梅飘半月初,小园孤榭更庭除①。任应雨杏情无别,最与新篁分不疏。比并合饶皮博士皮日休有赋②,形相偏属薛尚书薛能有诗③。薄红深茜尖尖叶,亦有愁肠未负渠。

【题解】

据此诗推知,林逋隐居处一度植桃,桃花颇盛。此诗未见于宋本,他本均收。

【校注】

①庭除:庭院。唐袁郊《甘泽谣·红线》:"时夜漏将传,辕门已闭,杖策庭除,唯红线从行。"

②比并:并列。皮博士:指唐皮日休(约838—约883),字袭美,一字逸少,曾住鹿门山,道号鹿门子,又号醉吟先生。复州竟陵(今湖北天门)人。皮日休是晚唐文学家、诗人。与陆龟蒙齐名,世称"皮陆"。咸通八年(867)进士及第,累官著作佐郎、太常博士等。著有《皮日休集》。有《桃花赋》。赋:明钞本、万历本、康熙本皆作"诗",应误。

③形相:端详。薛尚书:即薛能(约817—约880),字大拙。会昌中举进士。累官嘉州刺史、工部尚书。晚唐诗人。著有《薛能诗集》十卷。有五言排律《桃花》。

山舍小轩有石竹二丛哄然秀发因成七言二章①

麝香眠后露檀匀,绣在罗衣色未真。斜倚细丛如有恨,冷摇疏朵欲生春。阶前红药推词客②,篱下黄花重古人③。今日含毫与题品④,可怜殊不愧清新。

青帘有酒不妨赊⑤,素壁无诗未足夸⑥。所重晚芳犹在目⑦,可关秋色易为花⑧。深枝冉冉装溪翠,碎片英英翦海霞⑨。莫管金钱好行市,寂寥相对是山家。陆鲁望有诗云:如今莫共金钱斗,买断秋风是此花⑩。

【题解】

此诗颇能表现林逋用事、融化典故的高超技巧,使全诗意旨更加透贯,深化了诗人所要表达的情感思想,也反映了林逋终身不仕,不慕名利的原因。此诗列宋本诸诗第七十七首,正统本列《桃花》后,他本从之。诗题"七言"二字,从宋本,他本无此二字。

【校注】

①秀发:指植物生长繁茂,花朵盛开。语出《诗经·大雅·生民》:"实发实秀。"

②红药:指芍药花。南朝齐谢朓《直中书省》诗:"红药当阶翻,苍苔依砌上。"

③篱下黄花:陶潜《饮酒》诗:"采菊东篱下,悠然见南山。"

④含毫:含笔于口中,比喻构思为文或作画。此处指作诗。题品:品评。

⑤青帘:酒店门口挂的幌子,多用青布制成,借指酒家。

⑥素壁:白色的墙壁、石壁等。北魏郦道元《水经注·澧水》:"(嵩梁山)高峰孤竦,素壁千寻,望之苕亭,有似香炉。"

⑦犹:从正统本,正德本,明钞本同;万历本、康熙本、朱本均作"聊"。

⑧关:宋本为"开",误,正统本、正德本皆同。

⑨英英:轻盈明亮的样子。《诗经·小雅·白华》:"英英白云,露彼菅茅。"

⑩诗后小注,据宋本补。

新　竹

粉环匀束绿沉枪①,袅露差烟巀嶭长。卷箨乍惊双眼健②,倚阑寻觉百毛凉。齐披古锦围山阁,背迸寒犀过寺墙。堪笑数根苍翠者③,强颜如立少年场。

【题解】

此诗写尽新竹特点,"绿沉枪""古锦""寒犀""苍翠者"四设比喻,新颖可喜。此诗未见于宋本,他本均收。

【校注】

①匀:明钞本误作"勿"。沉枪:喻新竹。唐杜甫《重过何氏》其四:"雨抛金锁甲,苔卧绿沉枪。"

②卷:万历本作"半",误。眼:从明钞本,万历本同;康熙本、朱本均作"睫"。

③数:明钞本、万历本均作"粉",误。

荣家鹤

种莎池馆久淹留,品格堪怜绝比俦①。春静棋边窥野客②,雨寒廊底梦沧洲③。清形已入仙经说④,冷格曾为古画偷⑤。数啄稻粱无事外,报言鸡雀懒回头。

【题解】

诗中用鹤之"冷格"自喻,故林逋有"鹤子"之称。此诗列宋本诸诗第八十六首,正统本列《新竹》后,他本从之。

【校注】

①比俦:比并,匹敌。

②野客:指隐者。

③沧洲:见卷一《中峰行乐却望北山因而成咏》注③。

④仙经:即《相鹤经》。

⑤冷格:清高的品格。

【辑评】

明彭大翼《山堂肆考》卷一百九《人品·妻梅子鹤》:宋林逋,字君复,钱唐人。少善诗,不慕荣利。结庐杭州西湖之孤山,与渔樵往来。畜双鹤,纵之入云霄,归复入笼中。或游西湖诸寺,有客至,童子放鹤则棹小舟归。真宗赐号"和靖先生"。元至正间，儒学提举余谦既葺处士之墓，复植梅数百本于山，构梅亭其下。郡人陈子安以为处士无家，妻梅子鹤，不可偏举，乃持一鹤，放之孤山，构鹤亭以配之。

明张萱《疑耀》卷六《林逋》：林逋居孤山，畜一鹤，客至则童子放鹤，逋见鹤即归，其好客如此。宋江邻几作《杂志》载许洞嘲逋诗有"豪民送物伸鹅颈，好客窥门缩鳖头"之句，盖无根之谤也。邻几载之何意？李畋《闻见录》载：和靖隐居，朝廷命守臣王济访之，逋闻之，即怀诗文求见。济乃以文学保荐逋。及诏下，唯赐帛而已。济曰：草泽之士，不学稽古，不友王侯；文学之士，修词立诚，俟时致用。今林逋两失之矣。夫以和靖之高隐，而犹以诗文取讥，亦不念古人身既隐，文焉用之语也？今之自称山人者，又何以文为哉？

清俞樾《茶香室丛钞·茶香室四钞》卷二：明张萱《疑耀》云："宋江邻几作《杂志》载许洞嘲林逋诗，有'豪民送物伸鹅颈，好客窥门缩鳖头'之句，无根之谤也。邻几载之何意？李畋《闻见录》载：和靖隐居，朝廷命守臣王济访之，逋即怀诗文求见，济乃以文学保荐，及诏下，赐帛而已。"按：孤山林和靖千古艳称，今观此则，其地其人均有不满人意者，亦可叹也。

清吴乔《围炉诗话》卷五：林逋泉石自娱，故诗清绮绝伦。时有晚唐卑调弱句。……鹤诗云："春静棋边窥野客，雨寒廊底梦沧洲。"妙矣。而永叔云："万里秋风天外意，日斜闲啄岸边苔。"寄趣更远。

日本惟忠通恕《云壑猿吟·孤山放鹤图》：翩翩白鹤惯高飞，处士扁舟湖上归。知是孤山访梅客，晚来和雪叩幽扉。

百 舌①

柳条初重草初肥，烟湿园林晚未晞②。百种堪怜巧言语，一般惟欠好毛衣。欺凌红杏从头宿，讽刺黄鹂趁背飞。谁道关关便多事③，更能缄默送芳菲④。

【题解】

全诗用拟人手法写百舌鸟的特点,立意新颖,视角独特,物我融为一体,既呈现了对百舌鸟的相惜之意,也反衬了诗人的自身清高和不群之态。此诗列宋本诸诗第一百首,正统本列《荣家鹤》后,他本从之。

【校注】

①百舌:鸟名。善鸣,其声多变化。《淮南子·说山训》:"人有多言者,犹百舌之声。"

②晞:干。《诗经·秦风·蒹葭》:"蒹葭萋萋,白露未晞。"

③关关:鸟类雌雄相和的鸣声,泛指鸟鸣声。《诗经·周南·关雎》:"关关雎鸠,在河之洲。"

④缄默:闭口不言。指百舌立春后鸣啭,夏至后即止。《礼记·月令》:"仲夏之月,……反舌无声。"

蝶

细眉双耸敌秋毫,冉冉芳园日几遭①。清宿露花应自得②,暖争风絮欲相高。情人殁后魂犹在③,傲吏齐来梦亦劳④。闲掩遗编苦堪恨,不并香草入离骚。

【题解】

此诗颇能体现林逋用典、用事融化无迹的特点。此诗列宋本诸诗第四十五首,正统本列《百舌》后,他本从之。

【校注】

①冉冉:《宋诗钞补》作"苒苒",误。

②"清宿"二句:从宋本,正统本、正德本、明钞本、万历本均同;康熙以后诸本均作"清露宿花""暖风和絮欲争高"。

③"情人"句:指梁祝化蝶的传说。相传晋代会稽梁山伯与上虞女扮男

装的祝英台同窗三载,感情笃厚。临别前,祝托言为妹作媒,许婚于梁,后祝父将祝另许他人,祝抗未从命。梁至祝家求婚亦遭峻拒。二人在压迫之下先后殉情,并化为一对蝴蝶。后:从正统本,明钞本、万历本均同;康熙以后诸本皆作"久"。

④"傲吏"句:指庄周梦蝶之事。《庄子·齐物论》:"昔者庄周梦为胡蝶,栩栩然胡蝶也,自喻适志与!不知周也。俄然觉,则蘧蘧然周也。不知周之梦为胡蝶与?胡蝶之梦为周与?"庄周曾为漆园吏,故称"傲吏"。

西湖孤山寺后舟中写望

天竺横分景色宽,孤山背后泊船看。林藏野路秋偏静,水映渔家晚自寒。拂拂烟云初淡荡①,萧萧芦苇半衰残。春锄数点谁惊起②,书破晴云粉字干。

【题解】
此诗详摹孤山之景,表达隐居之乐。此诗未见于宋本和正统本,《咸淳临安志》收录,何养纯本、潘是仁本、明钞本均收录,列《虢略秀才以七言四韵诗为寄辄敢酬和幸惟采览》之后,卢文弨校云:"'孤山背后泊船看'殊不似和靖语。"

【校注】
①淡荡:本指水迂回缓流貌,此处指和舒。
②春锄:鸟名,即白鹭。康熙本作"春雏",误;《宋诗钞补》又改作"汀鸿",益谬。

【辑评】
清钱陈群《香树斋诗文集》文集卷十六《御制题林逋诗帖真迹用卷中苏轼书和靖林处士诗后韵恭跋》:苏轼曾读韩退之《山石》诗,至数十过,不觉达旦,亦无倦容,曰:"自此诗境大进。"臣于风清月朗时读御制《题林逋诗帖》诗,其获心怡情处,殆胜于苏之吟《山石》也。至"良史无"三字下忽得,峰色湖光皆实录句,愈奇愈妙至矣。

清卢文弨《群书拾补》:《西湖孤山寺后舟中写望》以下四首,陈惟成本所无,此云"孤山背后泊船看",殊不似和靖语。

小　隐

鲁望无来已百年①,又生吾辈在林泉②。唯知隐遁为高尚③,敢道文章到圣贤。月界晓窗琴岳润④,竹摇秋机墨云鲜⑤。南塘一霎霏微雨,更拥渔蓑上钓船⑥。

【题解】

《御览孤山志》记:"盖湖滨隐处,非舟莫渡,东西南北,雪月风花,殆一日不可无者。"林逋归隐之后,小舟成为不可或缺的工具,此诗着意于隐遁之趣。此诗未见于宋本和正统本,《咸淳临安志》收录,何养纯本、潘是仁本、明钞本均收录,列《西湖孤山寺后舟中写望》之后。

【校注】

①鲁望:即唐陆龟蒙,字鲁望。陆龟蒙约卒于881年,林逋作此诗,距陆龟蒙卒已有百二十年。无:《淳祐志》作"亡"。

②林泉:指隐居之地。

③唯:明钞本后近人补钞及万历本均误作"谁"。

④琴岳:琴上架弦之横木。

⑤墨云:墨晕。

⑥渔蓑:渔人的蓑衣。

梅花二首

宿霭相黏冻雪残,一枝深映竹丛寒。不辞日日旁边立,长愿年年末上看。蕊讶粉绡裁太碎①,蒂疑红蜡缀初干②。香篘独酌聊为寿③,从此群芳兴亦阑。

孤根何事在柴荆④,春色仍将腊候并⑤。横隔片烟争向静,半黏残雪不胜清。等闲题咏谁为愧,子细相看似有情。搔首寿阳千载后⑥,可堪青草杂芳英。

【题解】

据"独酌聊为寿"之语,此二首诗盖作于晚年。此二诗未见于宋本和正统本,《咸淳临安志》收录,何养纯本、潘是仁本、明钞本均收录,列《虢略秀才以七言四韵诗为寄辄敢酬和幸惟采览》《西湖孤山寺后舟中写望》《小隐》之后。此诗作者仍有争议,《瀛奎律髓》虚谷原批:"李雁湖注荆公梅花诗,谓'粉绡''红蜡'之联,为魏野诗。恐不然也。"清代纪昀批云:"俗陋之至,和靖何至于此。"

【校注】

①碎:明钞本后近人补钞及万历本均误作"醉"。

②疑:从万历本;康熙本、朱本作"凝"。红蜡:即红烛。唐皮日休《春夕酒醒》诗:"夜半醒来红蜡短,一枝寒泪作珊瑚。"

③香篘:酒的美称。

④孤根:独生的根。谓孤独无依或孤独无依者。唐张九龄《叙怀》诗:"孤根亦何赖?感激此为邻。"柴荆:指用柴荆做的简陋门户。

⑤春:《瀛奎律髓》作"村",纪昀批:"或'春'之误。"邵裴子按:"纪说是",兹从之。腊候:犹言寒冬时节。唐皇甫冉《送令狐明府》诗:"行当腊候晚,共惜岁阴残。"

⑥寿阳:指寿阳公主梅花妆一事。《太平御览·杂五行书》载:"宋武帝女寿阳公主人日卧于含章殿檐下,梅花落公主额上,成五出花,拂之不去。皇后留之,看得几时,经三日,洗之乃落。宫女奇其异,竞效之,今梅花妆是也。"

【辑评】

元方回《瀛奎律髓》卷二十《梅花类》:"半黏残雪不胜清"亦佳句也。李雁湖注荆公《梅花》诗,谓"粉绡红蜡"之联为魏野诗,恐不然也。

元方回《瀛奎律髓》卷二十《梅花类·与微之同赋梅花得香字三首(王安石)》:"浅浅池塘短短墙,年年为尔惜流芳。向人自有无言意,倾国天教抵死香。须袅黄金危欲堕,蒂团红蜡巧能妆。婵娟一种如冰雪,依倚春风笑野棠。"《遯斋闲览》云:"凡咏梅多咏白,而荆公独云'须袅黄金蒂团红蜡',不惟造语巧丽,可谓能道人不到处矣。"予谓"亦褒许太过。'蒂凝红蜡缀初干',林和靖已尝道来。此篇惟'向人自有无言意'一句近自然。要之,自况殊觉急迫,无和靖水边林下自得之味也。"

元方回《瀛奎律髓》卷二十《梅花类》:和靖八梅,非一日而成,有思亦且有力。澹庵和之,欲一举而成,则不容不竭思而加力,此中大有佳语。又和八篇,用东坡雪、诗、声、色、气、味、富、贵、势、力赋之,以多不取。

秋 怀

霏霏烟露拂西窗,缃帙披残卧缥缸①。林木细分山去削,水波微动鹤丁桩②。凉沉睡欲何妨纵,静壮诗魔未易降。搔首旧游堪入画③,一樯如练下澄江。

【题解】

此诗首见于朱孔彰本,原入拾遗,邵裴子校本汇列卷二之末,今人吴鹭山先生疑此首为伪作。

【校注】

①缃帙:浅黄色书套,泛指书籍、书卷。《宋书·顺帝本纪》:"诏曰:'姬、夏典载,犹传缃帙;汉、魏余文,布在方册。'"缥缸:淡青色长颈酒瓶。

②鹤丁桩:指鹤一脚蜷曲,一脚直立。

③旧游:昔日游览的地方。

卷三

七言律诗

送范寺丞仲淹①

中林萧寂款吾庐②,亹亹犹欢接绪余③。去棹看当辨江树,离尊聊为摘园蔬④。马卿才大常能赋⑤,梅福官卑数上书⑥。黼座垂精正求治⑦,何时条对召公车⑧?

【题解】

林逋赠范仲淹诗称之为"寺丞",据《范文正公文集》所附年谱,范仲淹于宋仁宗天圣二年(1024)迁大理寺丞,四年(1026)丁母忧,六年(1028)服除,十二月以晏殊荐为秘阁校理,则赠诗当在天圣二年(1024)至六年(1028)之间(参见邵裴子注《林和靖诗集》)此诗列宋本诸诗第四十首,正统本列卷三之首,他本从之。诗题从宋本,正统本、明钞本均作"送范仲淹寺丞",万历诸本、康熙本、朱孔彰本均作"送范希文寺丞",《咸淳志》作"送范希文"。

【校注】

①范仲淹(989—1052),字希文,苏州吴县人。北宋政治家、文学家。大中祥符八年(1015)进士及第,累官秘阁校理、苏州知州、参知政事,追赠兵部尚书、楚国公,谥号"文正"。著有《范文正公文集》。

②中林:从宋本,《咸淳志》、明钞本、万历本、康熙本、朱本均作"林中"。和靖诗《寄宣城宗言侄》《山中寒食》第二首、《送僧还东嘉》等,均有"中林",其意见卷一《怀长吉上人北游》注④。款:敲。

③亹亹(wěi):勤勉不倦貌。《诗经·大雅·崧高》:"亹亹申伯,王缵之事。"欢:从宋本,《咸淳志》同;他本均作"欣"。绪余:抽丝后留在蚕茧上的

残丝。借指事物之残余或主体之外所剩余者。《庄子·让王》:"道之真以治身,其绪余以为国家,其土苴以治天下。"

④离尊:亦作"离樽",指饯别的酒杯。唐骆宾王《在兖州饯宋五之问》诗:"别路青骊远,离尊绿蚁空。"

⑤马卿:即司马相如,字长卿。常:宋本、《咸淳志》均作"尝"。据"数上书"之意,此处应为"常"。

⑥梅福:字子真。汉九江郡寿春人。官南昌尉。及王莽当政,乃弃家隐居。后世关于其成仙的传说甚多,江南各地以至闽粤,多有其修炼成仙的遗迹。成帝、哀帝时,梅福曾屡次上书言事。事见《汉书·杨胡朱梅云传》。南朝宋谢灵运《会吟行》:"范蠡出江湖,梅福入城市。"

⑦黼(fǔ)座:帝座。天子座后设黼扆(屏风),故名。垂精:犹言致力。

⑧条对:谓逐条对答天子的垂询。《汉书·杨胡朱梅云传》:"后去官归寿春,数因县道上言变事,求假轺传,诣行在所条对急政,辄报罢。"公车:见卷二《留题李休幽居》注④。

【辑评】

明郎瑛《七修类稿》卷四十三《事物类·和靖诗刻》:世重宋板诗文,以其字不差谬,今刻不特谬而且遗落多矣,予因林和靖而叹之。旧名止曰《漫稿》,上下两卷,今分为四卷;旧题如《送范寺丞仲淹》,今改为《送范仲淹寺丞》者最多,已非古人之意矣。

送史殿省典封川①

炎方将命选朝伦②,治行何尝下古人③。拥旆肯辞临远郡,登舻还喜奉慈亲。水连芳草江南地,烟隔寒梅岭上春④。若过中途值归雁,慰怀能与寄音尘⑤?

【题解】

此诗与卷一五律题目相同,意在鼓励友人,应为同时所作,后依诗体分编二处。此诗列宋本诸诗第九十四首，正统本列《送范寺丞仲淹》后，他本从之。

【校注】

①诗题，宋本作"送史殿丞之任封川"，邵裴子按："《宋诗钞补》如此，与墨迹正同。从之。"兹从邵氏之说。

②炎方：指南方炎热地区。唐李白《古风》之三十四："怯卒非战士，炎方难远行。"将命：奉命。朝伦：犹朝班，指朝廷官员。

③治行：为政的成绩。《管子·八观》："治行为上，爵列为下，则豪杰材臣不务竭能，便辟左右不论功能而有爵禄。"

④岭：指大庾岭，岭上多梅，故云"寒梅岭上春"。

⑤音尘：音信，消息。汉蔡琰《胡笳十八拍》之十："故乡隔兮音尘绝，哭无声兮气将咽。"

送史宫赞兰溪解印归阙①

杜若萋萋天似水，一樯风信快吟怀②。春坊冠盖还朝籍③，宝婺溪山别县斋。访旧约僧登北固④，破程乘月宿清淮。东南出宰才居最，畴为言扬向玉阶⑤？

【题解】

史宫赞，与卷一《和史宫赞》当是同一人。林逋对朋友罢官有所劝慰，既称赞了友人的才能，也陈述了他对官仕的理解。此诗列宋本诸诗第九十三首，正统本列《送史殿省典封川》后，他本从之。

【校注】

①兰溪：县名，今浙江省西部。解印：即解印绶，谓辞免官职。归阙：归回朝廷。唐于鹄《赠李太守》诗："归阙功成后，随年有野人。"

②风信：即花信风。应花期而来的风，自小寒至谷雨，凡四月，共八个

节气,一百二十日,每五日一候,计二十四候,每候应以一种花的信风。唐张继《江上送客游庐山》:"晚来风信好,并发上江船。"吟怀:见卷二《梅花》注①。

③春坊:魏晋以来称太子宫为春坊,又称春宫。冠盖:指官员的冠服和车乘,此处指太子宫官。朝籍:在朝官吏的名册。

④北固:山名。在今江苏省镇江市东北。有南、中、北三峰。北峰三面临江,形势险要,故称"北固"。

⑤畴:谁。玉阶:指朝廷。

送马程知江州德安①

酒酣无复耿离肠②,一路之官尽水乡。公廨寒生对庐阜③,客帆风定泊浔阳④。波涵洲渚初收潦⑤,露浥蒹葭未作霜⑥。到日何人先刺谒⑦?二林开士在琴堂⑧。

【题解】

此诗颇能反映林逋寄赠诗借景抒情、细腻清幽的特点。此诗列宋本诸诗第一百一十八首,正统本列《送史宫赞兰溪解印归阙》后,他本从之。

【校注】

①江州:宋属江南西道。德安:县名,今江西省北部。

②耿:心情不安,悲伤。

③公廨:官署。北魏郦道元《水经注·淇水》:"汉光武建武二年,西河鲜于冀为清河太守,作公廨未就而亡。"庐阜:庐山。南朝梁刘孝绰《酬陆长史倕》诗:"庐阜擅高名,岩岩凌太清。"

④浔阳:古县名,今江西省九江市。

⑤波:从宋本;他本均作"陂",误。

⑥"露浥"句:露浥,指湿润的露水。露:露水。浥:湿润。反用《诗经·秦风·蒹葭》:"蒹葭苍苍,白露为霜。"

⑦刺谒:投名刺以求见。《南史·刘绘传》:"出为南康相,郡人有姓赖,所居名秽里,刺谒绘,绘戏嘲之曰:'君有何秽,而居秽里?'"

⑧二林:庐山东林寺、西林寺的合称。唐白居易《与微之书》:"仆去年秋,始游庐山,到东西二林间,香炉峰下,见云水泉石,胜绝第一,爱不能舍,因置草堂。"开士:菩萨的异名。以能自开觉,又可开他人生信心,故称。后用作对僧人的敬称。琴堂:州、府、县署为琴堂。《吕氏春秋·察贤》:"宓子贱治单父,弹鸣琴,身不下堂,而单父治。"

送楚执中随侍入蜀仍寄家京洛

严君将命之邛蜀①,令子和家且侍行。洛汭好山归别业②,江南芳草动离情。诗题寺壁云根润,书检松窗野色明③。他日林间无所望,只求金榜看嘉名④。

【题解】
此诗着意抒写离别之情及对友人的期许。此诗未见于宋本,他本均收。诗题小注,正统本、正德本、明钞本、万历诸本均无;康熙本、朱孔彰本有之,康熙本作"京洛",朱孔彰本作"洛京"。

【校注】
①严君:父母之称。将命:奉命。邛蜀:古邛州、蜀郡,均在今四川省西北部。
②洛汭:指河南省洛阳市一带地区。
③野色:原野或郊野的景色。
④嘉名:好名声。汉朱浮《为幽州牧与彭宠书》:"弃休令之嘉名,造枭鸱之逆谋。"

送马程员外之任乌江①

空色青苍寒日明,迟迟携手出柴荆。长贫少得交游者,渐老不禁离索情②。去路浦帆当晚落③,到官江草已春生。州监县尹多才识④,当念吾宗负大名。

【题解】

此诗乃林逋寄赠之作。据诗中"吾宗"之说可知,马程当亦姓林。此诗未见于宋本,他本均收。

【校注】

①员外:即员外郎,指正员以外的郎官。晋武帝始设员外散骑常侍、员外散骑侍郎,简称员外郎。隋开皇时,尚书省二十四司各设员外郎一人,为各司的次官。乌江:水名,在今安徽省和县东北。

②离索:离群索居。唐杜甫《夜听许十一诵诗爱而有作》诗:"离索晚相逢,包蒙欣有击。"

③路:从正统本,正德本、明钞本、万历本均同;康熙本、朱本作"櫂"。浦帆:水滨的帆船。

④州监:通判。县尹:县令。

送赵时校书之任临川司理①

南国古来风物好,早时游览熟登临②。青山满路人家远,丹橘隔江秋色深。官况暂应劳折狱③,病怀终自重分襟④。三年解罢当求试,多草新文慰我心。

【题解】

此诗表达了林逋与友人的离别之情,以及期待音信之意。此诗未见于宋本,他本均收。

【校注】

①赵时校书:见卷一《寄临川司理赵时校书》注①。

②觅:明代诸本均同;康熙本、朱本作"荡",误。

③折狱:判决诉讼案件。《周易·丰卦》:"君子以折狱致刑。"孔颖达疏:"断决狱讼。"

④自:从康熙本;明代诸本均作"日",误。分襟:犹离别,分袂。唐王勃《春夜桑泉别王少府序》:"他乡握手,自伤关塞之春;异县分襟,意切悽惶之路。"

送吴秀才赴举

一战词场定策勋①,麻衣西笑仕纷纷②。风神已负青云气,艺业兼携白地文③。辇下春华期纵辔,野中林色惜离群。明年新榜看看见④,第甲嘉名且认君。

【题解】

诗中林逋对赴举的士子给予极大的安慰和鼓励,寄予了殷切希望,表现出一种必胜的信念和无畏的精神。全诗蕴含豪气,充满力量和气势,颇有几分激昂排宕、雄放驰骋的特色,也体现了林逋的豪爽之气。此诗未见于宋本,他本均收。

【校注】

①策勋:记功勋于策书之上。此句之意为一举及第。

②麻衣:唐宋举子所穿的麻织物衣服。唐李贺《野歌》:"麻衣黑肥冲北风,带酒日晚歌田中。"西笑:谓渴慕帝都。语本汉桓谭《新论·祛蔽》:"人

闻长安乐,则出门向西而笑;知肉味美,则对屠门而大嚼。"长安是汉的京城,意谓西望长安而笑。

③白地文:指十六国时后赵织锦署所织的一种白底有纹彩的丝织品。喻文质兼美的辞章。南朝宋刘义庆《世说新语·文学》:"孙兴公(孙绰)道:'曹辅佐(曹毗)才如白地明光锦,裁为负版绔,非无文采,酷无裁制。"

④看看见:即将见到。

寄解州李学士①

解梁贤守古难同②,张盖垂鞭自士风③。馆职久衔疏旧地,郡符重剖枉名公④。印厅孤坐琴尊外,铃阁清谈易老中⑤。闻演丝纶征诏近,相如文学动天聪⑥。

【题解】

诗题"李学士"即李建中,林逋曾学书于李建中。景德元年(1004),林逋在江淮,李建中在解州任上。此诗描绘了一派远古清明的政治之风。此诗未见于宋本,他本均收。

【校注】

①解州:汉置,在今山西省运城市西南。

②解梁:古地名。汉置解县,后更名为解州。贤守:贤明的地方官。唐刘禹锡《武陵观火诗》:"贤守恤人瘼,临烟驻骊驹。"

③张盖:张开金盖。士风:士大夫的风度。

④郡符:郡太守的符玺,借指太守。

⑤铃阁:指翰林院以及将帅或州郡长官办事的地方。易老:指《周易》和《老子》。

⑥相如:即司马相如。

【辑评】

清王士禛《香祖笔记》卷一:郎瑛《七修类纂》举东坡《跋林和靖诗》"诗

如东野不言寒,书似西台差少骨",以西台为南唐李建中,谬甚!南唐太弟太傅李建勋,非建中也。建中,宋初人,为西京御史,故称西台。其书与杨风子先后齐名,苏、黄常称之,郎未知耶?

曹州寄任独复

交结文章尽世惊,城中幽隐更无营①。敢将古道为吾事②,耻对常流语子名③。《秋思》病弹曾独听④,太玄闲写待谁评⑤。清朝故实蒲轮在⑥,合为高贤下帝京。

【题解】
此诗应作于林逋居曹州时。林逋居曹州时,所与交游皆一时名流。此诗将自己的理想寄托在悠悠远古,行古道、重古官,颇见林逋的政治理想。此诗未见于宋本,他本均收。

【校注】
①无营:无所谋求。汉蔡邕《释梅》:"安贫乐贱,与世无营。"
②古道:指古代的制度、学术、思想、风尚等。汉桓宽《盐铁论·殊路》:"夫重怀古道,枕籍《诗》《书》,危不能安,乱不能治。"
③常流:凡庸之辈。
④秋思:琴曲。
⑤太玄:深奥玄妙的道理。待:万历本、康熙本、朱本均作"欠"。
⑥故实:出处、典故。蒲轮:指用蒲草裹轮的车子。转动时震动较小,古代常用于封神或迎接贤士,以示礼敬。

寄岑迪时黜官居曹州

久辜才术向吾朝①,公罪应该洗雪条②。佐邑旧曾居府寺③,转官新合入京僚。门庭冷落闲中住,僮仆生疏贱价招。别后交游定相忆④,酒灯棋雨几清宵⑤。

【题解】
诗中对友人黜官寄予同情,同时也希望友人能在酒、棋之中领略别样人生。此诗列宋本诸诗第一百五十三首,正统本列《寄傅霖》后,他本从之。

【校注】
①才术:才学。《后汉书·班彪列传》:"固自以二世才术,位不过郎,感东方朔、扬雄自论,以不遭苏、张、范、蔡之时,作《宾戏》以自通焉。"
②公罪:因公务上的过失所获之罪。
③佐邑:地方副职。府寺:公卿官舍。
④定:康熙本、朱本均作"合"。
⑤几清:康熙本、朱本均作"数侵"。

西梁山下泊船怀别润州杲上人①

画图行李是随缘,立别江头雨霁天。铁瓮独归三月寺②,铜瓶轻挂两潮船③。吟焚篆籀香初竭④,老拥云霞衲已穿。昨夜西梁山下月⑤,为师怀想几凄然。

【题解】
全诗体现了林逋送别诗委婉含蓄、韵味无穷的特点。此诗未见于宋本,此依正统本次序,明钞本及万历诸本均无。

【校注】
①润州:即今江苏省镇江市。
②铁瓮:指铁瓮城,京口(今江苏镇江)北固山前的一座古城。为三国时孙权所筑。唐杜牧《润州》诗之二:"城高铁瓮横强弩,柳暗朱楼多梦云。"

冯集梧注:"原注:'润州城,孙权筑,号为铁瓮。'《演繁露》:'润州城古号铁瓮,人但知其取喻以坚而已,然瓮形深狭,取以喻城,似为非是。乾道辛卯,予过润,蔡子平置燕于江亭,亭据郡治前山绝顶,而顾子城雉堞缘冈,弯环四合,其中州治诸廨在焉,圆深之形,正如卓瓮,予始知喻比以为瓮者,指子城也。'"

③潮:从正统本,正德本同;康熙本、朱本均作"朝"。邵裴子按:"按唐刘方平诗:'清淮一日两回潮',则作'潮'是。"

④篆籀:篆文和籀文。此处指香烟缭绕如篆籀书。

⑤梁:康熙本、朱本均作"凉",误。

历阳寄金陵衍上人①

薛晕莎丛古石房,寺和松竹背秋冈。骚吟未断云生褐②,梵偈重开月照香③。五老旧游应悄默④,六朝闲事肯悲凉。西州独客心摇甚⑤,抹碧江天鸟一行。

【题解】

诗中对历史的思考正显示了林逋的人文关怀。林逋诗作关涉历阳的有多首,李一飞《林逋早年行踪及生卒考异》一文认为:除此诗外,全是离开历阳以后的回忆之作。此诗列宋本诸诗第一百二十六首,正统本列《寄太白李山人》后,他本从之。

【校注】

①历阳:见卷一《和朱仲方送然社师无为还历阳》注①。

②褐:《宋元诗会》作"壑",据颔联二句之意,"云生褐"与"月照香"相对,"壑"应误。

③梵偈:佛经中的唱颂词。南朝陈徐陵《报德寺刹下铭》:"梵偈宵唱,云花昼翻。"

④五老:见卷二《西湖泛舟入灵隐寺》注③。

⑤心摇:心忧。《诗经·王风·黍离》:"行迈靡靡,中心摇摇。"

寿阳城南写望怀历阳故友①

楚山重叠矗淮渍②,堪与王维立画勋③。白鸟一行天在水,绿芜千阵野平云。孤崖佛阁晴先见,极浦渔舟晓未分④。吟罢骚然略回首,历阳诗社久离群。

【题解】

此诗为回忆之作,写于放游寿阳之时。全诗写寿阳风光,以画写景,画意极浓。此诗未见于宋本,此依正统本次序,明钞本及万历诸本均无。

【校注】

①寿阳:县名,今安徽省寿县。

②淮渍:指淮河堤岸。

③王维(701—761):字摩诘,号摩诘居士,河东蒲州(今山西运城)人。以诗名盛于开元、天宝间。书画特臻其妙,后人推其为南宗山水画之祖。

④极浦:遥远的水滨。《楚辞·九歌·湘君》:"望涔阳兮极浦,横太江兮扬灵。"

舒城僧舍呈赠李仲宣文学①

竹深淮寺雪萧骚②,一壁寒灯伴寂寥。瘦尽骨毛终骥袅③,蚀来锋刃转豪曹④。宦情冷落诗中见,谈态轩昂酒后高。莫为无辜惜才术,圣明求治正焦劳⑤。

【题解】

据诗题"舒城",此诗当作于放游江淮之时。此诗未见于宋本,他本均收。

【校注】

①舒城:县名,在今安徽省中部偏南。李仲宣:宋有画家李仲宣,字象贤,曾为内侍省供奉官。文学:官名。汉代于州郡置文学,或称文学掾,或称文学史,为后世教官所由来。三国魏武帝置太子文学,魏晋以后有文学从事。唐初于州县置经学博士,德宗时改称文学,宋以后废之。

②萧骚:稀疏。

③腰袅:古骏马名。张衡《思玄赋》:"斥西施而弗御兮,羁腰袅以服箱。"

④豪曹:古剑名。汉袁康《越绝书·越绝外传记宝剑》:"王使取毫曹,薛烛对曰:'豪曹,非宝剑也。'"此处指锐利。

⑤焦劳:焦虑烦劳。

送陈纵之无为军①

淮天时节少春寒,几蒂梅花雪欲残。水次军城囊剑入②,雨余村坞镫驴看。名缘未出知谁异,道为深穷却自难③。第一京师早西入,庙廊题字可无韩④!

【题解】

据"淮天"句推知,此诗当作于放游江淮时。宋真宗时,王钦若执政,忠奸易位,正气不张。林逋借此寄赠之作表达了对人才不遇的愤慨。此诗未见于宋本,他本均收。

【校注】

①无为军:见卷二《无为军》注①。

②水次:水边。

③却:从万历本,康熙本、朱本均同;明钞本作"亦"。

④庙廊:指朝廷。韩:指韩翃,生卒年不详,字君平,南阳人。唐代诗人,大历十才子之一。天宝十三年(754)进士及第。其晚年,知制诰缺人,中书求圣旨所与,德宗批曰:"与韩翃。"时有两韩翃,又具二人同进,御笔复批曰:"春城无处不飞花,寒食东风御柳斜。日暮汉宫传蜡烛,轻烟散入五侯家。"又批曰:"与此韩翃。"事见孟棨《本事诗》。

玉梁峡口怀朱严从事之官岭外两夕舣舟于此①

苍莽江湾尽入深,数家村坞在山阴②。烟横落木寒初静,水带微阳晚未沉。极览定非他辈事③,不来终负此生心。鲈鱼斫鲙松醪酒④,曾属诗人两日吟⑤。

【题解】

此诗为赠别之作,惜别中流露出归隐之意。此诗列于宋本诸诗第一百十三首,此依正统本次序,明钞本及万历诸本均无。

【校注】

①玉梁:见卷二《安福县途中作》注⑤。玉梁峡,即玉梁山之东西梁山。从事:官名。汉以后三公及州郡长官皆自辟僚属,多以从事为称。《汉书·魏相丙吉传》:"坐法失官,归为州从事。"舣舟:即使船靠岸。正统本、正德本均作"舟次"。

②在:从正统本,正德本同;康熙本、朱本均作"住",误。

③极览:谓远赏之景。南朝宋范晔《乐游应诏诗》:"遵渚攀蒙密,随山上岖嵚。睇目有极览,游情无近寻。"

④松醪:用松肪或松花酿制的酒。唐戎昱《送张秀才之长沙》诗:"松醪能醉客,慎勿滞湘潭。"

⑤诗:从正统本,正德本同;康熙本、朱本均作"骚"。

赠当涂朱仲敏①

甚与时流道不同,南朝台阁是家风②。高闲几格图书畔,冷澹门庭树石中。因寄诗牌寻胜景,拟投文卷数名公。荣登显达他年后,应笑冥冥弋者鸿③。

【题解】
据诗中所言,朱仲敏先人或为南朝显宦。林逋借此表现了自己曾经仕隐的矛盾心情和隐居的决心。此诗未见于宋本,他本均收。

【校注】
①当涂:县名。在今安徽省东部。
②台阁:尚书之别称。家风:应指南朝崇尚的清谈之风。
③冥冥弋者鸿:汉扬雄《法言·问明》:"鸿飞冥冥,弋人何篡焉?"后喻隐士。

送文光师游天台①

天姥山深摇锡杖②,野芳春翠共葳蕤③。松门过水无重数,石壁看霞到尽时。闲避鸟啼应作观,忽逢人迹自留诗④。秦中河朔尝游览,莫恨此方行脚迟⑤。

【题解】
此诗意在表达诗人高雅闲逸之趣。此诗未见于宋本,他本均收。

【校注】
①天台:山名,在今浙江省天台县北。

②天姥:见卷一《僧院夏日和酬朱仲方》注⑤。

③葳蕤:艳丽貌。

④逢:从康熙本,朱本同;明钞本、万历本均作"闻"。

⑤行脚:谓僧人为寻师求法而游食四方。《古尊宿语录》卷六:"老僧三十年来行脚,未曾置此一问。"

【辑评】

清吴乔《围炉诗话》卷五:林逋泉石自娱,故诗清绮绝伦。时有晚唐卑调弱句。……如"伶伦旧日无侯白,奴仆当时有卫青""返照未沈僧独往,长烟如淡鸟横飞""校门过水无重数,石壁看霞到尽时""五亩自闲林下隐,一樽聊敌世间名""千里白云随野步,一湖明月上秋衣""烟含晓树人家远,雨湿春风燕子低",诚一时之秀。

赠胡明府①

一琴牢落倚松窗②,孤澹天君得趣长③。谒庙有时封县版④,坐衙终日著公裳。为收牌印教村仆⑤,偶检图书见古方⑥。征足税粮人更静⑦,却擔吟策立秋廊⑧。

【题解】

林逋借寄赠友人之作,赞颂了政治清明、趣味高雅的官吏,表达了他重视"古官"的政治理想。此诗未见于宋本,他本均收。

【校注】

①明府:唐以后对县令的尊称。

②牢落:孤寂、无聊。晋陆机《文赋》:"心牢落而无偶,意徘徊而不能揥。"

③天君:即心。《荀子·天论》:"心居中虚以治五官,夫是之谓天君。"

④谒庙:指帝后等外出或遇大事,例须谒告于祖庙。县版:指公牍、图

籍等。

⑤牌印：令牌和印信。村仆：指粗俗的仆人。

⑥古方：古代流传下来的药方。

⑦粮：正统本作繁体"糧"，正德本、万历本改为简体"粮"字；后明钞本误作"狼"，康熙本改为"钱"，两字均误。

⑧揩(zhī)：支撑。唐白居易《代书诗一百韵寄微之》："千钧势易压，一柱力难揩。"

赠钱塘邑长高秘校①

几万人家山水中，为官古雅少人同。疏帘衙退卷花轴，曲槛客来凭竹风。唯道簿书多傍俗②，自怜琴酒未妨公。等闲呵出郭门近③，轻棹绕湖寻佛宫。

【题解】

林逋借赠友之作，赞赏闲逸古雅的官吏，一定程度上反映了林逋理想的官宦生涯和复古倾向。此诗未见于宋本，他本均收。

【校注】

①邑长：邑里之长。高秘校：高若虚，宋仁宗天圣初任钱塘县令。

②簿书：官署中的文书簿册。

③出：正统本、正德本、明钞本、万历本均同；《咸淳志》、康熙本、朱本均作"止"。邵裴子按：作"出"者是。《苕溪渔隐丛话》卷三十六载："《上庠录》云：'政和丙申殿试，何栗为状元，潘良贵次之，皆年少有丰貌，而第三人郭孝友颇古怪。唱名曰：'呵出御街。'观者皆曰：'状元真何郎，榜眼真潘郎，第三人真郭郎也。'"呵出，犹言喝道而出。

【辑评】

明叶廷秀《诗谭》卷九《林和靖诗》：和靖著有《省心录》，近圣贤之言，亦非癖隐忘世者。观其《偶书》一首"一任尘欺古鹿卢，圣经穷烂更何图。磻溪老叟能闲气，八十封侯不似无。"得非情见乎辞哉！又其诗中"贫为吾道应关命，达似他途亦是才""惟道簿书多傍俗，自怜琴酒未妨公"，又"寻云看月亦应劳""敢嫌贫病是欺天"，皆其言之有理者也。

喜皎然师见访书赠

金锡锵然款蠹关①，云膏浓渚对跳峦②。清如霜月三五夕，瘦似烟篁一两竿。旧社久抛魂梦破，近诗才举骨毛寒。池轩夜静且留宿，往往自将秋籁弹。

【题解】

此诗以平淡基调为主。诗中"清""瘦"二字有清雅之意，传神之极，颇有余韵。此诗未见于宋本，他本均收。诗题"皎然"，正统本、正德本、明钞本、万历诸本均作"皎然"；康熙本作"灵皎"，注曰："一作'皎然'"。

【校注】

①金锡：指锡杖。

②云膏：道家语，指雨露。跳峦：喻山峦起伏。汉扬雄《河东赋并序》："簸丘跳峦，涌渭跃泾。"膏：明钞本作"台"，显误。

寄薛学士曹州持服①

飞征偶未下天衢②，古郡宽闲且寄居③。曾许布衣通一刺④，每留蔬食看群书。高斋已想闲丹灶⑤，清梦谁同话直庐⑥。江外敢知无别计⑦，只携琴鹤听新除⑧。

【题解】

林逋诗中提到早年曹州时拜谒名公的情景，拜谒对象当为集贤学士李建中。此诗描写"古郡宽闲",体现了林逋无为而治和儒家大同的理想。此诗未见于宋本,他本均收。

【校注】

①曹州:见卷一《出曹州》注①。持服:指守孝、服丧。《晋书·齐王冏传》:"著布袙腹,为齐持服。"

②天衢:京都。张衡《西京赋》:"岂伊不虔思于天衢?岂伊不怀归于枌榆?"

③宽闲:宽阔僻静。

④通一刺:出示名片以求延见。

⑤高斋:高雅的书斋。常用对他人屋舍的敬称。

⑥直庐:指侍臣值宿之处。

⑦江外:长江之外,指江南。计:正统本、正德本、明钞本、万历本均作"许",误。

⑧新除:谓新拜官职。

寄傅霖①

葛蔓烟枯束六经,高廉浑与昔贤停②。黄牙稚子夸牛犊,白眼山人识剑形。寒睡草旁村酒壮③,晓思河曲雨槎腥④。传闻曾说平生事,不要清朝梦武丁⑤。

【题解】

此诗极写傅霖所处时世和高廉性格,也表现自己与傅霖相同的归隐之意。此诗未见于宋本,他本均收。

【校注】

①傅霖:字逸岩。北宋青州人。宋代律博士,为齐、梁、陈、隋兵部尚书兼宏文馆学士傅奕之子。少与张咏同学,隐居不仕。大中祥符间始出,历

167

官翰林学士、婺州太守。著有《刑统赋》。

②高廉:清高廉正。昔贤:指傅说。停:通"亭",平。

③村酒:农家自酿的酒。村酒壮:明钞本、万历本均作"林酒牡",康熙本、朱本均校正"壮"字,但"林"字未改,邵裴子始校正。

④雨槎:雨中的渔船。

⑤武丁:商代帝名。盘庚弟小乙之子。相传少时生活在民间,即位后,思复兴,夜梦圣人曰"说",后重用傅说、甘盘为大臣,力求巩固统治。在位五十九年。《诗经·商颂·玄鸟》:"商之先后,受命不殆,在武丁孙子。"事见《史记·殷本纪》。

寄彀门梁进士①

退隐无山进乏媒,杜门芳草与苍苔。贫为吾道应关命,达似他途亦是才。人静合寻衙北寺,野凉还上郭西台。江干昨夜情多少②,风雨吹灯一梦回。

【题解】

此诗对谋取禄位的显达之官予以讽刺和鞭挞,对梁进士寄予深切同情,对隐居山林、豁达人生态度表示肯定。此诗列宋本诸诗第一百五十四首,次《寄岑迪》,他本从之。

【校注】

①彀(nài)门:食税、征税之典实。《左传·文公十一年》:"宋公于是以门赏彀班,使食其征,谓之彀门。"谓以城门的税收赏彀班。

②江干:江边。

【辑评】

明叶廷秀《诗谭》卷九《林和靖诗》:和靖著有《省心录》,近圣贤之言,亦非癖隐忘世者。观其《偶书》一首"一任尘欺古鹿卢,圣经穷烂更何图。磻溪老叟能闲气,八十封侯不似无"。得非情见乎辞哉!又其诗中"贫为吾道应关命,达似他途亦是才""惟道簿书多傍俗,自怜琴酒未妨公",又"寻云看月亦应劳""敢嫌贫病是欺天",皆其言之有理者也。

山中寄招叶秀才

夜鹤晓猿时复闻,寥寥长似耿离群。月中未要恨丹桂,岭上且来看白云。棋子不妨临水著,诗题兼好共僧分。所忧他日荣名后①,难得幽栖事静君②。

【题解】
此诗为林逋劝慰秀才之作。诗中有劝导不以未中进士而觉遗憾之意。此诗未见于宋本,他本均收。

【校注】
①所:明钞本、万历本均作"新",误。
②事静君:见卷二《深居杂兴六首(之六)》注㊾。

尝茶次寄越僧灵皎

白云峰下两枪新①,腻绿长鲜谷雨春②。静试恰看湖上雪③,对尝兼忆剡中人。瓶悬金粉师应有,筯点琼花我自珍。清话几时搔首后,愿和松色劝三巡。

【题解】
诗中白云、谷雨春、金粉、琼花均为茶名,虽为尝茶寄赠之作,但也表达了自己乐于选择悠闲清旷的隐逸生活。此诗未见于宋本,他本均收。

【校注】
①白云峰:《淳祐临安志》:"上天竺山后,最高处谓之白云峰。于是山

僧建堂其下，谓之白云堂。山中出茶，因谓之白云茶。”枪：特指茶树初萌的嫩芽。

②谷雨春：茶名。

③看：从康熙本；正统本、正德本、明钞本、万历本均作“如”。

寄宣城宗言侄

春水涵波绿渺瀰[1]，江南芳草又离离[2]。谢家元住青山郭，郄氏近攀丹桂枝[3]。衣下香囊非尔好[4]，床头诗卷愧吾痴。中林独处仍多病，早晚能来慰所思[5]？

【题解】

诗中表露期盼侄来慰思之意，也说明林逋隐居亦有病因。盖晚年之作。此诗未见于宋本，他本均收。

【校注】

①涵：万历后诸本均同；明钞本作“幽”，误。渺瀰：水流旷远貌。西晋木华《海赋》：“沖瀜沆瀁，渺瀰湠漫。”

②离离：茂盛。

③谢家、郄氏：东晋谢、郄二氏子侄，多有以才能称者。明钞本缺“郭”至“攀”五字。

④衣下香囊：《晋书·谢玄传》：“玄字幼度。少颖悟，与从兄朗俱为叔父安所器重。……玄少好佩紫罗香囊，安患之，而不欲伤其意，因戏赌取，即焚之，于此遂止。”

⑤明钞本缺“吾”至“来”十三字。

寄西山勤道人

天竺山深桂子丹,白猿啼在白云间。死生不出千门事①,坐卧无如一室闲。谁伴锡痕过寂历②,自凭茶色对孱颜。忘机亦有庞居士③,园井萧疏病掩关。

【题解】

林逋此诗以庞居士自诩,在家习禅,足见其思想浸染了深深的禅学,其人与诗均带有清闲禅风。此诗未见于宋本,他本均收。

【校注】

①明钞本缺诗题及首句至"千门"二十字。千门:佛教语。谓种种修行的法门。北齐颜之推《颜氏家训·归心》:"万行归空,千门入善。"

②寂历:犹寂静、冷清。

③庞居士:唐庞蕴,生卒年不详。字道玄,又称庞居士,衡阳郡(今湖南省衡阳市)人。禅门居士,被誉称为达摩开立禅宗之后的"白衣居士第一人",素有"东土维摩"之称。

寄呈张元礼

君栖枳棘官将满①,我住蓬蒿道正穷②。驷马交游从此少③,一瓢生事不胜空④。衡门但枕盈盈水⑤,群木方摇摵摵风⑥。若念故人兼久病,公余无惜寄诗筒。

【题解】

此诗对身处困境的友人寄予了深切同情,同时,也表达了自己的思念,希望与友人音信频往。此诗未见于宋本,他本均收。

【校注】

①枳棘:本指枳木与棘木,喻艰难险恶的环境。

②蓬蒿:指荒野偏僻之处。道正穷:犹言穷途末路。

③驷马:指驾一车之四马,借指显贵者所乘的驾四匹马的高车。

④一瓢:指颜回乐贫。

⑤枕:朱本作"指"。盈盈:清澈貌。

⑥摵摵:叶落声。

寄玉梁施道士①

子云遗构住丹房②,天鼓时闻数叩霜③。真景截波寻铁柱④,怪书披月看铜墙⑤。氤氲颢气朝胎息⑥,熠熠辰辉夜步纲⑦。大静入来诸事罢⑧,灵芜盘穗卷良常⑨。

【题解】

此诗表现林逋清高脱俗、淡泊自守的节操,以及儒释道的精神互为表里。此诗未见于宋本,他本均收。

【校注】

①玉梁:山名。即安徽东、西梁山,又称天门山。五代齐己《舟中江望玉梁山怀李尊师》诗:"残照玉梁巅,峨峨远棹前。"

②子云:即扬雄(前53—18),字子云。西汉蜀郡成都(今四川成都郫都区)人。长于辞赋。年四十余,始游京师长安,以文见召,有玄亭。子云遗构:唐刘禹锡《陋室铭》:"南阳诸葛庐,西蜀子云亭。孔子云:'何陋之有。'"构:正统本、正德本、明钞本、万历本作"迹"。

③天鼓:天神所击之鼓。传说天鼓震则有雷声。《史记·天官书》:"天鼓,有音如雷非雷,音在地而下及地。"此指道教法术之一。唐段成式《酉阳

杂俎·广知》："夫学道之人，须鸣天鼓以召众神也。左相叩为天钟，卒遇凶恶不祥叩之。右相叩为天磬，若经山泽邪僻威神大祝叩之。中央上下相叩名天鼓。"

④铁柱：指晋许逊拜旌阳令。有蛟为害，逊仗剑斩蛟，并作大铁柱以镇之。

⑤铜墙：道家秘笈。唐陆龟蒙《四明山诗序·鹿亭》："虽《铜墙》《鬼炊》，《虎狱》《剑饵》，无不窥也。"

⑥颢气：谓清新洁白盛大之气，天地元气。班固《西都赋》："轶埃壒之混浊，鲜颢气之清英。"胎息：道家的一种修炼方法。《后汉书·方术列传下》："年且百岁，视之面有光泽，似未五十者。自云：'周流登五岳名山，悉能行胎息胎食之方，嗽舌下泉咽之。'"李贤注引《汉武内传》："习闭气而吞之，名曰《胎息》。"

⑦熠熠：鲜明闪烁貌。步纲：同"步罡""步罡踏斗"。道士礼拜星宿、召遣神灵的一种动作。其步行转折，据说宛如踏在罡星斗宿之上。《云笈七签》卷六一："诸步纲起于三步九迹，是谓禹步。……其法先举左，一跬一步，一前一后，一阴一阳，初与终同步，置脚横直，互相承如丁字，所以象阴阳之会也。"

⑧大静：道家修炼时，须入静，大静三百日。

⑨灵芜：香炷。良常：山名。在今江苏省句容县。常：正统本、正德本、明钞本、万历诸本均同；康熙本、朱本均作"方"，误。

【辑评】

宋王应麟《困学纪闻》卷十八《诗评》：林和靖诗"怪书披月看铜墙"，放翁文有"铜墙""鬼炊"之语，出东方朔《神异经》。

寄太白李山人①

颜如童子发如鬒②，卜筑深当太白西。身上只衣粗直掇③，马前长带古偏提④。鹍鹏懒击三千水⑤，龙虎闲封六一泥⑥。几度枕肱人迹外⑦,半窗松雪论天倪⑧。

【题解】

李山人,不详其人,据宋代江少虞《新雕皇朝类苑》卷三十五载,此诗题亦为"赠煅药秀才",可知李山人当为秀才,喜隐逸。诗中肯定并效仿颜回的隐逸,表明林逋虽隐逸山林,但其学问和思想的根源都在于儒学。此诗列宋本诸诗第一百四首,正统本列《寄玉梁施道士》后,他本从之。

【校注】

①太白:山名。今陕西省眉县东南。

②黳(yī):黑色玉石。《汉书·郊祀志下》:"陨石二,黑如黳。"

③直掇:亦作"直裰"。指僧袍、道袍等。

④偏提:酒壶。唐李匡乂《资暇集》卷下:"元和初,酌酒犹用樽杓……居无何,稍用注子,其形若罃,而盖、觜、柄皆具。大和九年后,中贵人恶其名同郑注,乃去柄安系,若茗瓶而小异,目之曰偏提。"

⑤"鹍鹏"句:语出《庄子·逍遥游》:"北冥有鱼,其名为鲲。鲲之大,不知其几千里也。化而为鸟,其名为鹏。鹏之背,不知其几千里也。怒而飞,其翼若垂天之云。"

⑥龙虎:道家谓水火。六一泥:道家炼丹用以封炉的一种泥。

⑦度:正德本、明钞本、万历本均同;康熙本、朱本沿正统本之误作"独"。

⑧天倪:自然的分际。

【辑评】

宋江少虞《新雕皇朝类苑》卷第三十五:林和靖梅诗云"疏影横斜水清浅,暗香浮动月黄昏",大为欧阳文忠公称赏。大凡和靖集中,梅诗最好,梅花诗中此两句尤奇丽。东坡和少游梅诗云"西湖处士骨应槁,只有此诗君压倒",仆意东坡亦有微意也。然和靖诗,对属亲切,如赠煅药秀才诗云"鲲鹏懒击三千水,龙虎闲封六一泥"。

春日寄钱都使①

桃花枝重肉红垂,萱草抽苗抹绿肥。正语暖莺风细细,著双寒燕雨稀稀。亭台物景兼飘絮②,宅院时情渐夹衣。拍背挟肩行乐事③,不甘离索向芳菲。

【题解】

此诗构图讲究,意境清幽,清新工警,颇能反映林逋诗作的特点。此诗列宋本诸诗第一百一首,正统本列《历阳寄金陵衍上人》后,他本从之。

【校注】

①都使:都指挥使之省称。
②飘:从康熙本;明钞本作"萝"。"飘絮"二字,万历本为墨钉。
③拍背:从《宋诗钞》;宋本作"指背",明钞本、万历本、朱本均作"指背",误。

寄题历阳马仲文水轩

构得幽居近郭西①,水轩风景独难齐。烟含晚树人家远,雨湿春蒲燕子低②。红烛酒醒多聚会,粉笺诗敌几招携③。旅游今日堪搔首,摇落山程困马蹄④。

【题解】

此诗表现了林逋的诗酒风流和万事了然于怀的寄兴,可见林逋尝与僧俗友人在此结社酬唱,竞奇争胜,这也反映了林逋对魏晋风度、竹林高贤的追慕。此诗列宋本诸诗第一百二首,列《春日寄钱都使》后,他本从之。

【校注】

①构：宋本、正统本、正德本、明钞本、万历本均作"占"；康熙本、朱本均作"构"。

②蒲：《苕溪渔隐丛话》、康熙本、朱本均同；正统本、正德本、明钞本、万历本均作"风"。

③诗敌：作诗的对手。

④山程：行路于山中。程：从宋本；他本作"城"。

【辑评】

宋蔡正孙《诗林广记·后集》卷九：大抵和靖诗喜于对意，……然其五言，如"夕寒山翠重，秋静鸟行疏"，长句如"桥横水木已秋色，寺倚云峰更晚晴"，又如"烟含晚树人家远，雨湿春蒲燕子低。"此等句，又何害其为工夫太过也。

清吴乔《围炉诗话》卷五：林逋泉石自娱，故诗清绮绝伦。时有晚唐卑调弱句。……如"伶伦旧日无侯白，奴仆当时有卫青""返照未沈僧独往，长烟如淡鸟横飞""校门过水无重数，石壁看霞到尽时""五亩自闲林下隐，一樽聊敌世间名""千里白云随野步，一湖明月上秋衣""烟含晓树人家远，雨湿春风燕子低"，诚一时之秀。

春暮寄怀曹南通守任寺丞中行①

跌宕情怀每事同②，十年曹社醉春风。弹弓园圃阴森下③，棋子厅堂寂静中。赤脚我犹无一婢④，黑头君合作三公⑤。江湖今日还劳结⑥，目送归飞点点鸿。

【题解】

此诗乃林逋寄赠友人之作，诗中回忆了早年曹州十年的游历。全诗极富诗情画意，明陈继儒《妮古录》载："林和靖亦善绘事"，其绘画素养与作诗技能有机融合,可见一斑。此诗列宋本诸诗第一百十九首,正统本列《寄题历阳马仲文水轩》后,他本从之。诗题"春暮",明钞本、万历诸本均作"暮春"。"守"字,宋本无此字。

【校注】

①寺丞:官署中的佐吏。

②跌宕:无拘无束貌。

③弹弓:用弹力发射弹丸等的弓。阴森:指树木浓密成荫。

④"赤脚"句:指"赤脚婢",即婢女。唐韩愈《寄卢仝》:"一奴长须不裹头,一婢赤脚老无齿。"

⑤黑头:见卷二《湖山小隐二首(之二)》注⑩。

⑥江湖:指隐士的居处。劳结:谓郁结于心的思念之情。

寄辇下莫降秀才①

犀围古暗革靴鸣②,楚楚衣裾白苎轻③。节概平时长独立④,文章近日合双行。且看辇毂千蹄晓,复忆溪山数峰晴⑤。一第临临杏花宴⑥,满都春色叫迁莺⑦。

【题解】

此诗旨在鼓励莫秀才科举及第。此诗乃康熙本增入,朱孔彰本入拾遗,邵裒子校本移于寄赠类之末。卢文弨校云:"此首及《和酬泉南陈贤良高见赠》一首,旧本所无。此首尤不成语。首句云'犀围古暗革靴鸣',颈联云:'且看辇毂千蹄晓,复忆溪山数笔晴。'以此为和靖作,何其诬甚!"邵裒子按:"'犀围古暗革靴鸣'与'弹弓园圃阴森下'气象亦不甚相远。'且看辇毂'、'复忆溪山',亦安见定非和靖口吻,且'数笔湖山又夕阳'独非和靖句乎?何独议此?兹仍附寄赠诗末。不敢无据而妄削前人所搜辑也。"

【校注】

①辇下:即"辇毂下",犹言在皇帝车舆之下,指京城。

②犀围：即犀角带，饰有犀角的腰带。
③衣裾：衣襟。
④节概：志节气概。左思《吴都赋》："士有陷坚之锐，俗有节概之风。"
⑤溪山数峰：指画中湖山。
⑥杏花宴：即琼林宴。
⑦迁莺：指黄莺飞升移居高树，喻登第。唐韦绚《刘宾客嘉话录》："今谓进士登第为迁莺者久矣，盖自《毛诗·伐木篇》。"

【辑评】
清卢文弨《群书拾补》：《和酬泉南陈贤良高见赠》《寄辇下莫降秀才》此二首亦旧本所无。而《莫降》一首，尤不成语，首句云"犀围古暗革靴鸣"，颈联云"且看辇毂千蹄晓，复忆溪山数峰晴"。以此为和靖作，何其诬甚。

和西湖霁上人寄然社师

竹下经房号白莲①，社师高行出人天②。一斋巾拂晨钟次，数礼香灯夜像前。瞑目几闲松下月，净头时动石盆泉③。西湖旧侣因吟寄，忆着深峰万万年。

【题解】
此诗落笔松间月下，充满诗情画意。此诗未见于宋本，他本均收。

【校注】
①白莲：即白莲社。东晋释慧远于庐山东林寺，同慧永、慧持和刘遗民、雷次宗等结社精修念佛三昧，誓愿往西方净土，又掘池植白莲，称白莲社。晋无名氏《莲社高贤传》有载。
②出人天：指超脱生死。
③泉：明钞本作"前"，误。

和陈湜赠希社师

瘦靠栏干搭梵襟①,绿荷阶面雨花深。迢迢海寺浮杯兴②,杳杳秋空放鹤心③。斋磬冷摇松吹杂,定灯孤坐竹风侵④。锵然更有金书偈⑤,只许龙神听静吟⑥。

【题解】

此诗颇见林逋隐居之趣。《梦溪笔谈》载:"林逋隐居杭州孤山,常蓄两鹤,纵之则飞入云霄,盘旋久之,复入笼中。逋常泛小艇游西湖诸寺,有客至逋所居,则一童子出,应门延客坐,为开笼纵鹤。良久,逋必棹小船而归,盖尝以鹤飞为验也。"诗中之鹤足见林逋寄托。此诗未见于宋本,他本均收。

【校注】

①梵襟:指僧衣。

②浮杯兴:乘着木杯渡水。传说晋、宋间有僧人曾乘木杯渡水。事见南朝梁慧皎《高僧传》。

③放鹤心:晋支道林见所养之鹤铩翮后不复能飞,如有懊丧意,支曰:"既有凌云之姿,何肯为人作耳目近玩?"乃养令翮成,放鹤飞去。事见《世说新语·言语》。

④风:康熙本、朱本均作"岚",误。

⑤金书:指道教或佛教之经典。《汉武帝内传》:"侍女纪离容至,云:'尊母欲得金书秘字六甲灵飞左右策精之文十二事。'"

⑥龙神:佛家以龙有不测之神力,故曰龙神。《法华经·序品》:"四众龙神,瞻察仁者。"

追和彭城太尉夏月寄题湖上湛源大师房①

碧蒲红蓼白莲房,一片栾栌撼水光②。海岸空闻有孤绝③,山中休道更清凉。惊飞翡翠当轩鸟,袅过旃檀别院香。最爱晚天吟枕上,好云遥耸数峰长。

【题解】
此诗诗风平淡,却极能表现林逋诗酒风流的精神风貌。此诗未见于宋本,他本均收。

【校注】
①太尉:官名。秦至西汉设置,与丞相、御史大夫并称三公。汉武帝时改称大司马,后渐变为加官,无实权。
②栾栌:屋中柱顶承梁之木。曲者为栾,直者为栌。
③岸:万历本作"岛",误。

集贤李建中工部尝以七言长韵见寄感存怀没因用追和①

清绝门墙冷似冰,野人怀刺昔尝登②。新题对雨分萧寺③,旧梦经秋说杜陵④。贫典郡符资月给⑤,老持台宪减霜棱⑥。开元文学钟王笔⑦,惆怅临风一烬灯。

【题解】
林逋与李建中是继五代杨凝式之后,擅名宋初书坛的两位名家,二人书风相近,故后世评者常将他们相提并论。苏轼《书林逋诗后》诗云"书似西台差少肉",即以林逋书比拟李建中。李建中于宋太宗太平兴国八年(983)举进士,景德中,掌西京留守司御史台,人称李西台。宋真宗大中祥符五年(1012)冬,李建中受命出使泗州,回来后旧病复发,大中祥符六年(1013)卒,年六十九。此诗当作于大中祥符六年(1013)之后。此诗未见于宋本,他本均收。

【校注】

①李建中(945—1013):字得中,自号岩夫民伯。京兆(今陕西西安)人。北宋书法家,曾任太常博士、工部郎中、西京留司御史台等职,故有"李西台"之称。现存《李西台六帖》。

②怀刺:怀藏名帖,指谒见。语本《后汉书·文苑列传下》:"建安初,来游许下。始达颍川,乃阴怀一刺,既而无所之适,至于刺字漫灭。"刺:正统本、正德本、明钞本、万历本均作"别",误。

③萧寺:指佛寺。唐李肇《唐国史补》卷中:"梁武帝造寺,令萧子云飞白大书'萧'字,至今一'萧'字存焉。"

④杜陵:即杜甫。杜甫祖籍杜陵(今陕西省西安市东南),亦曾居住杜陵附近,自称"杜陵野老""杜陵布衣"。此指杜甫的诗。

⑤郡符:郡太守的符玺,此借指郡太守。唐韩愈《祭马仆射文》:"于枭于虔,始执郡符,遂殿交州,抗节番禺。"月给:指月俸。

⑥台宪:指御史台或御史台官员。《新唐书·王源中传》:"源中上言:'台宪者,纪纲地,府县责成之所。'"霜棱:寒威,喻官吏的威势。

⑦开元文学:指唐玄宗开元年间是文学发展的高峰。学:明钞本、万历本均作"字",误。钟王笔:指三国魏钟繇、晋王羲之皆为书法家。此处以李建中书比钟、王。

和酬周启明贤良见寄①

治世谁能吊屈平②?且披缃帙散幽经③。春阳尽吐芊芊草④,霄极长垂两两星⑤。半壁烟岚图太华⑥,一筇风雪访支硎⑦。雅吟为惠将何比？明月珊瑚海气腥。

【题解】
此诗寄赠之中亦有独吊屈原、悯怀孤忠之意,颇见林逋的遗民意识。此诗未见于宋本,他本均收。

【校注】
①周启明:生卒年不详,约宋真宗咸平中在世。字昭回,金陵(今江苏南京)人,后徙处州。四举进士皆第一。景德中,举贤良方正科,报罢。于是归教弟子百余人,不复有仕进意。启明笃学,藏书数千卷。贤良:古代选拔人才的科目之一,由郡国推举文学之士充选,亦为"贤良文学""贤良方正"的简称。此指贤良方正。宋高承《事物纪原·学校贡举·贤良》:"汉唐逮宋,取士之制,有贤良方正、茂才异等六科,谓之制举,亦曰大科,通谓之贤良。其制盖自汉文帝始。"

②吊屈平:指贾谊所作《吊屈原赋》。

③缃帙:见卷二末《秋怀》注①。幽经:指《相鹤经》。鲍照《舞鹤赋》:"散幽经以验物,伟胎化之仙禽。"

④春阳:阳春。芊芊:草木茂盛貌。

⑤霄极:天空的最高处。指高空。《周书·萧詧传》:"况托尊于霄极,宠渥流于无已。"两两星:《史记·天官书》:"魁下六星,两两相比者,名曰三能。三能色齐,君臣和;不齐,为乖戾。"

⑥太华:即西岳华山,在今陕西省华阴市南,因其西有少华山,故称太华。

⑦支硎:山名。在今江苏省苏州市。又名报恩山、南峰山。硎,平整的石头。山有平石,故名。晋高僧支遁隐居于此,因以支硎为号,山亦因支遁得名。

和酬泉南陈贤良高见赠

湛卢生涩鞘秋尘①,方册谁谈礼乐因②。两地贵游无旧识③,五天清会有高人④。泉关茶井当犹惜,火养丹炉看独频。扬袂公车莫相调⑤,浮名未应似身亲⑥。

【题解】

此诗借寄赠表达作者不慕浮名,乐于归隐之意。此诗正统本收录,卢文弨误以为康熙本始增入,朱孔彰本入拾遗,邵裴子校本据正统本次《和酬周启明贤良见寄》之后。

【校注】

①湛卢:古代宝剑名。相传为春秋时欧冶子所铸。汉袁康《越绝书·外传记宝剑第十三》:"欧冶子乃因天之精神,悉其伎巧,造为大刑三,小刑二:一曰湛卢,二曰纯钧,三曰胜邪,四曰鱼肠,五曰巨阙。"

②方册:指简牍,典籍。汉蔡邕《东鼎铭》:"保乂帝家,勋在方册。"因:沿袭。

③贵游:指无官职的王公贵族。泛指显贵者。《周礼·地官·师氏》:"掌国中失之事,以教国子弟,凡国之贵游子弟学焉。"郑玄注:"贵游子弟,王公之子弟。游,无官司者。"

④五天:见卷一《和酬天竺慈云大师》注⑤。

⑤扬袂:指举袖、挥手。

⑥浮名:虚名。南朝宋谢灵运《初去郡》诗:"伊余秉微尚,拙讷谢浮名。"

酬昼师西湖春望①

笛声风暖野梅香,湖上凭栏日渐长。一样楼台围佛寺,十分烟雨簇渔乡。鸥横残莳多成阵,柳映危桥未著行。终约吾师指芳草,静吟闲步岸华阳②。

【题解】
昼师,盖九僧中之希昼。此诗极写西湖景物的淡远闲旷和诗人的隐逸闲趣。此诗未见于宋本,他本均收。

【校注】
①昼:从《咸淳志》,万历本同;他本均作"画",误。
②华阳:即道士所戴之华阳巾。宋王禹偁《黄冈竹楼记》:"公退之暇,披鹤氅衣,戴华阳巾,手执《周易》一卷,焚香默坐,消遣世虑。"

【辑评】
宋袁文《瓮牖闲评》卷四:华阳"华"字是去声,华山之华也。林和靖诗云"终约吾师指芳草,静吟闲步岸华阳",疑"华"字不可作平声。

清储大文《存砚楼二集》卷十二《书贻王立夫》:西湖诗,白、林、苏三家尤著。和靖诗曰"往往鸣榔与横笛,斜风细雨不堪听",又曰"闲过黄公酒舍归",又曰"湖上凭阑日渐长",又曰"长空如淡鸟横飞",雅得静中深趣。

虢略秀才以七言四韵诗
为寄辄敢酬和幸惟采览①

本无高量似阳城②,但爱松风入耳声③。五亩自开林下隐④,一尊聊敌世间名。交谈不远樵农客,弄翰慵夸子墨卿⑤。异日青冥肯回顾⑥,夫君门第旧和羹⑦。

【题解】

宋代钱惟演《灯夕寄献内翰虢略公》诗题下王仲犖注云:"按,弘农为杨氏郡望,宋避讳,改弘农为虢略,故钱惟演称杨億为虢略公也。"故虢略盖为杨姓。此诗摹写孤山北麓松、竹之盛,表现了自己的志向,全诗去酸涩之气,添平和之感。此诗未见于宋本,他本均收。

【校注】

①虢:明钞本、万历本、康熙诸本均缺此字。邵裴子按:"鲍(廷博)据正统本校康熙本,初云:'当是"韬"字之误。'旋抹之,后批曰:'按《西昆酬唱集》,钱惟演有《灯夕寄献内翰虢略公》诗,则虢略是姓,非误也。'"

②阳城(736—805):字亢宗,定州北平(今河北顺平县)人。唐德宗时为道州刺史,后弃官归隐条山。事见《旧唐书·阳城传》。

③松风:松林之风。《南史·陶弘景传》:"特爱松风,庭院皆植松,每闻其响,欣然为乐。"

④五亩:见卷一《寄祝长官坦》注④。

⑤子墨卿:汉扬雄作品中虚构的人名。扬雄《长杨赋·序》:"聊因笔墨之成文章,故藉翰林以为主人,子墨为客聊以风。"此处指文章。

⑥青冥:即青天,青苍幽远。此处喻指高位。

⑦夫君:敬称,此指友人。和羹:调配羹汤。指大臣辅助君主综理国政。唐钱起《陪郭令公东亭宴集》诗:"不愁欢乐尽,积庆在和羹。"

【辑评】

清卢文弨《群书拾补》:《虢略秀才》此上,皆酬和一类,下系怀人一类。吴本颠倒失序,今考其元次正之。

春日怀历阳后园游兼寄宣城天使

昔年行乐伴王孙,事尽清狂是后园。一榻竹风横懒架①,半轩花月倒顽盆②。佳人暗引莺言语,芳草闲迷蝶梦魂。今日凄凉旧春色,可堪烟雨近黄昏。

【题解】
此诗风情旖旎,表现了林逋文人疏狂的一面。此诗列于宋本诸诗第一百六首,此依正统本次序,正德本与之同,明钞本及万历诸本均无。

【校注】
①懒架:即曲几。一种供休息用的躺坐器具。此指用以托书之架。
②倒:宋本、正统本、正德本均作"到"。顽盆:石砌盆池。

招思齐上人

两枪未试泠泠水,五鬣长闲浙浙风①。清会几时搔首后,病怀无复曲肱中②。寒云片段浮重巘③,白鸟横斜入远空。一帙逍遥不能解④,牛头焚尽待支公上人尝著《逍遥别义》⑤。

【题解】
此诗体现林逋不喜世俗纷扰,超然物外的情趣。此诗未见于宋本,正统本、正德本收录,明钞本及万历诸本均无。

【校注】
①五鬣:即五粒松,又名五针松。
②曲肱:见卷二《杂兴四首(之二)》注⑩。

③重巘(yǎn):指重叠的山峰。汉张衡《西京赋》:"陵重巘,猎昆骏。"
④逍遥:指《庄子·逍遥游》。
⑤牛头:即牛头旃檀,乃香名。以其产地之山状若牛头,故称。《法苑珠林》:"尔时太子即初就学,将好最妙牛头栴檀作于书板,纯用七宝庄严四缘,以天种殊特妙香涂其背上。"支公:即晋高僧支遁,字道林。正统本、正德本均无诗后小注。

闻灵皎师自信州归越以诗招之①

天师苍翠横金锡②,地藏清凉掩竹扉③。千里白云随野步,一湖明月上秋衣。诗寻静语应无极,琴弄寒声转入微④。我亦孤山有泉石,肯来松下共忘机⑤?

【题解】
诗中极状孤山静谧之美,表现西湖的澄澹浩渺和诗人的惬意自得。此诗未见于宋本,他本均收,何养纯本、潘是仁本、明钞本列《梅花二首》之后。

【校注】
①信州:在今江西省上饶市。
②天师:对僧、道的尊称。此处应指庙宇。
③地藏:指低窪之地。
④入微:指声音渐趋细弱。
⑤忘机:清除机巧之心。指甘于淡泊,与世无争。

【辑评】
清吴乔《围炉诗话》卷五:林逋泉石自娱,故诗清绮绝伦。时有晚唐卑调弱句。……如"伶伦旧日无侯白,奴仆当时有卫青""返照未沈僧独往,长烟如淡鸟横飞""校门过水无重数,石壁看霞到尽时""五亩自闲林下隐,一樽聊敌世间名""千里白云随野步,一湖明月上秋衣""烟含晓树人家远,雨湿春风燕子低",诚一时之秀。

复赓前韵且以陋居幽胜诧而诱之①

画共药材悬屋壁,琴兼茶具入船扉。秋花挹露明红粉②,水鸟冲烟湿翠衣。石蹬背穿林寺近,竹烟横点海山微。百千幽胜无人见,说向吾师是泄机。

【题解】

此诗写及画、药、琴、茶,令人领略西湖静幽之美。清陶元藻《全浙诗话》记"和靖招灵皎",之后即引此诗,诗题又有"诱之"二字,故林逋当以此诗寄灵皎,招之前来。此诗未见于宋本,他本均收。诗题"幽胜",正统本无此二字,正德本、明钞本均同;《咸淳志》及万历以后诸本均有。

【校注】

①赓(gēng):继续。
②挹:《咸淳志》及正统本均作"抱",误。明:正统本缺;《咸淳志》及万历以后诸本均作"明";正德本、明钞本均作"如"。红:正统本作"如"。

【辑评】

清陶元藻《全浙诗话》卷十宋:尝恨王子猷作此君语,轻以难名者告人,遂使庸夫俗子,妄意其间,酤坊茗肆,适以污累之。谪仙云"但得醉中趣,勿为醒者传",此理信然。和靖《招灵皎》云:"百千幽胜无人见,说向吾师是泄机",东坡云"此味只忧儿辈觉,逢人休道北窗凉。人生此乐须天赋,莫遣儿曹取次知"。使子猷知此,必钳其喙也。

诗招南阳秀才

莫因公荐偶失意①,便拟飘蓬作旅人②。志壮任存题柱事③,病多争向倚门亲④？危堤柳色休伤别,上苑杏花长自春⑤。况有西湖好山水,归来且濯锦衣尘⑥。

【题解】

白、邓、叶、韩、晁等姓皆以南阳为郡望,不知此诗所指何姓。全诗意在劝慰友人,面对仕途失意,应将目光放远,不必伤感,表现了诗人的洒脱和豪情。此诗未见于宋本,他本均收。

【校注】

①公荐:宋代台阁近臣推荐贡举人,谓之"公荐"。《续资治通鉴·宋太祖乾德元年》:"故事,每岁知贡举官将赴贡院,台阁近臣得保荐文艺者,号曰'公荐'。"

②飘蓬:飘飞的蓬草,喻飘泊无定。

③题柱事:见卷一《赠张绘秘教九题·诗笔》注④。

④倚门亲:指父母望子归来之心殷切。《战国策·齐策六》:"王孙贾年十五,事闵王。王出走,失王之处。其母曰:'女朝出而晚来,则吾倚门而望;女暮出而不还,则吾倚闾而望。'"

⑤上苑:皇家的园林。南朝梁徐君倩《落日看还》诗:"妖姬竞早春,上苑逐名辰。"苑:从正统本,正德本、明钞本均同;万历以后诸本均作"院",误。

⑥锦衣:精美华丽的衣服,指显贵者的服装。

谢马程先辈惠蜀笺①

数幅丹青夹白云,封题何事寄幽人②？亏君视草禁中客③,乞我浣花溪上春④。且与巾箱为玩好,更无篇什写清新⑤。我来卧病还多感⑥,一笔蛛丝满砚尘。

【题解】

此诗构思精巧,颇见林逋寄赠诗作的特点。此诗未见于宋本,他本均收。

【校注】

①诗题从正统本,他本"先"字下均衍"生"字。蜀笺:自唐以来蜀地所制精致华美的纸的统称。唐僧鸾《赠李粲秀才》诗:"十轴示余三百篇,金碧烂光烧蜀笺。"

②封题:指在书札的封口上签押,借指书札。

③视草:古代词臣奉旨修正诏谕一类公文,泛指代皇帝起草诏书。禁中:指帝王所居宫内。

④浣花溪:一名濯锦江,又名百花潭,在四川省成都市西郊,为锦江支流。此指浣花笺。唐薛涛住成都浣花溪上,以溪水制十色笺,名薛涛笺,又名浣花笺。

⑤篇什:《诗经》的"雅"和"颂"以十篇为一什,所以诗章又称"篇什"。

⑥我来:邵裴子按:"'我来'二字,疑。""我来"之"我"字诸本皆同,疑误。

读王黄州诗集①

坐吟行看对清秋,懒架仍移近枕头。放达有唐惟白傅②,纵横吾宋是黄州。左迁商岭题无数③,三入承明兴未休④。红药紫微千一古⑤,又添扬子伴牢愁⑥。

【题解】

此诗可见林逋对王禹偁的推崇,后四句概括了王禹偁诗作的主要内容,可参阅《小畜集》。此诗未见于宋本,他本均收。

【校注】

①王黄州:即王禹偁(954—1001),字元之,济州钜野(今山东菏泽市巨

野县)人。太平兴国八年进士,历任右拾遗、左司谏、知制诰、翰林学士。北宋初白体诗人。因直言讽谏,屡受贬谪,宋真宗即位,召还,后贬至黄州,故有"王黄州"之称。著有《小畜集》《五代史阙文》。

②白傅:即唐白居易,曾为太子少傅,故有"白傅"之称。

③左迁:降官,贬职。商岭:即商山。在商州之东。岭:明钞本缺,万历本有。

④承明:古代天子左右路寝称承明,因承接明堂之后,故有此称。此指王禹偁三次入朝为官。兴:万历本、明钞本均缺;《宋元诗会》作"笔",邵裴子按:"当是臆补。"

⑤"红药"句:红药、紫微均指中书省。千一古:诸本均同。沈幼征引邵裴子校:"'千一古'诸本并同,《诗会》(清陈焯《宋元诗会》)作'足千古',或亦系校改。按:'千一古'不可通,当作'足千古'。"

⑥伴牢愁:汉扬雄曾仿楚辞作《伴牢愁》。

读种先生丁密谏诗①

旧草闲看即自卑,圣朝空道苦于诗。才高敢望如明逸②,新句无因似谓之。淮甸月华敧枕静③,秣陵春色按鞭迟。邯郸独步西施笑④,落得星星两鬓丝。

【题解】

诗中所用"邯郸学步"和"西施善颦"的典故,增添了诗歌的渊雅风味,深化了诗人所要表达的情感和思想。此诗未见于宋本,他本均收。

【校注】

①种先生:即种放(955—1015),字明逸,号云溪醉侯,河南洛阳人。七岁能文,精于易学,不应科举,父亡随母隐居南山,讲学为生。著有《蒙书》《嗣禹说》等。事见《宋史·种放传》。丁密谏:即丁谓(966—1037),字谓之,后更字公言,两浙路苏州府长洲县人。宋真宗大中祥符五年(1012)至

九年(1016)任参知政事,天禧三年(1019)至乾兴元年(1022)历任参知政事、枢密使、同中书门下平章事。聪明机敏,邪佞狡诈。于诗、画、弈等无不通晓。

②敢:明钞本作"眩",误。

③敧(qī):依、倚。

④邯郸独步:无与伦比。化用"邯郸学步"。西施笑:谓最美。

病中二首

坐钓行樵那不倦,寻云看月亦应劳。烦襟入夜权宜减①,瘦骼乘秋斗顿高②。猿下任窥煎药鼎,客来慵动碾茶槽。床头卧架直闲却③,免有情憀揭悼骚④。

遗编坐罢披三豕⑤,小轴行当倦五禽⑥。簠簋有征常遇困⑦,刀圭无状为攻深⑧。长卿痟渴应难奈⑨,玄晏清羸已不禁⑩。约缚隐囊聊阁膝⑪,忘怀未得是微吟。

【题解】
此诗当作于老病之际,流露人生迟暮之感,心情沉重,略显颓靡。此诗未见于宋本,次序依正统本,正德本、明钞本、万历诸本、康熙诸本均在第二卷末。

【校注】
①烦襟:烦闷的心怀。此指病情。

②骼:从《咸淳志》,万历本同;他本均作"格",误。斗顿:即陡顿,意谓突然。

③直:康熙本作"真"。

④情憀:悲思之情。唐陆龟蒙《自遣诗》之十四:"谁使寒鸦意绪娇,云晴山晚动情憀。"

⑤三豕:为"三豕涉河"之省称。《吕氏春秋·察传》:"子夏之晋,过卫。有读《史记》者曰:'晋师三豕涉河。'子夏曰:'非也,是己亥也。夫己与三相近,豕与亥相似。'至于晋而问之,则曰:'晋师己亥涉河也。'"此借指书籍。

⑥小轴:书画下面的横轴,借指书画。行当:即将。五禽:见卷一《和梅圣俞雪中同虚白上人见访》注⑤。

⑦簾肆:《汉书·王贡两龚鲍传序》:"君平卜筮于成都市……裁日阅数人,得百钱足自养,则闭肆下簾而授《老子》。"颜师古注:"肆者,市也,列所坐之处也。"后指市井坊间。有征:指卜筮之征兆。

⑧刀圭:中药的量器名。刀圭无状,指大量用药。

⑨长卿:即司马相如。痟渴:指消渴之疾。痟:明钞本、万历本均作"有",误。邵裴子按:王楙《野客丛书》卷十二,有"痟消二义"一条,……字应作"消"。其说为是。

⑩玄晏:即皇甫谧(215—282),字士安,自号玄晏先生。安定郡朝那县(今甘肃省灵台县)人,后徙居新安(今河南新安县)。后得风痹疾,犹手不释卷。后著有《针灸甲乙经》《历代帝王世纪》《逸士传》等。事见《晋书·皇甫谧传》。

⑪隐囊:供人倚凭的软囊,靠枕之类。北齐颜之推《颜氏家训·勉学篇》:"梁朝全盛之时,贵游子弟……跟高齿屐,坐棋子方褥,凭斑丝隐囊,列器玩于左右。"王利器集解引注:"隐囊,如今之靠枕。"

【辑评】

明叶廷秀《诗谭》卷九《林和靖诗》:和靖著有《省心录》,近圣贤之言,亦非癖隐忘世者。观其《偶书》一首"一任尘欺古鹿卢,圣经穷烂更何图。磻溪老叟能闲气,八十封侯不似无",得非情见乎辞哉!……又"寻云看月亦应劳""敢嫌贫病是欺天",皆其言之有理者也。

喜侄宥及第

新榜传闻事可惊,单平于尔一何荣①!玉阶已忝登高第,金口仍教改旧名。闻喜宴游秋色雅②,慈恩题记墨行清③。岩扉掩罢无他意,但爇灵芜感圣明④。

【题解】

本卷前有《寄宣城宗言侄》一诗,中有"郗氏近攀丹桂枝"句,此诗有"金口仍教改旧名"句,宗言及宥或为一人。但宋代范仲淹《寄赠林逋处士》诗曰:"几侄簪裾盛",知林逋诸侄登第者不止一人,惟《宋史》只著"宥"一人。林逋虽隐居不仕,但并不缺失人生理想,由此诗可见,林逋亦希望亲友能够出仕,一展抱负。此诗当作于宋真宗大中祥符七年(1014),《太平治迹统类》卷二十七《祖宗科举取人》云:"大中祥符……七年秋……上御景福殿,试亳州、南京路服勤词学、经明行修举人,得进士林宥、张观等二十二人赐及第。"此诗列宋本诸诗第八十七首,正统本列《病中二首》之后,他本均列《读种先生丁密谏诗》后。

【校注】

①单平:谓家世寒微。
②闻喜宴游:指唐代进士放榜后,于曲江池集宴,称为"闻喜宴"。宋初由朝廷设宴。
③慈恩题记:指唐代进士及第后,于慈恩寺大雁塔题名。
④爇(ruò):烧。灵芜:香炷。

【辑评】

元王逢《梧溪集》卷第一《题林和靖诗意图》:"研池冰合草堂深,月在梅花鹤在阴。一日盛传诗句好,百年谁识紫芝心。"和靖未尝娶,传经业于犹子至登第,以其事如元鲁山也,故云。

伤白积殿丞①

吏散门墙转寂然,疏狂投分向生前②。苦无名位高今世,空有文章出古贤。遗传得谁修阙下③,孤坟应只客江边。池阳渺渺堪垂睫④,莫罢秋枝一叫蝉。

【题解】
诗中感慨友人的不幸遭遇,同时也借他人酒杯浇心中之块垒,抒己之怀。此诗未见于宋本,他本均收。

【校注】
①殿丞:即殿中省丞之职。
②投分:意气相合。
③阙下:指宫廷。
④池阳:见卷一《送闻义师谒池阳郡守》注①。

伤朱寺丞①

妻女飘零五岭头②,为君南望涕横流。浮荣暂得衣朱绂③,远宦寻闻丧白州④。天与声名还自折,瘴侵篇什有谁收⑤。朝中交旧知多少,应惜无儿似邓攸⑥。

【题解】
此诗极显伤悼之意。此诗列宋本诸诗第一百五十六首,正统本列《伤白积殿丞》之后,他本均同。

【校注】
①寺丞:官署中的佐吏。
②五岭:大庾岭、越城岭、骑田岭、萌渚岭、都庞岭的总称,位于江西、湖南、广东、广西四省之间,是长江与珠江流域的分水岭。
③朱绂:古代礼服上的红色蔽膝,借指官服。
④白州:在今广西博白县。

⑤篇什：从康熙本、朱本；正统本、正德本、明钞本、万历本均作"编什"；宋本作"编集"。词意见本卷《谢马程先辈惠蜀笺》注⑤。

⑥邓攸(？—326)：字伯道，平阳襄陵(今山西省襄汾)人。两晋官员。早年被举为灼然，历任太子洗马、吏部郎、河东太守等职。曾携子侄避兵乱，遇贼，因其弟早亡，弃子存侄，后终无子，时人哀之。事见《晋书·邓攸传》。

吊薛公孟

未第身魂殁帝京①，东还长欠奠幽灵。遗文尽合编家传，高行谁堪撰墓铭？谈柄寂寥尘久暗②，墨池荒废草空青③。三招不见山巾湿④，拟画轩昂太白星⑤。

【题解】
此诗哀悼薛公孟的同时，也流露出生命消歇的感伤。此诗未见于宋本，他本均收。

【校注】
①未第：应科举未中。

②谈柄：古人清谈时所执的拂尘。北周庾信《送灵法师葬》诗："玉匣摧谈柄，悬河落辩锋。"

③墨池：洗笔砚的池子。书法大家汉张芝、晋王羲之等，均有"墨池"之说。唐裴说《怀素台歌》："永州东郭有奇怪，笔冢墨池遗迹在。"池：从康熙本、朱本同；明钞本、万历本均作"花"，误。

④三招：古代为死者招魂之礼。《仪礼·士丧礼》："复者一人，升自东荣、中屋，招以衣，曰：'皋某复！'三。降衣于前。"

⑤太白星：即金星，又名启明、长庚。此以薛比拟李白。

卷四

五言绝句

闵师自天台见寄石枕

斫石自何许①？枕之怀赤城②。空庐复蕙帐③,且暮白云生。

【题解】
诗中借闵师所寄石枕,抒写孤高恬淡情怀。此诗列宋本诸诗第三十四首,正统本列卷四五言绝句之首,他本均同。

【校注】
①斫:用刀斧等砍或削。何许:何处。
②赤城:山名。多以称土石色赤而状如城堞的山,在浙江省天台县北,为天台山南门。东晋孙绰《游天台山赋》:"赤城霞起而建标。"李善注:"支遁《天台山铭序》曰:'往天台,当由赤城山为道径。'孔灵符《会稽记》曰:'赤城,山名,色皆赤,状似云霞。'"
③蕙帐:见卷二《西岩夏日》注①。

西湖与性上人话别

秋山与湖水,远近如相送。后夜宿扁舟,知师有归梦①。

【题解】
诗中表达了林逋对朋友的真挚情义。此诗宋刻本列于卷一《和运使陈学士游灵隐寺寓怀》之后,正统本始入五言绝句,后均从之。

【校注】

①归梦:归乡之梦。南朝齐谢朓《和沈右率诸君钱谢文学》:"望望荆台下,归梦相思夕。"

送谢尉

试吏才未伸①,食贫同古人②。何以赠行色③?一酌湖水春④。

【题解】

此诗及本卷《钱塘仙尉谢君咏物楼成寄题二韵》《和谢秘校西湖马上》《又和病起》《答谢尉得替》诸首,当指同一人,但其名自南宋时已不可考。《咸淳临安志》记:"嘉泰辛酉,永嘉高君不倚实来,环视官舍,栋挠橡腐,若将压焉。……乃捐己俸并郡邑所助,撤而新之。……既成,欲以先后莅职姓氏刊诸石。岁月远者莫考,独张仲颜见于王随放生碑,许淳仁见于东坡奏议,他不可复得。乃断自绍兴二十四年而下,得十有七人。"此诗未见于宋本,他本均收。

【校注】

①试吏:出任官吏。《汉书·高帝纪第一》:"及壮,试吏,为泗上亭长,廷中吏无所不狎侮。"应劭曰:"试用补吏。"伸:从万历本,朱本同;正统本、正德本、明钞本均作"申"。

②食贫:指过贫苦的生活。《诗·卫风·氓》:"自我徂尔,三岁食贫。"

③行色:指行旅。宋王禹偁《送柴侍御赴阙序》:"廷尉评王某,从宦属邑,受恩煦深,收涕挥悙毫,以序行色。"

④水:从《咸淳志》,康熙本、朱本同;正统本、正德本、明钞本、万历诸本均作"上"。

赠中师草圣①

行草得三昧②,林间尝与语。秋风忽卷衣,别我之何所?

【题解】

诗中极赞中师行草成就的卓越,同时也表达了惜别之情。此诗未见于宋本,他本均收。

【校注】

①草圣:对在草书艺术上有卓越成就的人的美称。如汉代张芝、唐代张旭等。西晋卫恒《四体书势》:"弘农张伯英者……临池学书,池水尽黑。下笔必为楷则,常曰:'忽忽不暇草书',寸纸不见遗,至今世尤宝其书,韦仲将谓之'草圣'。"唐杜甫《饮中八仙歌》之七:"张旭三杯草圣传,脱帽露顶王公前。"

②三昧:佛教语,梵文音译。又译"三摩地",意译为"正定"。谓屏除杂念,心不散乱,专注一境。东晋慧远《念佛三昧诗集序》:"夫称三昧者何?专思寂想之谓也。"后指奥妙、诀窍。唐李肇《唐国史补》卷中:"长沙僧怀素好草书,自言得草圣三昧。"

送僧之京师

皇城十二衢①,埃尘满香袯②。何以待归期?山中桂花色。

【题解】

林逋此诗语言别致巧妙,言外生趣,也表现了自己的清逸心态。此诗未见于宋本,他本均收。诗题中"师"字,从康熙本,朱孔彰本同;正统本、正德本、明钞本、万历诸本均无此字。

【校注】

①十二衢:张衡《西京赋》:"徒观其城郭之制,则旁开三门,参涂夷庭,方轨十二,街衢相经。"李善注:"方,言九轨之涂,凡有十二也。"本指古代长安城内通往十二门的十二条大道,后泛指城市中众多街道。

②香祴:即袈裟、僧袍。祴:明钞本、万历本、康熙诸本均作"域"。卢文弨校云:"古得切。相传云:'衣襟也。'"邵裴子按:"和靖五律中,亦有'香祴'字,彼处诸本或作'械',或作'祴',惟宋本得其真耳。"

【辑评】

清卢文弨《群书拾补》:"皇城十二衢,埃尘满香祴。何以待归期,山中桂花色。"案:唐韵"祴"古得切,《释典》有"衣祴",见《阿毗昙毗婆沙论》第二十一卷。元应音孤得切,云相传云衣襟也。《新唐书·南蛮传》下有此字,董冲音古得切,而今本讹为占待切。近人误呼为"械",以与色韵不协,遂妄改为"香域",误之甚矣。和靖五律中,亦有"香祴渐多尘"之句。

七言绝句

孤山隐居书壁

山水未深猿鸟少,此生犹拟别移居。直过天竺溪流上①,独树为桥小结庐。

【题解】
据此诗意,林逋仍以结庐孤山,却入山未深为憾。此诗未见于宋本,他本均收。

【校注】
①天竺:见卷一《和酬天竺慈云大师》注①。

【辑评】
宋蔡正孙《诗林广记·后集》卷九《书孤山隐居壁》:和靖居西湖之孤山,结庐其上,足未尝履城市。此诗有卜居之意,犹以为入山未深,入林未密也。

宋韦居安《梅磵诗话》卷中:士之遁世者,以山深林密为乐。林和靖诗云:"山水未深猿鸟少,此生犹拟别移居。直过天竺溪桥畔,独树为桥小结庐。"近世叶靖逸《西湖秋晚》诗云:"爱山不买城中地,畏客长撑屋后船。荷叶无多秋事晚,又同鸥鹭过残年。"亦颇得野趣。

明顾璘《顾璘诗文全集·浮湘集》卷一《孤山》诗:孤山葱而郁,仰止林逋宅。舍舟入荒蹊,森森荫松柏。往代云龙会,夫子戢鸿翮。皋夔道已沉,巢许心所获。岂无桃李颜,寒梅自贞白。皎皎空谷遗,长愧缨冕客。西瞻岳山坟,凄其暮烟碧。

明徐燉《笔精》卷二《诗谈·茅山僧林和靖》:茅山老僧诗云:"一池荷叶

衣无尽,数亩松花食有余。刚被傍人相问讯,老僧今日又移居。"林和靖诗云:"山水未深猿鸟少,此生犹拟别移居。直过天竺溪流上,独树为桥小结庐。"二作颇相类,然皆蹈袭唐陈羽、吴融二绝也。羽诗云:"虽有柴门长不关,古烟高木共身闲。犹嫌住近人知处,现欲移居入远山。"吴融云:"石臼山头有一僧,朝无香积夜无灯。近嫌俗客知踪迹,拟向中峰断石层。"

清俞樾《茶香室丛钞·四钞》卷二《西湖孤山》:《林和靖集》有一绝云:"山水未深猿鸟少,此生犹拟别移居。直过天竺溪流上,独树为桥小结庐。"按:余湖上所谓俞楼者,即在孤山之阳。余至此,则宾客纷来,日不暇给,每笑曰:"林和靖之隐孤山,徒虚语耳。今观此诗则知,此老亦有所不足,但不知其所属意在何地也。"

水亭秋日偶书

巾子峰头乌臼树①,微霜未落已先红。凭阑高看复低看,半在石池波影中。

【题解】

诗中所述宝石山巾子峰下有石池,乃林逋憩息之所,诗意恬淡惬意,透露诗人闲静恬适的情怀。此诗未见于宋本,他本均收。

【校注】

①巾子峰:《淳祐临安志》:"巾子峰在钱塘门外。旧志云:在梵天院后,形如巾帻。"下即引此诗,前二句作"巾子山头乌桕木,微霜未落叶先红。"乌臼:亦作"乌桕",落叶树。《乐府诗集·杂曲歌辞十二·西洲曲》:"日暮伯劳飞,风吹乌臼树。"

【辑评】

明田汝成《西湖游览志余》卷十《又题林和靖水亭诗》:城外逋翁宅,开亭野水寒。冷光浮荇叶,静影浸鱼竿。吠犬时迎客,饥禽忽上栏。疏篱僧舍近,嘉树鹤庭宽。拂砌烟丝袅,侵窗筼戴攒。小桥横落日,幽径转层峦。

好景吟何极,清欢尽亦难。怜君留我意,重叠取琴弹。

水　轩

日于诗雅久沉迷,尤爱凭阑此构题①。纷泊杨花春意晚②,黄鹂飞过水东西。

【题解】
诗中着意描写隐居之水轩,此轩临水而筑,虽显简陋,作者却怡然自乐。此诗列宋本诸诗第七十三首,正统本列《水亭秋日偶书》后,他本从之。

【校注】
①构:宋本缺,小注"高宗庙讳",《咸淳志》作"构",康熙本、朱本均同;正统本、正德本、明钞本、万历本均作"觅",邵裴子按:"当出正统本臆补,其后沿伪。"
②纷泊:纷纷落下,飞扬。汉张衡《西京赋》:"起彼集此,霍绎纷泊。"《咸淳志》、康熙本、朱本均同;正统以后诸明本均作"飘荡"。

池上作

簇簇菰蒲映蓼花①,水痕天影蘸秋霞。分明似个屏风上,飞起鸳鹋一道斜②。

【题解】
此诗描摹自然之景,立意新奇。此诗未见于宋本,他本均收。

【校注】
①菰(gū):朱本作"孤",误。

②鸦鹊(jiāojīng)：水鸟名。

松　径

霜子落秋筇卓破①，雨钗堆地屐拖平②。不知呵出长安客③，肯爱深穿冷翠行？

【题解】
此为林逋茅庐之松径，长松流碧，幽趣无穷。此诗未见于宋本，他本均收。

【校注】
①筇：筇竹宜于制杖，后指手杖。唐李咸用《苔》诗："每忆东行径，移筇独自还"。

②雨钗：此指雨中坠落的松叶。

③呵出：见卷三《赠钱塘邑长高秘校》注③。各本均作"止"，误。

竹　林

寺篱斜夹千稍翠，山磴深穿万箨干①。却忆贵家厅馆里，粉墙时画数茎看②。

【题解】
诗中落笔通向孤山寺的竹径，写得清新脱俗，别具一格，传达出作者独特的审美情趣。此诗未见于宋本，他本均收。

【校注】
①山磴：有石阶的山路。磴：从《咸淳志》，康熙本、朱本均同；正统本、

正德本、明钞本、万历本均作"径"。箬:见卷一《病中谢冯彭年见访》注③。

②粉:明钞本、万历本均作"妆"。

菱　塘

含机绿锦翻新叶①,满匣青铜莹古花②。最爱晚来鸥与鹭,宿烟翘雨便为家③。

【题解】

林逋隐居小园,园池种植菱、藕,菱叶满塘,故有此作。诗中以采锦、古镜为喻,造语新奇。此诗未见于宋本,他本均收。

【校注】

①翻:从《咸淳志》,万历本、康熙本、朱本同;正统本、正德本、明钞本均作"分",误。

②青铜:指青铜镜。

③翘:举起。此指翘足而立。

莲　荡

楚妃皋女一何多①,裳似芙蓉衣芰荷②。几夕霏霏烟霭里③,竞窥清浅弄重波④。

【题解】

此为林逋咏物诗之一,全诗明朗欢快,充满雅意雅趣,也表露了隐居生活的适意。此诗未见于宋本,他本均收。

【校注】

①楚妃皋女:皆指美人。《韩诗外传》:"郑交甫将南适楚,遵彼汉皋台

下,遇二女,佩两珠。"

②"裳似"句:语出《离骚》:"制芰荷以为衣兮,集芙蓉以为裳。"

③霏霏:飘洒、飞扬。晋潘岳《西征赋》:"雍人缕切,鸾刀若飞,应刃若俎,霍霍霏霏。"

④窥:《咸淳志》作"露"。

葑　田①

淤泥肥黑稻秧青,阔盖春流旋旋生②。拟倩湖君书版籍③,水仙今佃老农耕④。

【题解】

葑田乃苏轼、杨孟瑛等疏浚西湖前的荒芜景象,疏浚之后不可复见。据此诗可知,林逋隐居时的孤山确实仍显荒芜,但草泥螃蟹、山坳竹鸡的描写,也突出了孤山的静谧之美和古朴自然。此诗未见于宋本,他本均收。

【校注】

①葑田:见卷二《孤山寺端上人房写望》注③。

②春:从《咸淳志》;各本均作"深";《宋元诗会》作"清"。

③湖君:西湖之神。版籍:户口册。

④水仙:传说中的水中神仙。唐司马承顺《天隐子·神解八》:"在人谓之人仙,在天曰天仙,在地曰地仙,在水曰水仙,能变通之曰神仙。"宋代西湖上有水仙王庙。佃:指租种土地。

僧有示西湖墨本者就孤山左侧林萝秘邃间状出衡茅之所且题云林山人隐居谨书二韵承之①

泉石年来偶结庐,冷挨松雪瞰西湖。高僧好事仍多艺,已共孤山入画图②。

【题解】
此虽为林逋咏画之诗,却构思巧妙,借以表现了自己的隐居之所,颇有超然脱俗之气。此诗列宋本诸诗之末,正统本列《莳田》之后,他本从之。

【校注】
①墨本:碑帖的拓本。宋欧阳修《石篆》诗序:"因为诗一首,并封题墨本以寄二君。"此指西湖图画。诗题从宋本。他本"承"上并有"以"字。
②入画图:宋本作"画入图",他本均作"入画图"。邵裴子校本从宋本,但据句意,"入画图"更善。

孤山雪中写望寄呈景山仙尉①

璚树瑶岑掠眼新②,鲜飘时复飑珠尘③。此中自是蓬莱阙④,何处更寻姑射人⑤?

【题解】
此诗表现了归隐的轻闲古雅之趣。此诗列宋本诸诗第四十二首,正统本列《僧有示西湖墨本者》之后,他本从之。

【校注】

①仙尉:汉梅福的美称。梅字子真,为郡文学,补南昌尉。后归里,一旦弃妻子去,传以为仙,故称。事见《汉书·杨胡朱梅云传》。后以"仙尉"为县尉的誉称。唐李白《送当涂赵少府赴长芦》诗:"仙尉赵家玉,英风凌四豪。"

②璚:同"琼"。瑶岑:指积雪的山。唐上官昭容《游长宁公主流怀池》诗之二十五:"余雪依林成玉树,残霓点岫即瑶岑。"掠:《淳祐志》《咸淳志》、万历本、康熙本、朱本均同;正统本、正德本、明钞本均作"略",应误。

③鲜飙:清新的风。唐皎然《宿道士观》诗:"古观秋木秀,冷然属鲜飙。"珠尘:轻细如尘的青砂珠。此指雪。

④蓬莱阙:即蓬莱山。古代传说中的神仙所居之山,后泛指仙境。《史记·封禅书》:"自威、宣、燕昭使人入海求蓬莱、方丈、瀛洲,此三神山者,其传在勃海中。"

⑤姑射人:姑射为山名,在山西省临汾县西,即古石孔山,九孔相通。《庄子·逍遥游》:"藐姑射之山,有神人居焉。肌肤若冰雪,绰约若处子。"后以姑射或姑射人为神仙的代称。

春日斋中偶成

空阶重叠上垣衣①,白昼初长社燕归②。落尽海棠人卧病,春风时复动柴扉③。

【题解】

此诗在动静相间的细节描写中,流露出作者的孤独之感。此诗列宋本诸诗第五十九首,正统本列《孤山雪中写望寄呈景山仙尉》之后,他本从之。诸本均无"偶成"二字。邵裴子校云:"从墨迹,《宋诗钞补》同。"

【校注】

①垣衣:见卷二《深居杂兴六首(之二)》注⑳。

②社燕:见卷一《春日感怀》注③。
③春:邵裴子校云:"从墨迹,《〈宋诗〉钞补》同;各本均作'东'。"

山中寒食二首

方塘波绿杜蘅青,布谷提壶已足听①。有客新尝寒具罢②,据梧慵复散幽经③。

气象才过一百五④,且持春酒养衰年⑤。中林不是不禁火⑥,其奈山樱发欲然。

【题解】

此二诗盖作于林逋晚年。全诗融怀寓景,流露了作者的凄冷和寂寞。此诗列宋本诸诗第六十首,正统本列《春日斋中偶成》之后,他本从之。诗题从宋本,正统本"二首"作小字旁注,正德以后各本均无此二字。万历诸本第二首题作"其二";明钞本、朱孔彰本均二首连续。

【校注】

①提壶:见卷一《上湖闲泛舣舟石函因过下湖小墅》注⑤。
②寒具:一种油炸的面食。北魏贾思勰《齐民要术·饼法》:"环饼,一名'寒具';截饼,一名'蝎子'。皆须以蜜调水溲面。若无蜜,煮枣取汁。牛羊脂膏亦得;用牛羊乳亦好,令饼美脆。"
③据梧:靠着梧几。《庄子·齐物论》:"昭文之鼓琴也,师旷之枝策也,惠子之据梧也,三子之知几乎。"成玄英疏:"而言据梧者,只是以梧几而据之谈说,犹隐几者也。"
④气象:气候,时令。一百五:指寒食。冬至后一百零五天即为寒食,故名。唐姚合《寒食诗》之一:"今朝一百五,出户雨初晴。"
⑤春酒:冬酿春熟之酒。《诗经·豳风·七月》:"为此春酒,以介眉寿。"毛传:"春酒,冻醪也。"孔颖达疏:"此酒冻时酿之,故称冻醪。"衰年:衰

老之年。

⑥中林:林野。《诗经·周南·兔罝》:"肃肃兔罝,施于中林。"

【辑评】

清沈自南《艺林汇考·饮食篇》卷三:《五杂俎》刘禹锡《寒具诗》云云,则为今之馓子明矣。宋人因林和靖诗有"寒具",遂解以为寒食之具,安知和靖是日不尝馓子耶?说略禹锡盖以捻头为寒具。

孤山从上人林亭写望

林表秋山白鸟飞①,此中幽致世还稀②。谁家岸口人烟晚③,坐见渔舟两两归④。

【题解】

此诗颇见怡然自得的生活使林逋抛却烦恼,独特适意。此诗列宋本诸诗第六十六首,正统本列《山中寒食二首》之后,他本从之。各本均作"易从师山亭"。邵裴子校云:"从墨迹,《宋诗钞补》同。惟'亭'字作'台'。"

【校注】

①林表:林梢,林外。南朝齐谢朓《休沐重还丹阳道中》诗:"云端楚山见,林表吴岫微。"

②世:邵裴子校云:"从墨迹,《宋诗钞补》同;各本均作'亦'。"

③谁家岸:邵裴子校云:"从墨迹,《宋诗钞补》同,各本均作'西村渡'。"

④两两:指稀稀落落。

秋江写望

苍茫沙觜鹭鸶眠①,片水无痕浸碧天。最爱芦花经雨后,一篷烟火饭鱼船。

【题解】
诗中极写归隐生活,表现了林逋的悠然自得,诗风清新自然,无半点颓废气息。此诗列宋本诸诗第九十五首,正统本列《孤山从上人林亭写望》之后,他本从之。

【校注】
①沙觜:见卷二《耿济口舟行》注④。

乘公桥作

晚峰横碧树梢红,数榜鱼罾水影中①。忆得江南曾看着,巨然名画在屏风巨然僧尤妙山水②。

【题解】
此诗画意浓厚,风格极近王维。此诗列宋本诸诗第一百三十一首,正统本列《秋江写望》之后,他本从之。

【校注】
①榜:指船。《楚辞·九章·涉江》:"乘舲船余上沅兮,齐吴榜以击汰。"鱼罾(zēng):即渔网。
②巨然:生卒年不详。钟陵(今江西南昌)人。五代画家。擅山水,师法董源,专画江南山水。有《万壑松风图》《秋山问道图》《山居图》等传世。巨:正统本、正德本、明钞本均作"钜",误。正统本、万历本等诸本均无诗后小注。

风水洞①

平昔常闻风水洞,重山复水去无穷。因缘偶入云泉路②,林下先闻接客钟。

【题解】
此诗旧本失收,朱孔彰本据《咸淳临安志》补收并入拾遗,邵裴子本列于风景诗作之末。

【校注】
①风水洞:《淳祐临安志·风水洞》:"《祥符经》云:钱塘县旧治五十里,在杨村慈严院,洞极大,流水不竭。顶上又一洞,过立夏,清风即自内出,立秋则止,故名风水洞。"
②因缘:机会,缘分。云泉:白云清泉,借指胜景。唐白居易《偶吟》之一:"犹残少许云泉兴,一岁龙门数度游。"

宿姑苏净惠大师院①

常爱人间此会稀,话长中夕重开扉②。孤山猿鸟西湖上,懒对寒灯咏《式微》③。

【题解】
全诗旨在与净惠佳会难得,懒于思归之意。此诗列宋本诸诗第一百十五首,正统本列《乘公桥作》之后,他本从之。

【校注】
①大:明钞本、万历本均作"太",误。

②中夕:从宋本;正统本、正德本、明钞本、万历本均作"终夕",误;康熙本、朱本作"终日",误。

③《式微》:《诗·邶风》篇名。《诗序》说,黎侯流亡于卫,随行的臣子劝他归国。后以赋《式微》表示思归之意。

偶 书

一任尘欺古鹿卢①,圣经穷烂更何图。磻溪老叟能闲气②,八十封侯不似无?

【题解】

此诗有惜人不能终隐之叹。此诗未见于宋本,他本收之。

【校注】

①鹿卢:指鹿卢剑。《玉台新咏·日出东南隅行》:"腰间鹿卢剑,可直千万余。"《汉书·隽不疑传》晋灼注:"古长剑首以玉作井鹿卢形,上刻木作山形,如莲花初生未敷时。今大剑木首,其状似此。"

②磻溪:水名。在今陕西省宝鸡市东南,传说为周吕尚未遇文王时垂钓处,后借指吕尚,即诗中"磻溪老叟"。闲气:亦作"间气"。旧指英雄伟人,上应星象,禀天地特殊之气,间世而出,故称。《太平御览》卷三〇六引《春秋演孔图》:"正气为帝,间气为臣,宫商为姓,秀气为人。"

【辑评】

明叶廷秀《诗谭》卷九《林和靖诗》:和靖著有《省心录》,近圣贤之言,亦非癖隐忘世者。观其《偶书》一首"一任尘欺古鹿卢,圣经穷烂更何图。磻溪老叟能闲气,八十封侯不似无",得非情见乎辞哉!

予顷得宛陵葛生所茹笔十余筒其中复得精妙者二三焉每用之如麾百胜之师横行于纸墨间所向无不如意惜其日久且弊作诗二篇以录其功①

江南秋兔老毫疏,数字钟王尚贾余②。因读退之《毛颖传》③,可怜今日不中书④。

神锋虽缺力终存⑤,架琢珊瑚欠策勋⑥。日暮闲窗何所似?灞陵憔悴故将军⑦。

【题解】

此为林逋咏物诗。诗中巧用韩愈《毛颖传》,用事融化无迹,自然贴切,既巧妙诙谐,又能从小见大,演绎意味颇深的道理。此诗列宋本诸诗第八十九首,正统本列《偶书》之后,他本从之。

【校注】

①宛陵:即宣城。茹笔:指制笔。笔工常含毫舔笔,使锋圆毫顺,故称。

②钟王:见卷三《集贤李建中工部尝以七言长韵见寄》注⑦。贾余:即贾勇。语本《左传·成公二年》:"齐高固入晋师,桀石以投人,禽之而乘其车,系桑本焉,以徇齐垒,曰:'欲勇者贾余余勇!'"此指尚有余勇。

③《毛颖传》:即唐韩愈所作《毛颖传》。

④不中书:《毛颖传》:"累拜中书令,与上益狎,上尝呼为中书君。……后因进见,上将有任,使拂拭之,因免冠谢。上见其发秃,又所摹画不能称上意。上嘻笑曰:'中书君老而秃,不任吾用。吾尝谓君中书,君今不中书耶?'"

⑤神锋:指剑。

⑥策勋:见卷三《送吴秀才赴举》注①。
⑦灞陵:典出《史记·李将军列传》,北周庾信《哀江南赋》:"岂知灞陵夜猎,犹是故时将军。"

【辑评】

清厉鹗《宋诗纪事》卷十:"神锋虽缺力终存,架琢珊瑚欠策勋。日暮闲窗何所似?灞陵憔悴故将军。"《苕溪渔隐丛话》"殊有悯劳念旧之意"。

清河茂才以良笔并诗为惠次韵奉答①

郊翰秋劲愈于锥②,筠管温温上玉辉③。聊为夫君一栖阁④,老来驽缓久知非⑤。张君行楷精妙,因致服膺之意⑥。

【题解】

清河,张姓郡望,诗中所指不知何人。全诗虽为咏物,亦借以言志,能够体现林逋咏物诗作的特点。此诗列宋本诸诗第一百九首,正统本列《予顷得宛陵葛生所茹笔》之后,他本从之。

【校注】

①茂才:见卷一《送茂才冯彭年赴举》注①。
②翰:鸟羽,羽翼。古用羽毛为笔,故以翰代称。晋左思《咏史》之一:"弱冠弄柔翰,卓荦观群书。"锥:明钞本作"锤",误。
③筠管:竹管,用以指笔管、毛笔。唐元稹《答姨兄胡灵之见寄五十韵并序》诗:"题头筠管缦,教射角弓骍。"温温:柔和貌。《诗经·小雅·宾之初筵》:"宾之初筵,温温其恭。"
④夫君:见卷三《虢略秀才以七言四韵诗为寄辄敢酬和幸惟采览》注⑦。栖:从宋本,正统本、正德本、明钞本、万历本均同;康熙本始作"担"。
⑤驽缓:迟钝。嵇康《与山巨源绝交书》:"性复疏懒,筋驽肉缓。"知非:五十岁的代称。《淮南子·原道训》:"故蘧伯玉年五十而有四十九年非。"指年五十而知前四十九年之过失,故以"知非"称五十岁。

⑥正统本、正德本、明钞本、万历本均无诗后小注。

初　夏

乳雀啁啾日气浓①,雊桑交影绿重重②。秧田百亩鹅黄大③,横策溪村属老农。

【题解】
诗中极摹自然景物,颇见隐居之趣。此诗未见于宋本,他本均收。

【校注】
①啁啾:鸟鸣声。唐王维《黄雀痴》诗:"到大啁啾解游飏,各自东西南北飞。"日气:指热气。
②雊桑:从康熙本,朱本同;正统本作"雊来",正德本、明钞本、万历本均同。绿:从康熙本,朱本同;正统以后各明本均作"日"。
③大:从正统本、正德本、明钞本同;万历本、康熙本、朱本均作"犬"。

秋日含山道中回寄历阳希然山人①

村落人家总入诗,下驴盘泊立多时②。霜陂一掬清于鉴,潄着牙根便忆归。

【题解】
全诗颇见林逋诗笔,能够发掘生活中随处而有的诗意,并展现其自身带有的隐士风范。此诗未见于宋本,他本均收。

【校注】
①含山:即含山县,今属安徽省马鞍山市。

218

②盘泊:见卷二《池阳山店》注①。

晚春寄示茂才冯彭年

头上酒巾为长物①,据梧微咏意无涯②。人生行乐知能几,但见春风满路花③。

【题解】
卷一有《送茂才冯彭年赴举》《寄茂才冯彭年》,为同一人。林逋在贫病中,虽亦时有孤寂之叹,但表现更多的是此诗中"但见"的乐观,他通过与友人的寄赠交流,将自己的心志与情趣写进诗歌,表现选择享受自然的闲适的生活方式。此诗列宋本诸诗第三十九首,正统本列《秋日含山道中回寄历阳希然山人》之后,他本从之。

【校注】
①头上酒巾:指漉酒巾,滤酒的布巾。《南史·陶潜传》:"郡将候潜,逢其酒熟,取头上葛巾漉酒,毕,还复著之。"长物:多余之物。南朝宋刘义庆《世说新语·德行》:"(王大)见其坐六尺簟,因语恭:'卿东来,故应有此物,可以一领及我。'恭无言。大去后,即举所坐者送之,既无余席,便坐荐上。后,大闻之,甚惊曰:'吾本谓卿多,故求耳。'对曰:'丈人不悉恭,恭作人无长物。'"

②据梧:见本卷《山中寒食二首(之一)》注③。无涯:无穷尽。语出《庄子·养生主》:"吾生也有涯,而知也无涯。以有涯随无涯,殆已!"

③路:从正统本,正德本、明钞本、万历本均同;康熙本、朱本均作"地"。

山阁夏日寄黄大茂才

几日无缘见叔度①,令人鄙吝不能忘。新篁绕阁熏风细,还肯时来纳晚凉?

【题解】

题中"山阁"指巢居阁。此诗对山阁多有描写,更可见林逋与其友之谊。此诗列宋本诸诗第五十四首,正统本列《晚春寄示茂才冯彭年》之后,他本从之。

【校注】

①叔度:指汉黄宪(75—122),字叔度,号征君。慎阳(今河南正阳)人。东汉贤士。其品学超群,尤以气量广远著称。《世说新语·德行》:"周子居常云:'吾时月不见黄叔度,则鄙吝之心已复生矣。'"

钱塘仙尉谢君咏物楼成寄题二韵

仙人多在丽谯居①,况对西山爽气余②。若向湖滨属佳句,莫忘秋水落芙蕖③。

【题解】

全诗构思精巧,造句清新,体现林逋诗歌的天真、平淡之风。此诗列宋本诸诗第四十三首,正统本列《山阁夏日寄黄大茂才》之后,他本从之。

【校注】

①丽谯:华丽的高楼。《庄子·徐无鬼》:"君亦必无盛鹤列于丽谯之间。"成玄英疏:"言其华丽嶕峣也。"谯:从宋本,正统本同;正德以后各本均作"樵",误。

②爽气:明朗开豁的自然景象。南朝宋刘义庆《世说新语·简傲》:"王子猷作桓车骑参军,桓谓王曰:'卿在府久,比当相料理。'初不答,直高视,以手版拄颊云:'西山朝来,致有爽气。'"

③芙蕖:南朝齐陆厥《中山王孺子妾歌》:"岁暮寒飙及,秋水落芙蕖。"

寄上金陵马右丞三首①

专席顷尝居宪府②,拥旄寻亦别明庭③。金陵土著多蒙赖④,分野三回见福星⑤。

惠爱如春威似霜,神明佳政蔼余杭⑥。集贤庭畔依依柳⑦,无限行人比颂棠⑧。

尽道次公当入相⑨,江湖那肯久迟徊⑩。西湖春物空凝意⑪,犹望方舟赏胜来⑫。

【题解】
此诗对马右丞的政绩极为称赞,也表现了林逋理想的官宦生涯。此三诗列宋本诸诗第六十一首,正统本列《钱塘仙尉谢君咏物楼成寄题二韵》之后,他本从之。正德以后各本均无第三首。

【校注】
①马右丞:即马亮,字叔明,合肥人。举进士,累官大理评事,常州通判、殿中丞、殿中侍御史、工部侍郎。曾知江宁府。有智略,敏于政事。卒谥"忠肃"。事见《宋史·马亮传》。
②专席:独坐一席。《汉官仪》:"御史大夫、尚书令、司隶校尉,皆专席,号'三独坐'。"宪府:御史台。唐杜甫《哭长孙侍御》诗:"礼闱曾擢桂,宪府屡乘骢。"仇兆鳌注:"御史所居之署,汉谓之御史府,亦谓宪台。"
③拥旄:持旄。借指统率军队。南朝梁丘迟《与陈伯之书》:"朱轮华毂,拥旄万里,何其壮也。"李善注:"班固《涿邪山祝文》:'杖节拥旄,征人伐鼓。'"明庭:亦为"明廷"。古代帝王祭祀神灵之地。《史记·封禅书》:"其后黄帝接万灵明廷。"此指朝廷。
④土著:世代定居一地。《史记·西南夷列传》:"其俗或土著,或移徙,在蜀之西。"

⑤分野:以星次相对应的地域。古以十二星次的位置划分地面上州、国的位置与之相对应。就天文说,称作分星;就地面说,称作分野。如:以析木对应燕,星纪对应吴越等。《国语·周语下》:"岁之所在,则我有周之分野也。"韦昭注:"岁星在鹑火。鹑火,周分野也,岁星所在,利以伐之也。"《汉书·地理志》:"而保章氏掌天文,以星土辩九州之地,所封封域皆有分星,以视吉凶。"福星:指木星。古称木星为岁星,所在主福,故称。唐李商隐《无愁果有愁曲北齐歌》:"东有青龙西白虎,中含福星包世度。"后喻能给大家带来幸福、希望之人。此处"福星"指马亮。

⑥佳政:好的政绩。唐杜甫《送韦讽上阆州录事参军》:"行行树佳政,慰我深相忆。"余杭:隋改钱塘郡为余杭郡,治所在钱塘。

⑦集贤庭:即集贤亭。《咸淳临安志》:"在丰豫门(即今涌金门)外堂。"依依:轻柔披拂貌。《诗经·小雅·采薇》:"昔我往矣,杨柳依依。"

⑧颂棠:《诗经·召南·甘棠》:"蔽芾甘棠,勿翦勿伐,召伯所茇。"孔颖达疏:"武王之时,召公为西伯行政于南土,爱结于民心,故作是诗以美之。"后以甘棠称颂官吏政绩。

⑨次公:指汉黄霸(前130—前51),字次公,淮阳阳夏(今河南太康)人。西汉大臣,事汉武帝、汉昭帝和汉宣帝三朝。少学律令,为人明察内敏,得吏民心,所至有政绩。累官河南太守丞、廷尉正、扬州刺史、颍川太守等,汉宣帝五凤三年(前55),出任丞相,封建成侯,总揽朝纲社稷。事见《汉书·循吏传·黄霸》。

⑩迟徊:亦作"迟回",指徘徊。宋贺铸《山花子·弹筝》词:"约略整鬟钗影动,迟回顾步珮声微。"

⑪凝意:意念专注。南朝梁江淹《从建平王游纪南城》诗:"丹砂信难学,黄金不可成;迁化每如兹,安用贵空名。流宕惨中怀,凝意方自惊。"

⑫方舟:两船相并。《庄子·山木》:"方舟而济于河,有虚船来触舟,虽有褊心之人不怒。"成玄英疏:"两舟相并曰方舟。"

和唐异见寄①

骚人新遗畔牢词②,隐几微吟愧所知③。几欲尊前论款密④,可能林下访栖迟⑤?

【题解】
此首唱和之作,体现了林逋与友人的志同道合。此诗列宋本诸诗第六十八首,正统本列《寄上金陵马右丞三首》之后,他本从之。

【校注】
①唐异:生卒年不详,字子正,隐士。能书善琴,其诗意淳。
②畔牢词:即扬雄《伴牢愁》。
③隐几:即凭几。《庄子·徐无鬼》:"南伯子綦隐几而坐,仰天而嘘。"微吟:小声吟咏。《汉书·景十三王传》:"雍门子壹微吟,孟尝君为之于邑。"
④尊:正统本、正德本、明钞本、万历本均作"颂",误。款密:亲密,亲切。三国蜀许靖《与曹公书》:"昔在会稽,得所遗书,辞旨款密,不要不忘。"密:正统以后各本均作"客",误。
⑤栖迟:游息。《诗经·陈风·衡门》:"衡门之下,可以栖迟。"

和才上人春日见寄

俗外多将云作装①,花前惟以醉为乡②。瑶华伸玩情何极③,高绝犹如登百常④。

【题解】
全诗颇显林逋的诗酒风流。此诗列宋本诸诗第七十一首,正统本列

《和唐异见寄》之后,他本从之。

【校注】

①云作装:即着云装,意为仙人以云霓为衣,后借指僧道的衣服。

②醉为乡:指醉中的美好境界。唐王绩《醉乡记》:"阮嗣宗、陶渊明等十数人并游于醉乡。"

③瑶华:美玉,喻珍贵之诗文。伸玩:展玩。

④百常:一千六百尺。八尺为寻,倍寻为常。言极高,借指极高的楼台。张衡《西京赋》:"通天訬以竦峙,径百常而茎擢。"

寄题僧院庭竹

岑寂宝坊清夜月①,几移疏影上跏趺②。更怜斋罢闲看处,一日还应不可无。

【题解】

诗中状庭竹之貌,足见林逋不苟俗世、高洁自好的隐逸志趣。此诗列宋本诸诗第八十首,正统本列《和才上人春日见寄》之后,他本从之。

【校注】

①宝坊:对寺院的美称。唐李峤《为魏国北寺西寺请迎寺额表》:"襜帷辙迹之所,尽建宝坊;南北东西之域,咸修法宇,佛刹周于天壤,寺名因于国号。"

②跏趺:见卷二《林间石》注①。

寄兰溪邑长史宫赞①

溪上红兰露泫华②,溪波浮动长人衙③。公余即有扁舟兴,几弄潺湲到日斜④。

【题解】
诗中描写史宫赞的淡泊雅致,兼抒己意。此诗列宋本诸诗第九十一首,正统本列《寄题僧院庭竹》之后,他本从之。

【校注】
①兰溪:见卷三《送史宫赞兰溪解印归阙》注①。
②红兰:兰草的一种。南朝江淹《别赋》:"见红兰之受露,望青楸之离霜。"
③长人:指官长。唐柳宗元《种树郭橐驼传》:"然吾居乡,见长人者好烦其令,若甚怜焉,而卒以祸。"
④潺湲:指流水。南朝宋谢灵运《入华子岗是麻源第三谷》诗:"且申独往意,乘月弄潺湲。"

寄梅室长尧臣①

君家先祖隐吴门②,即日追游往事存③。若向明时奏飞牍④,并将康济息元元⑤。

【题解】
林逋此诗极为赞赏梅尧臣的济世之志。此诗列宋本诸诗第一百七首,正统本列《寄兰溪邑长史宫赞》之后,他本从之。

【校注】
①宋本题下有"尧臣"二字,康熙本同;正统以后各明本均无。
②君家先祖:指梅福。《汉书·杨胡朱梅云传》:"王莽颛政,福一朝弃妻子去九江,……其后,人有见福于会稽者,变名姓,为吴市门卒云。"
③追游:寻胜而游。唐温庭皓《观山灯献徐尚书》诗:"唯有偷光客,追

游欲忘归。"

④飞牍:指加急传递奏章。

⑤康济:指安民济世。《北齐书》卷一《帝纪第一·神武上》:"君有康济才,终不徒然。"元元:善良。《汉书·文帝纪》:"以全天下元元之民。"颜师古注:"元元,善意也。"

闵师上人以鹭鸶二轴为寄因成二韵①

闲飏粉丝荷苇外,数声惟欠叫秋阴。虚堂隐几时悬看,增得沧洲趣更深②。

【题解】

此诗借题寄画轴,表达林逋与闵师上人的隐逸之趣。此诗列宋本诸诗第三十五首,正统本列《寄梅室长》之后,他本从之。

【校注】

①宋本"闵"下有"师"字,他本均无。

②沧洲:见卷一《中峰行乐却望北山因而成咏》注③。

寄闻义阇梨时在溪口①

平昔常闻溪口路,重山复水去无穷。禅余试问舟人看:几宿还能到剡中②?

【题解】

此诗表现林逋的孤高恬淡,不趋荣利,对平静朴素隐居生活的喜好。此诗列宋本诸诗第六十七首,正统本列《闵师上人以鹭鸶二轴为寄因成二韵》之后,他本从之。明本题下均无小注。

【校注】

①阇梨:见卷一《寄清晓阇梨》注①。溪口:今浙江省宁波市奉化区西北部。

②剡中:见卷一《中峰行乐却望北山因而成咏》注⑤。

制诰李舍人以松扇二柄并诗为遗亦次来韵^①

编松为箑寄山中^②,兼得紫微诗一通^③。入手凉生殊自慰,可烦长听隐居风^④。

【题解】

此乃林逋的次韵唱和之作,表现了超然物外的清逸心态。此诗列宋本诸诗第七十首,正统本列《寄闻义阇梨》之后,他本从之。

【校注】

①邵裴子校云:"(诗题)从墨迹,《宋诗钞补》同,各本俱作《李翰林寄松扇及诗乃答之》。"制诰:任职制诰之职。舍人:见卷一《送王舍人罢两浙宪赴阙》注①。

②箑(shà):扇子。《淮南子·精神训》:"知冬日之箑,夏日之裘,无用于己。"高诱注:"箑,扇也。楚人谓扇为箑。"

③紫微:见卷一《寄钱紫微易》注①。

④可烦:邵裴子校云:"墨迹,宋本《宋诗钞补》及朱本并同;明本均误'耳频'。"隐居风:指松风。居:邵裴子校云:"墨迹,宋本及各明本并同,康熙及朱本均误'君'。"

和皓文二绝

李杜风骚少得朋,将坛高筑竟谁登?林萝寂寂湖山好,月下敲门只有僧①。

芳草谁能梦谢池②？但将心地喻摩尼③。千岩万壑时相忆④,明月清风两自知⑤。

【题解】

据"梦谢池"句推知,皓文当为林逋之弟。诗中表达了林逋的思念之情。此诗列宋本诸诗第一百二十九首,正统本列《制诰李舍人以松扇二柄并诗为遗亦次来韵》之后,他本从之。

【校注】

①月下敲门:用唐贾岛《题李凝幽居》诗:"鸟宿池边树,僧敲月下门。"

②"芳草"句:借"谢池草"之典故。《南史·谢方明传》:"族兄灵运嘉赏之,云'每有篇章,对惠连辄得佳语'。尝于永嘉西堂思诗,竟日不就,忽梦见惠连,即得'池塘生春草',大以为工。常云'此语有神功,非吾语也'。"后遂以"谢池草"为怀念弟弟之典。

③摩尼:梵语宝珠的译音。唐颜真卿《抚州戒坛记》:"严身璎珞,照耀有摩尼之光。"

④千岩万壑:语出南朝宋刘义庆《世说新语·言语》:"顾长康从会稽还,人问山川之美。顾云:'千岩竞秀,万壑争流,草木蒙笼其上,若云兴霞蔚。'"后用以形容峰峦与山谷极多。

⑤明月清风:犹清风明月,喻超尘脱俗的悠闲生活。宋许顗《彦周诗话》:"《会老堂口号》:'金马玉堂三学士,清风明月两闲人。'初谓'清风'、'明月'古通用语,后读《南史·谢譓传》曰:'入我室者,但有清风;对我饮者,惟当明月。'欧阳文忠公文章虽优,词亦精致如此。"

和王给事同诸官留题①

千兵款户迁红斾,四壁留题拂紫苔。他日北山传故事,愿将猿鹤比云来②。

【题解】

诗题"王给事"即丞相王随,王随及杭州郡守薛映均敬重林逋为人,时常赴孤山与之唱和,并出俸钱为林逋修屋,情谊甚厚。此诗列宋本诸诗第七十八首,正统本列《和皓文二绝》之后,他本从之。

【校注】

①王给事:即王随(约975—1033),字子正,河阳(今河南孟州市)人。宋真宗时,以给事中知杭州。官:从宋本;他本作"宦",误。

②猿:明本均作"云"。云来:指云孙、来孙的并称,泛指后代。《尔雅·释亲》:"孙之子为曾孙,曾孙之子为玄孙,玄孙之子为来孙……礽孙之子为云孙。"宋苏轼《坤成节功德疏文》之七:"坐俟云来之养,受禄无疆;屡观甲子之周,与民同乐。"

和蒙尉见寄

开尊且醉圣贤酒①,理棹时乘旦暮风②。懒为躬耕咏梁甫③,敢将闲卧敌隆中④。

【题解】

全诗自然流畅,意格高远,对闲适生活的描写颇多,末句阐明自己的幽居闲卧之志。此诗列宋本诸诗第六十二首,正统本列《和王给事同诸官留题》之后,他本从之。

【校注】

①圣贤酒:清酒与浊酒的并称。

②理棹:整治船桨,指行船,启航。南朝宋谢灵运《初去郡》诗:"理棹遄还期,遵渚骛修坰。"旦暮风:即樵风。《后汉书·朱冯虞郑周列传》:"郑弘

字巨君,会稽山阴人也",李贤注引南朝宋孔灵符《会稽记》:"射的山南有白鹤山,此鹤为仙人取箭。汉太尉郑弘尝采薪,得一遗箭,顷有人觅,弘还之,问何所欲,弘识其神人也,曰:'常患若邪溪载薪为难,愿旦南风,暮北风。'后果然。"后以"樵风""旦暮风"指顺风、好风。

③梁甫:见卷二《园庐》注①。

④闲:从宋本;他本均作"高"。隆中:山名,在湖北省襄阳县西,临汉水,诸葛亮隐居于此。《三国志·蜀志·诸葛亮传》:"好为《梁父吟》。"裴松之注引晋习凿齿《汉晋春秋》:"亮家于南阳之邓县,在襄阳城西二十里,号曰隆中。"后借指诸葛亮。

和酬周寺丞①

门横野水席凝尘,束缊谁能问乞邻②?除是千庐贵游客③,中林时复访幽人。

【题解】

全诗一气呵成,表明不愿应荐出仕之志。据诗题"和酬"二字,推知周寺丞诗似有劝林逋出仕之意。此诗列宋本诸诗第四十七首,正统本列《和蒙尉见寄》之后,他本从之。

【校注】

①寺丞:见卷三《伤朱寺丞》注①。

②束缊:即"束缊请火"的省称。用乱麻搓成引火物,持之向邻家讨火点燃。《汉书·蒯伍江息夫传》:"臣之里妇,与里之诸母相善也。里妇夜亡肉,姑以为盗,怒而逐之。妇晨去,过所善诸母,语以事而谢之。里母曰:'女安行,我今令而家追女矣。'即束缊请火于亡肉家,曰:'昨暮夜,犬得肉,争斗相杀,请火治之。'亡肉家遽追呼其妇。"后用为求助于人之意。

③千庐:谓武卫值宿之所甚多。张衡《西京赋》:"徼道外周,千庐内附。"吕延济注:"庐,卫兵铺屋也,言千者,举大数也。"此指周寺丞。千:从

宋本,他本作"平",误。贵游:见卷三《和酬泉南陈贤良高见赠》注③。

和安秀才次晋昌居士留题壁石

岑寂衡门题凤处①,岭云庭树似无依。湖滨伫立应相望,一信樵风晚未归②。

【题解】

此首唱和之作,颇见林逋的旷达性情和淡然之风。此诗列宋本诸诗第四十六首,正统本列《和酬周寺丞》之后,他本从之。

【校注】

①题凤:南朝宋刘义庆《世说新语·简傲》:"嵇康与吕安善,每相思,千里命驾。……安后来,值康不在。喜(康兄)出户延之,不入。……题门上作'凤'字而去。喜不觉,犹以为欣。故作'凤'字,凡鸟也。"后以"题凤"为访友的典故。唐钱起《过张成侍御宅》诗:"丞相幕中题凤人,文章心事每相亲。"此谦指留题。

②樵风:见本卷《和蒙尉见寄》注②。

和谢秘校西湖马上①

表里湖山极目春②,据鞍时此避埃尘③。苍苍烟树悠悠水,除却王维少画人。

【题解】

林逋诗虽属晚唐体,却避免了晚唐体的枯寂而趋于平淡,这得力于他对陶渊明、谢朓、王维等人的学习,使其诗歌意境浑融,于此诗可略见一斑。

此诗列宋本诸诗第五十五首,正统本列《和安秀才次晋昌居士留题壁石》之后,他本从之。

【校注】
①谢:正统本、正德本、明钞本"谢"上均衍"马"字。
②湖山:《咸淳志》、万历本、康熙本均同;正统本、正德本、明钞本均作"云山"。
③据鞍:跨着马鞍。

又和病起

展转匡床乍起来①,缥缸缃帙亦慵开②。三年一尉湖东住③,谁识神仙本姓梅④。首唱云"落尽中庭一树梅"⑤。

【题解】
此诗体现林逋隐逸高远的风神,也透露了林逋病多体弱。此诗列宋本诸诗第五十六首,正统本列《和谢秘校西湖马上》之后,他本从之。

【校注】
①匡床:安适的床。《商君书·画策》:"是以人主处匡床之上,听丝竹之声,而天下治。"
②缃帙:见卷二末《秋怀》注①。
③东住:从宋本、康熙本、朱本同;明本均作"山在",误。
④"谁识"句:借用梅福事,参见本卷《孤山雪中写望寄呈景山仙尉》注①。
⑤明本均无诗后小注。

答谢尉得替①

牢愁漫诉空阶雨②,羁宦闲伤落日春③。未似青青河畔草④,客亭长短送离人⑤。

【题解】
全诗意在抒写离别之情,可知林逋与谢尉友情甚笃。此诗列宋本诸诗第四十九首,正统本列《又和病起》之后,他本从之。

【校注】
①替:万历以前各本均作"赘",误。
②牢愁:忧愁、忧郁。《汉书·扬雄传上》:"又旁《惜诵》以下至《怀沙》一卷,名曰《畔牢愁》。"诉:明本均作"散"。
③羁宦:在他乡任官。《晋书·张翰传》:"人生贵得适志,何能羁宦数千里以要名爵乎!"
④青青河畔草:形容颜色很青,借指杨柳,意送别。借用《古诗十九首·青青河畔草》"青青河畔草,郁郁园中柳"之句。
⑤客亭:犹驿亭。古代迎送官员或宾客的处所。南朝梁刘孝仪《北使还与永丰侯书》:"足践寒地,身犯朔风,暮宿客亭,晨炊谒舍。"古时于道路每隔十里设长亭。北周庾信《哀江南赋》:"十里五里,长亭短亭。"

答潘司理

庭柯雪压已如春①,乘兴山阴亦少人②。岑寂园庐何所对?酒中贤圣药君臣③。

【题解】

诗中借山阴、酒、药等事,写其随适自得的生活,体现了林逋个性中内蕴的魏晋风度。此诗列宋本诸诗第五十首,正统本列《答谢尉得替》之后,他本从之。

【校注】

①庭柯:庭园中的树木。晋陶潜《停云》诗:"翩翩飞鸟,息我庭柯。"
②山阴:见卷二《雪三首(之三)》注⑪。
③贤圣:即圣贤,见本卷《和蒙尉见寄》注①。药君臣:中医方剂中的主药与辅药。《黄帝内经·素问·至真要大论》:"方制君臣,何谓也?岐伯曰:'主病之谓君,佐君之谓臣。'"

载 答①

官曹久已称廉吏②,田里时来顾散人③。文战谈围棋敌外④,绛侯何事号功臣⑤?

【题解】

此诗喻科举为文战,极力称赞并鼓励友人。全诗蕴含着昂首奋发、劲健奔腾的气势,意脉贯通,笔力豪俊。此诗列宋本诸诗第五十一首,正统本列《答潘司理》之后,他本从之。

【校注】

①载:通"再"。
②官曹:官吏办事处所。《东观汉记·光武纪》:"(公孙)述伏诛之后,而事少闲,官曹文书减旧过半。"
③散人:闲散自由的人。
④文战:指科举考试。唐方干《送喻坦之下第还江东》诗:"文战偶未胜,无令移壮心。"棋敌:技艺高超的弈棋对手。
⑤绛侯:汉周勃以布衣从高祖定天下,赐爵列侯,剖符世世勿绝。食绛

八千一百八十户,号绛侯。勃为人朴质敦厚,高祖以为可托大事。高祖崩,勃与陈平定计诛诸吕,立文帝,以功为右丞相。事见《史记·绛侯周勃世家》。

送僧游天台

石梁天绝赤城深①,影落沧溟几万寻②。金策若回聊为说③,慰予终老爱山心。

【题解】
此诗描绘的山水明净纯美,意境深微幽远,展现了林逋清高脱俗和高雅闲逸的人格。此诗列宋本诸诗第四十八首,正统本列《载答》之后,他本从之。

【校注】
①石梁:天台山有名胜石梁。赤城:见本卷《闵师自天台见寄石枕》注②。赤:明本均作"石",误。
②沧溟:苍天,高远幽深的天空。
③金策:指禅杖。东晋孙绰《游天台山赋》:"被毛褐之森森,振金策之铃铃。"李善注:"金策,锡杖也。"

送陈日章秀才

闲却清尊掩缥囊①,病来无故亦凄凉。江南春草旧行路,因送归人更断肠。

【题解】
此为林逋病中之作,心绪低落抑郁,加之友人远行,使作者借以抒怀人之怨情,发孤寂之幽思。此诗列宋本诸诗第五十三首,正统本列《送僧游天台》之后,他本从之。

【校注】

①缥囊:一种用淡青色丝绸制作的书囊。此借指书卷。

送僧还东嘉①

中林昨夜待微月②,因想谢公池上楼③。何意师言石门路④,一瓶还自上归舟。

【题解】

此诗落笔清新,表现林逋诗歌的平淡自然之风。此诗列宋本诸诗第五十七首,正统本列《送陈日章秀才》之后,他本从之。

【校注】

①东嘉:浙江省温州的别称。明钞本、万历本均脱"嘉"字。
②微月:指眉月,新月。晋傅玄《杂诗》:"清风何飘飘,微月出西方。"
③谢公:指晋谢灵运曾为永嘉太守,并作《登池上楼》一诗。
④石门:温州乐清县的石门溪。

送慈师北游

郁郁蒲茸染水田①,渡淮闲寄贾人船。知师一枕清秋梦②,多为林间放鹤天。

【题解】

诗中摹写慈师的超然脱俗,其实也是林逋自己的写照。此诗列宋本诸诗第五十八首,正统本列《送僧还东嘉》之后,他本从之。

【校注】

①蒲茸:指蒲花。水田:即水田衣,袈裟的别名。

②清秋:明净爽朗的秋天。

复送慈公还虎丘山①

孑孑归樯五两翻②,香林禅石抱云根③。单囊憩罢应微笑④,却是青山不出门。虎丘林壑多在寺垣之内⑤。

【题解】

诗作落墨慈公还归,极写虎丘清幽离俗之景,表现林逋与友人回归自然、隐逸山林的风范。此诗列宋本诸诗第五十二首,正统本列《送慈师北游》之后,他本从之。

【校注】

①虎丘:在今江苏省苏州市。

②孑孑:独立貌。《诗经·鄘风·干旄》:"孑孑干旄,在浚之郊。"五两:亦作"五緉"。古代的测风器。鸡毛五两或八两系于高竿顶上,借以观测风向、风力。晋郭璞《江赋》:"觇五两之动静。"李善注:"兵书曰:'凡候风法,以鸡羽重八两,建五丈旗,取羽系其巅,立军营中。'"

③香林:禅林。唐储光羲《题眄上人禅居》诗:"江流映朱户,山鸟鸣香林。"

④单囊:僧人之衣囊。应微:从宋本,明钞本、万历本均作"还微";朱本作"还应"。

⑤多:明本均同;康熙本、朱本均作"率"。

即席送江夏茂才

与君未别且酣饮,别后令人空倚楼。一点风帆若为望①,海门平阔鹭涛秋②。

【题解】

江夏为黄姓郡望,此诗不知所指何人。全诗意在抒写离别之情。此诗列宋本诸诗第六十三首,正统本列《复送慈公还虎丘山》之后,他本从之。

【校注】

①风帆:指乘风而行的船。唐韩愈《岳阳楼别窦司直》诗:"严程迫风帆,劈箭入高浪。"

②海门:海口,内河通海之处。见卷一《春日送袁成进士北归》注①。鹭涛:指波涛。西汉枚乘《七发》:"衍溢漂疾,波涌而涛起,其始起也,洪淋淋焉,若白鹭之下翔。"

送易从师游金华①

吟卷田衣岁向残,孤舟夜泊大江寒。前岩数本长松色②,及早归来带雪看③。

【题解】

诗中状雪天茅庐及松径,诗带画意,期盼友人早归。此诗列宋本诸诗第六十四首,正统本列《即席送江夏茂才》之后,他本从之。

【校注】

①诗题从宋本,《咸淳志》同;他本"游"字均作"还";正统本、正德本、明

钞本均无"从"字。金华:即今浙江省金华市。

②数:《咸淳志》、康熙本、朱本均同;明代诸本均作"百"。

③归:《咸淳志》、康熙本、朱本均同;明钞本、万历本均作"回"。

送丁秀才归四明①

有似东浮沧海君②,乘槎泛泛逐归云③。蛟绡市得能为寄④?拟写清真隐秘文⑤。

【题解】

诗中用典多与道教相关,颇能体现林逋道家隐居山林的心态。此诗列宋本诸诗第六十五首,正统本列《送易从师游金华》之后,他本从之。

【校注】

①四明:见卷一《将归四明夜坐话别任君》注①。

②沧海君:本指秦时一贤者之号。此借指海神。《史记·留侯世家》:"良尝学礼淮阳。东见仓海君。得力士,为铁椎重百二十斤。"《汉书·张陈王周传》晋灼注曰:"海神也。"

③乘槎:乘坐竹、木筏。晋张华《博物志》卷十载:"旧说云天河与海通。近世有人居海渚者,年年八月,有浮槎去来,不失期。人有奇志,立飞阁于槎上,多赍粮,乘槎而去。十余日中,犹观星月日辰,自后茫茫忽忽,亦不觉尽夜。去十余月,奄至一处,有城郭状,屋舍甚严。遥望宫中多织妇,见一丈夫牵牛渚次饮之。牵牛人乃惊问曰:'何由至此?'此人为说来意,并问此是何处,答云:'君还至蜀郡,访严君平,则知之。'竟不上岸,因还如期。后至蜀,问君平,曰:'某年月日,有客星犯牵牛宿。'计年月,正此人到天河时也。"

④蛟绡:传说鲛人所织的丝织品。泛指绢帛。南朝梁任昉《述异记》卷上:"南海出蛟绡纱,泉先潜织,一名龙纱。其价百余金。以为服入水不濡。"

239

⑤隐秘文:道家秘笈。

送谢氏昆仲归闽中①

清邵才高云与机②,林间文会忽相违③。南中草木正黄落④,但羡冥鸿两两飞⑤。

【题解】

此乃林逋送别之作。足见林逋与谢氏昆仲的情谊之深。此诗列宋本诸诗第七十二首,正统本列《送丁秀才归四明》之后,他本从之。

【校注】

①闽中:古郡名。今福建省境内。

②清邵:亦作"清劭"。意为美好。《晋书·庾峻传》:"彼其清劭足以抑贪污,退让足以息鄙事。"才:明钞本、万历本均作"牙",误。云与机:指陆云、陆机。

③文会:文士饮酒赋诗或切磋学问的聚会。

④黄落:指枯草落叶。南朝宋鲍照《河清颂》:"海无隐飚,山有黄落。"

⑤冥鸿:高飞的鸿雁。此处喻避世隐居之士。汉扬雄《法言·问明》:"鸿飞冥冥,弋人何篡焉?"李轨注:"君子潜神重玄之域,世网不能制御之。"

送遂良师游嘉禾

贝叶松枝想暂闲①,半囊乘兴几时还?船窗月上沧洲远,应有诗题忆旧山②。

【题解】

此诗虽为送别之作,却着重表现林逋与遂良师的古拙淡雅和闲适自得。此诗列宋本诸诗第七十六首,正统本列《送谢氏昆仲归闽中》之后,他本从之。诗题"遂"字,从宋本,他本均误作"逐"。嘉禾:明钞本、万历诸本均误作"天台"。嘉禾指宋代秀州。

【校注】

①贝叶:古代印度人用以写经的树叶。指佛经。

②旧山:故乡,故居。谢灵运《过始宁墅》诗:"剖竹守沧海,枉帆过旧山。"吕延济注:"谓枉曲船帆,来过旧居。"

送遵式师谒金陵王相国三首①

杯渡当过白鹭滩②,石城春气尚微寒③。公台谒罢如乘兴④,试访南朝事迹看⑤。

高牙熊轼隐铃斋⑥,棠树阴浓长绿苔⑦。丞相望尊宾谒少⑧,清言应喜道人来⑨。

天竺屠颜暂掩扉⑩,讲香浮穗上行衣。白猿声里生公石⑪,莫遣移文怨晚归⑫。

【题解】

据《冷斋夜话》记载:"王冀公镇金陵,以书致钱塘讲师遵式,遵式以病辞。及愈,将谒公,乃过孤山和靖先生林逋,逋以诗送之……"《冷斋夜话》所云王冀公、王相国,即王钦若。道人名遵式,非式遵。诗中林逋对以王钦若为首的投降派,以及北宋因循守旧、偷安求和的政策极为不满,慨叹时局,讽刺官场,对自己的遭遇也流露出愤愤不平。此诗列宋本诸诗第七十九首,正统本《送遂良师游嘉禾》之后,他本从之。诗题从宋本,"三首"二字,正统本作小字旁注;正德以下诸本无此二字。

【校注】

①遵式(964—1032):俗姓叶,字知白。台州宁海(浙江宁海)人。居天

竺寺。《武林西湖高僧事略》:"王文穆出守,重师之道,奏复天竺名,寻请赐慈云号。……凡为法祈祷,必然指,唯存三焉。"正统以后诸本误作"式遵"。王相国:即王钦若(962—1025),字定国,临江军新喻(今江西新余市)人。北宋初期政治家,宋真宗时期宰相。淳化三年(992)进士甲科及第,累官枢密使、检校太傅、同中书门下平章事,后以太子太保出判杭州。卒谥文穆。

②杯渡:晋宋时僧人,不知姓名。传说其常乘木杯渡水,故以杯渡为名。事见南朝梁慧皎《高僧传·神异下·杯渡》。后指僧人水路出行。唐杜甫《题玄武禅师屋壁》诗:"锡飞常近鹤,杯渡不惊鸥。"白鹭滩:即白鹭洲。

③石城:即石头城,又名石首城。故址在今江苏省南京市清凉山。本楚金陵城,汉建安十七年孙权重筑改名。

④公台:古代以三台象征三公,因借指三公之位或泛指高官。

⑤南朝:指南北朝时期,据有江南地区的宋、齐、梁、陈四朝的总称。因四朝都建都于建康,即今南京市。

⑥高牙:牙旗,指高官官衙。高:《冷斋夜话》《闲居诗话》均作"虎"。熊轼:伏熊形的车前横木,因以指代有熊轼的车,古时为显宦所乘。借指太守。唐钱起《江宁春夜裴使君席送萧员外》诗:"主人熊轼任,归客雉门车。"铃斋:古代州郡长官办事的地方。

⑦棠树:棠梨树。《史记·燕召公世家》:"召公巡行乡邑,有棠树,决狱政事其下,自侯伯至庶人各得其所,无失职者。召公卒,而民人思召公之政,怀棠树不敢伐,歌咏之,作《甘棠》之诗。"后以"棠树"喻惠政。

⑧尊:《冷斋夜话》作"崇"。

⑨清言:高雅的言论。此指崇尚魏晋时期老庄玄谈。言:《冷斋夜话》作"谈"。

⑩天竺:见卷一《和酬天竺慈云大师》注①。屠颜:即巉岩。

⑪生公石:相传为晋竺道生(生公)讲经处。在今苏州虎丘山下。生公讲《涅槃经》,至微妙处,石皆点头。

⑫移文:指南朝齐孔稚珪《北山移文》的省称。

【辑评】

清陶元藻《全浙诗话》卷十宋:《杭州府志》:王冀公镇金陵,以书致钱塘讲师遵式,式将行,过林逋,以诗送云"虎牙熊轼隐铃斋,堂砌阴阴长碧苔。丞相望尊宾谒少,清闲应喜道人来。"

送善中师归四明

四明山水别多时,老病心闲事事违。梦想湖西古兰若①,又和秋色送僧归。

【题解】

此诗盖作于林逋晚年。诗人送友人归四明,而此时年老多病,诸事不顺,加之友人回乡,作者遂发感慨,顿起思乡之情。此诗列宋本诸诗第八十一首,正统本列《送遵式师谒金陵王相国三首》之后,他本从之。

【校注】

①湖西:康熙本、朱本同;明本均作"西湖"。兰若:梵语"阿兰若"的省称,意为寂静无苦恼烦乱之处,借指寺院。唐杜甫《谒真谛寺禅师》诗:"兰若山高处,烟霞嶂几重。"

送人游金山①

水烟霜树蠹层峦,点破江心一簇寒。见说天多剩得月②,为予闲上上方看。

【题解】

此诗虽为送别之作,但尤重写景,清幽秀美,空明澄澈。此诗列宋本诸诗第八十四首,正统本列《送善中师归四明》之后,他本从之。

【校注】

①金山:山名。在今江苏省镇江市西北。古有氐父、获苻、伏牛、浮玉

等名,唐时裴头陀获金于江边,因改"金山"。

②天多剩得月:借用唐孙鲂《题金山寺》诗:"天多剩得月,地少不生尘"之句。得:明钞本、万历本均作"风",误。

送然上人南游①

囊携琴谱与诗稿②,寄卧船窗一榻深。莫向云中认江树,等闲惊起故园心③。

【题解】

诗中极写然上人的古朴淡雅,林逋实则与之相同。此诗列宋本诸诗第一百八首,正统本列《送人游金山》之后,他本从之。

【校注】

①游:从宋本,他本均作"还",误。

②囊:明钞本缺,万历本作"远",邵裴子按:"当是臆补。"

③故园:故乡。唐骆宾王《晚憩田家》诗:"惟有寒潭菊,独似故园花。"

送人知苍梧①

侧身南望但依依,片席乘风去似飞。莫谓苍梧在天末,帝乡看逐白云归②。

【题解】

此诗着重抒写思乡之情。此诗列宋本诸诗第一百十六首,正统本列《送然上人南游》之后,他本从之。

【校注】

①知:从宋本、康熙本、朱本均同;明本作"之"。苍梧:县名。在今广西

壮族自治区东部。汉代名广信,隋改为苍梧。

②帝乡:指京城。白云:喻思亲。《旧唐书·狄仁杰传》:"其亲在河阳别业,仁杰赴并州,登太行山,南望见白云孤飞,谓左右曰:'吾亲所居,在此云下。'瞻望伫立久之,云移乃行。"

送有交师辇下

滤罗闲佩氎巾轻①,秋籁随身指去程。辇下大僚多好事②,退朝谁着道衣迎?

【题解】

林逋借寄送之作表达其平远闲旷的归隐之趣和恬淡的襟怀。此诗未见于宋本,他本收之。

【校注】

①滤罗:以轻纱、粗葛巾等制成的滤水器。

②好事:指某种爱好的人。《后汉书·郭符许列传》:"后之好事,或附益增张,故多华辞不经。"

送大方师归金陵

渺渺江天白鸟飞,石城秋色送僧归①。长干古寺经行了②,为到清凉看翠微。清凉寺翠微最为嘉胜也③。

【题解】

此诗颇能反映林逋诗作对景物的描写,重在意蕴与感受融为一体。此诗未见于宋本,他本收之。

【校注】

①石城:见本卷《送遵式师谒金陵王相国三首(之一)》注③。

②长干:古建康里巷名。故址在今江苏省南京市南。左思《吴都赋》:"长干延属,飞甍舛互。"

③明本均无诗后小注。

监郡吴殿丞惠以笔墨建茶各吟一绝谢之①

【题解】

这一组诗乃林逋的咏物之作。作者形象传神地描摹了所咏之物,不仅能写出所咏对象的物态,也能传达出此物所蕴有的神韵和精神,并将自身形象同物象交融一体。此组诗列宋本诸诗第八十三首,正统本列《送大方师归金陵》之后,他本从之。

笔

犀利锋铓敌五兵②,梦中青镂未为灵③。空山日午南窗暖,拟写《黄庭内景经》④。

【校注】

①正统以后各本,诗题"谢"字前均有一"以"字。监郡:见卷一《监郡太博惠酒及诗》注①。殿丞:见卷三《伤白积殿丞》注①。建茶:福建省建溪一带所产的名茶。

②五兵:五种兵器,所指不一。《周礼·夏官·司兵》:"掌五兵、五盾。"郑玄注引郑众曰:"五兵者,戈、殳、戟、酋矛、夷矛。"

③青镂:即青镂管。梦中青镂:典出《南史·纪少瑜传》:"少瑜尝梦陆倕以一束青镂管笔授之,云:'我以此笔犹可用,卿自择其善者。'其文因此

遒劲。"

④《黄庭内景经》:道教经典著作,一名《太上琴心文》。

墨

青晕时磨半砚云①,更将书帖拂秋尘②。衰羸自顾空多感,不是临池苦学人③。

【校注】

①青晕:中心较浓周围渐淡的青黑色圆形斑痕。

②书帖:字帖,墨迹。帖:从万历本,朱本同;宋本及其他明本均作"贴",误。

③临池:指学习书法。《晋书·卫恒传》:"汉兴而有草书……弘农张伯英者,因而转精甚巧。凡家之衣帛,必书而后练之。临池学书,池水尽黑。"

茶

石辗轻飞瑟瑟尘①,乳花烹出建溪春②。世间绝品人难识③,闲对茶经忆古人。陆羽撰《茶经》而不载建溪者,意其颇有遗落耳④。

【校注】

①石碾:石制的研磨滚压工具。

②乳花:烹茶时所起的乳白色泡沫。花:从宋本,他本均作"香",误。

③世:宋本作"人"。

④明本均无诗后小注。

野凫

三三两两自相随,檀颈回看毵毵衣①。野水无波秋色净②,不知何事忽惊飞。

【题解】
此诗状野凫之态,全诗构思精巧,亦富理趣。此诗列宋本诸诗第八十五首,正统本列《监郡吴殿丞惠以笔墨建茶各吟一绝谢之》之后,他本从之。诗题从宋本,康熙本、朱孔彰本同,他本均无"野"字。

【校注】
①檀:明钞本、万历本均作"擅",误。
②净:正统本作"静",误。

猫 儿

纤钩时得小溪鱼,饱卧花阴兴有余。自是鼠嫌贫不到,莫惭尸素在吾庐①。

【题解】
诗中写猫爱吃鱼却不捉鼠,今人多认为林逋有讽时之意。此诗列宋本诸诗第一百十七首,正统本列《野凫》之后,他本从之。

【校注】
①尸素:"尸位素餐"的省称。指居位食禄而不尽职。

【辑评】
清黄汉《猫苑》卷下:汉按:《全浙诗话》引屠隆《珂雪斋外集》,以此诗为史弥远题黄荃画帧,其画则山丹下卧一猫也。予初录而读之,辄觉口吻不类。盖史权相也,何有"鼠嫌贫不到"之语?属之和靖,则情神逼肖。且史亦才士,何用盗诗?以见古今题画之作,多不足恃,而铅椠家诚不可以不考也。

鸣皋 所养鹤①

皋禽名只有前闻②,孤引圆吭夜正分③。一唳便惊寥沉破④,亦无闲意到青云⑤。

【题解】
此诗所咏乃林逋所养之鹤,与其关系最为亲密,取名"鸣皋"。此诗实为林逋隐居生活的写照。此诗未见于宋本,他本收之。

【校注】
①诗题明本均同;清刻诸本,小注"鹤"字。鸣皋:《诗经·小雅·鹤鸣》:"鹤鸣于九皋,声闻于天。"故名。
②皋禽:鹤的别名。南朝宋谢庄《月赋》:"聆皋禽之夕闻,听朔管之秋引。"李善注:"《诗》曰:'鹤鸣九皋。'皋禽,鹤也。"
③正分:正半。此指午夜。
④唳:康熙本、朱本均作"泪",误。寥沉:空虚幽静。江淹《杂体诗·谢临川游山》:"乳窦既滴沥,丹井复寥沉。"
⑤青云:高空之云,喻高官显爵。

呦呦 所养鹿①

深林㦦㦦分行响②,浅莳茸茸叠卧痕③。春雪满山人起晚,数声低叫唤篱门。

【题解】
此诗所写乃林逋所养之鹿,鹿名取自《诗经·小雅·鹿鸣》,诗中颇见

249

人与鹿的友谊。此诗未见于宋本,他本收之。

【校注】

①明本均同;清刻诸本"鹿"下均有"名"字。呦呦:鹿鸣声。《诗经·小雅·鹿鸣》:"呦呦鹿鸣,食野之苹。"

②搣搣:见卷三《寄呈张元礼》注⑥。

③卧:从《咸淳志》;他本均作"浪"。

小　舟

舷低冷戛荷千柄,底舢斜穿月半轮①。一笠一蓑人稳坐,晚风萧飒弄青苹。

【题解】

此诗极写独特适意的隐居生活,也可见林逋的清逸心态。此诗未见于宋本,他本收之。

【校注】

①舢(chào):船晃动不稳。

槐木纸椎赠周太祝①

入手轻干是古槐,几声清响彻池台。椎余鱼网如脂滑②,时写新诗肯寄来?

【题解】

作者描写自然贴切,字句清健,全诗平易流畅。此诗列宋本诸诗第三十八首,正统本列《小舟》之后,他本从之。诗题从宋本,他本均于"椎"字下小注"赠与周太初"。

【校注】

①纸椎(chuí)：用于椎击生纸，使之平滑的工具。太祝：官名。《周礼》春官宗伯之属有太祝，掌祭祀祈祷之事。

②鱼网：代称纸。南朝梁刘勰《文心雕龙·情采》："若乃综述性灵，敷写器象，镂心鸟迹之中，织辞鱼网之上，其为彪炳，缛采名矣。"《后汉书·宦者列传》："伦乃造意，用树肤、麻头及敝布、鱼网以为纸。"

自作寿堂因书一绝以志之①

湖上青山对结庐②，坟前修竹亦萧疏③。茂陵他日求遗稿，犹喜曾无封禅书。④

【题解】

宋真宗时，寇准罢相，王钦若掌握权柄，"澶渊之盟"之后，王钦若假称"天书"降临，使宋真宗去泰山行封禅大典，确保"天威"，很多文人"隐士"因献颂封禅的谀文而得官。林逋此诗应表示对封禅国策的反对，体现其浩然正气和高节。梅尧臣《林和靖先生诗集序》云："君在咸平、景德间已大有闻。会天子修封禅，未及诏聘，故终老而不得施用于时。"夏承焘先生认为，此诗不是作于临终，而是王钦若复相、罢相之时，针对封禅丑剧而作，据此，推断林逋并不是一个完全的绝世者(参见夏承焘《林逋的诗与大中祥符的"天书"》一文)。此诗未见于宋本，他本收之。此从万历诸本、康熙本、朱孔彰本均同。《咸淳志》诗题首有"将终之岁"四字，正统本、正德本、明钞本均有"先生将终之岁"六字。邵裴子校云："皆后人叙述口吻。"

【校注】

①寿堂：停放死者棺木以行祭奠的厅堂。

②上：《咸淳志》作"外"。结庐：构筑房舍。

③坟前修竹：从《咸淳志》，康熙本、朱本均同；正统本作"坟头秋色"，正

德本、明钞本均同；万历本作"坟前秋色"。

④他日：《咸淳志》作"异日"。稿：《咸淳志》作"草"。曾：《咸淳志》引《归田录》作"初"。"茂陵"二句：指司马相如言封禅的遗书。《史记·司马相如列传》："相如既病免，家居茂陵。天子曰：'司马相如病甚，可往从悉取其书；若不然，后失之矣。'使所忠往，而相如已死，家无书。问其妻，对曰：'长卿固未尝有书也。时时著书，人又取去，即空居。长卿未死时，为一卷书，曰有使者来求书，奏之。无他书。'其遗札书言封禅事，奏所忠。忠奏其书，天子异之。"

【辑评】

宋楼钥《攻媿集》卷七十二《跋桑泽卿和林和靖诗》：和靖诗似其为人，自然高胜，不特梅花为绝唱也。泽卿一一细和，间有不能辨者，风度又可知。和靖绝笔一篇云："湖外青山对结庐，坟前修竹亦萧疏。茂陵异日求遗草，犹喜曾无封禅书。"此则不容和矣。

宋魏庆之《诗人玉屑》卷七《反其意而用之》：文人用故事，有直用其事者，有反其意而用之者。李义山诗"可怜半夜虚前席，不问苍生问鬼神"，虽说贾谊，然反其意而用之矣。林和靖"茂陵他日求遗稿，犹喜曾无封禅书"，虽说相如，亦反其意而用之矣。直用其事，人皆能之，反其意而用之者，非学业高人，超越寻常拘挛之见，不规规然蹈袭前人陈迹者，何以臻此！《艺苑雌黄》。

元陈栎《历代通略》卷三：即有迎佛天竺之事，亦何以异？召处士魏野不至，或以林逋名闻其卒也，有句曰"茂陵他日求遗稿，犹喜曾无封禅书"。是岂朝臣自孙奭外，有愧于处士者多矣。

明郎瑛《七修类稿》卷十九《辩证类·名讳寿堂》：观此可知矣。今皆背义而言，可发一笑。

明叶廷秀《诗谭》卷九《林和靖诗》："湖上青山对结庐，坟头秋色亦萧疏。茂陵他日求遗稿，犹喜曾无封禅书。"此和靖临终之岁，自书寿堂之诗也。唐窦祥诗"汉家若欲论封禅，须及相如未病时"，视此果何如哉？夫当真宗侈志封禅之日，逢合求用，贤豪不免，虽以寇莱公、王文正公犹希承之，独和靖真隐无求，临终一诗，尤青天白日。梅圣俞序其集，谓其"谈道孔孟，趣向博远,会封禅未及诏聘,既老不欲强起之,乃令长吏岁时劳问。"呜呼!一代高人,和靖可以当之。范文正公赠诗有"风俗因君厚,文章到老醇。巢由不愿仕,尧舜岂遗人"之句;陈藏有"封禅无书到玉京,高风空有伯夷清"之句;喻智有"平生岂少经纶策,自古难遭梦卜缘"之句,可以知和靖矣。

明庄㫤《庄定山集》卷六《序·湖上青山诗序》:林和靖临终诗曰"湖上青山对结庐",又曰"茂陵他日求遗稿,犹喜曾无封禅书",其死虽未足以语圣贤,然观其诗,则于司马相如之死已过万矣。公爱和靖,故其死也择地鉴湖,偃卧其上,朗吟和靖诗,呼其子镔之曰:"吾死葬于此,以'湖上青山'题吾墓。"明年公死,葬焉。其事类旷达,而其志和靖则亦可谓不失其正也。夫圣贤者,人之成法,公之死不失其正,乃不于此,而于和靖者何,公岂无所见哉?和靖隐者也,隐者之迹长晦,而圣贤之名常不可掩。古之君子,其处己也厚,其取名也廉,是以实浮其名而世诵其美不厌。予不识公与和靖不知同否?

明黎民表《瑶石山人稿》卷十四《同卓诚甫李季常黄公绍谒林和靖墓》:封禅无书上汉庭,生平不负北山灵。七言丽句传书史,千古清风胜草亭。湖上秋风维客棹,山前落日下南屏。梅花白鹤无消息,水自潺湲草自青。

明沈长卿《沈氏日旦》卷十二:相如临终留所奏于家,以俟武帝索取。因献之,盖微谏止其封禅也。唐窦庠诗:"汉家若欲论封禅,须及相如未病时";宋林逋诗:"茂陵他日求遗稿,犹喜曾无封禅书"。惜哉!唐宋人浅劣,不能理会汉人旨也。后世翘君过者,似骂詈矣,岂知巽之义乎?

清石韫玉《独学庐稿·四稿》卷二《林和靖诗序》:周(右)遂录副寄我,因授之梓人。或曰:"汉魏六朝以来,诗人多如牛毛之不可数,子无所刻,而独刻是编者,何也?"予曰:"古今人诗不一格,有山林之诗,有台阁之诗;台阁之诗近于《雅》《颂》,山林之诗近于《风》;台阁者,以忠君爱国为主,山林者,以乐天知命为宗。诗如和靖先生,殆孔子所谓'知道者乎'。夫宋室之兴也,艺祖以神武之姿,削平祸乱,再传至真宗之世,海宇乂安可谓小康矣。乃一念之侈,假托天书,东封西禅,粉饰太平,流及宣政之间,崇尚元教,降天子之尊,而以道君自号,其祸遂至父子,客死神州。陆、沈谁为作俑者?乃流毒至于此极也。和靖先生当仁宗之世,穷居野处,萧然物外,宜于当世事无所系心者,乃临终有诗云'茂陵他日求遗稿,犹喜曾无封禅书',忧深思远,若逆料有靖康之祸者。苟非知道者,安能出此语?殆身在江湖,而心存魏阙者欤!殆乐天知命,而仍不忘忠君爱国之心者欤!曾子曰'人之将死,其言也善',先生斯语,善之善者也。先生在临江识李谘于畴人之中,而以公辅之器,期之学识,如先生殆亦抱公辅之材,而未及施行者欤!而世之人往往以山林枯槁之士目之,是未可为知言者也。予爱其诗,论其世,而知其人,故著鄙见如此,而即以为诗之序。"

清吴之振《宋诗钞》卷十三《林逋和靖诗钞》:临终诗有"茂陵他日求遗稿,犹喜曾无封禅书",时人高其志识。

清俞樾《茶香室丛钞·四钞》卷十三《林和靖诗有所本》:宋吕希哲《吕氏杂记》云:"真庙时,林逋隐居钱唐,累召不至。临死为诗曰'茂陵他日求遗稿,犹喜曾无封禅书'。"先是,古人诗云:"茂陵遗稿惟封禅,始信相如死不忠。"按:林和靖诗,人人知之,而不知其意本古人,惜不知古人何人耳。

句五联①

草泥行郭索②,云木叫钩辀③。
隐非秦甲子④,病有晋春秋⑤。
水天云黑白,霜野树青红。
风回时带笛,烟远忽藏村。
天寒绎络悲向壁,秋高风露吹入林。

【题解】

林逋有摘句图,《宋史·艺文志》载"《林逋句图》三卷";《文献通考·经籍考》载《林和靖摘句图》一卷,今已逸。宋代刘克庄《后村诗话后集》云:"五言尤难工。林和靖一生苦吟,自摘出十三联,今惟五联见集中。如'隐非秦甲子,病有晋春秋','水天云黑白,霜野树青红','风回时带笛,烟远忽藏村',如'郭索''钩辀'之联,皆不在焉。七言十七联,集十逸其三,向非有摘句图傍证,则皆成逸诗矣。"宋代沈括《梦溪笔谈·艺文》有:"欧阳文忠常爱林逋诗'草泥行郭索,云木叫钩辀'之句。"近人陈衍《宋诗精华录》谓:"此二句('草泥行郭索')不过小巧而已,开浙中南屏诗社历樊榭、金冬心一派。"

【校注】

①朱本入拾遗,兹从邵裴子校本,附第四卷后。

②郭索:螃蟹爬行貌,也指蟹爬行时的声音。汉扬雄《太玄·锐》:"蟹之郭索,心不一也。"唐陆龟蒙《和袭美见寄海蟹》:"自是扬雄知郭索,且非何胤敢餦餭。"

③钩辀:鹧鸪鸣声。唐韩愈《杏花》诗:"鹧鸪钩辀猿叫歇,杳杳深谷攒青枫。"

④"隐非"句:用陶潜《桃花源诗序》避秦之事,以及晋亡后陶潜所著文章仅书甲子一事。事见《宋书·陶渊明传》。

⑤晋春秋:即《晋阳秋》。晋孙盛所著《晋阳秋》,词直理正,桓温见之,怒曰:"枋头诚为失利,何至乃如尊君所说!若此史遂行,自是关君门户事。"事见《晋书·孙盛传》。

【辑评】

明何伟然《十六名家小品》卷一《林和靖诗题辞》:望弇州先生评咏梅诗,林和靖"暗香""疏影"非所赏。余友汪仲淹谓:其隐节不如谢皋羽,而"郭索""钩辀"语更俗,此两诗独见称于宋人,宋诗可知已。

明郎瑛《七修续稿》卷三《义理类·产物各异》:又如林逋杭人,不知鹧鸪不木栖,作诗曰"云木叫钩辀",此可有乎?

明张大命《太古正音琴经》卷九《丝集》:林逋隐孤山,喜鼓琴,咏琴诗有"天寒绎络悲向壁,秋高风露吹入林"之句。逋琴书精敏,独拙于棋,尝曰:"某世间事皆领略,唯不能担粪与着棋耳。"

清吴玉搢《别雅》卷二《钩鹈钩辀也》:林和靖诗"云木叫钩辀",谓鹧鸪也。张华注《禽经》曰:"自名钩鹈格磔,行不得也哥哥。"按:鹧鸪,即鹎鹈、钩鹈之声,即鹎鹈之变也,又变而用"辀",皆假借耳。

清陶元藻《全浙诗话》卷十宋:《猗觉寮杂记》:"退之《杏花》云'鹧鸪钩辀猿叫歇';《本草》鹧鸪鸣云'钩辀格磔';李群玉云'方穿诘曲崎岖路,又听钩辀格磔声';林逋云'草泥行郭索,云木叫钩辀',当时人盛诵之。以今所闻之声,不与四字合,若云'行不得也哥哥',不知《本草》何故知谓此声。鹧鸪非啼于木上,止啼于草茅中。逋钱塘人,浙无此禽,盖传闻之误。段成式则云'鸣云'向南不北逃''。"

附录

诗馀

【题解】

卢文弨《群书拾补》云:"旧本(明陈贽刻本)所无,何必赘此?如'君泪盈,妾泪盈'云云,岂复似高人语耶?删之为净。"朱孔彰云:"《点绛唇》一阕见《苕溪渔隐丛话》《诗人玉屑》;《长相思》一阕见《乐府雅词》,又并见《花庵词选》。仍当录存。"近人校本录存于卷四之末,今置于附录。

霜天晓角 题梅

冰清霜洁,昨夜梅花发。甚处玉龙三弄?声摇动,枝头月。

梦绝,金兽热。晓寒兰烬灭。要卷珠帘清赏,且莫扫、阶前雪。

点绛唇 题草

金谷年年,乱生春色谁为主?馀花落处,满地和烟雨。
又是离歌,一阕长亭暮。王孙去,萋萋无数,南北东西路。

长相思 惜别

吴山青,越山青,两岸青山相送迎。谁知离别情?
君泪盈,妾泪盈,罗带同心结未成。江头潮已平。

【辑评】

宋魏庆之《诗人玉屑》卷二十一《林和靖》：林和靖工于诗文，善为词。尝作《点绛唇》，云："金谷年年，乱生春色谁为主？余花落处，满地和烟雨。又是离歌，一阕长亭暮。王孙去，萋萋无数，南北东西路。"乃草词尔，谓终篇无"草"字。

明卓人月《古今词统》卷四（林逋《咏草》注）：张子野《吊和靖》诗："湖山隐后家空在，烟雨词亾草自青。"

王国维《人间词话》卷中：人知和靖《点绛唇》、圣俞《苏幕遮》、永叔《少年游》三阕，为咏春草绝调。不知先有正中"细雨湿流光"五字，皆能写春草之魂者也。

遗文

诗跋

殿直丁君自沂适闽,舣舟惠顾,晤语未几,且以拙诗为索。病中援笔勉书数章,少塞好事之意耳。时皇上登宝位岁夏五月,孤山北斋手书。林逋记。

【题解】

邵裴子自林逋手迹录得此跋,并按:"和靖墨迹书《制诰李舍人云云》七绝、《孤山雪中写望》五律、《孤山从上人林亭写望》七绝、《送史殿省典封川》七律、《春日斋中偶成》七绝五首,后跋云。"

启

伏蒙府主给事,差人送到留题唱和石一片。拜世轩荣,以庇风日,衡茅改色,猿鸟交惊。夫何至陋之穷居,获此不朽之奇事!窃念顷者清贤钜公出镇藩服,亦尝顾丘园之侧微,念土木之衰病,不过一枉驾,一式庐而已。未有迂回玉趾,历览环堵,当缨蕤之盛集,摅风雅之秘思,率以赓载,始城编轴。且复拘他山之坚润,刊群言之鸿丽,珠联绮错,雕缛相照。莘植置立,贲于空林。信可以夺山水之清晖,发斗牛之宝气者矣。

【题解】

宋代吴处厚《青箱杂记》录有此启。其文云："天圣中,丞相王随以给事中知杭州,日与林逋唱和,亲访其庐,见其颓陋,为出俸钱新之。逋乃以启谢,其略曰(下即录此启)。追景祐初,逋尚无恙,范文正公亦过其庐,赠以诗曰:'巢由不愿仕,尧舜岂遗人。'又曰:'风俗因君厚,文章到老醇。'其激赏如此。"邵裴子据《咸淳临安志》载,王随知杭州在天禧四年,谓"此作天圣中,误","逋景祐中尚无恙之说亦不可据信",景祐元年距林逋卒年已有六年,邵裴子之说甚是。沈幼征认为:"观和靖此启,似专谢留题唱和石,亦未言新其旧庐事。唯吴于引此启前有"其略曰"一语,则此启当已经节略,而非全璧。"

简牍二首

逋奉白。秋凉体履清适。大师去后,曾得信未？院中诸事如常否？今送到少许菱角,容易容易。谨此驰致不宣！逋小简上瑫兄座主。廿二日。暂倩一人引此仆去章八郎家！

逋奉简三君。数日前曾劳下访,属以多故,未果致谢。感愧感愧！榜名必已见了,彼珍重者果为两手所搢矣,呵呵！如因暇时,许相过否？驰此不宣！从表林逋顿首。四月十七日。所托买物钱二索省,是前人留下,尚恐未足,余俟面致,多感多感！

【题解】

此二首简牍为明万历何养纯本所辑。何氏记云:"先生书法深入晋室,惟停云馆二小柬流传于世。清瘦遒劲,语亦澄淡孤峭,因附录于此云。"邵裴子依林逋墨迹及《停云馆帖》重校。

【辑评】

明赵琦美《赵氏铁网珊瑚》卷三：此和靖真迹，聂卫公帅蜀时所得也。观其笔势遒劲，无一点尘俗气，与"暗香""疏影"之句，标致不殊。此老胸中深有得梅之清，故其发之文墨者类如此。当袭藏之，以为珍玩。元统甲戌夏五谢升孙书于南窗。

投赠与吊挽

赠林处士

[宋]潘阆

云剪乌纱雾剪衣,存神养气语还稀。人人尽唤孙思邈,只恐身轻白鸟飞。

见《逍遥集》。

题林和靖隐居

[宋]鲍当

湖水春来绿,山云夏亦繁。何如隐君子,长啸掩柴门。

见《淳祐临安志》。

林处士水亭

[宋]陈尧佐

城外逋翁宅,开亭野水寒。冷光浮荇叶,静影浸渔竿。吠犬时迎客,饥禽忽上栏。疏篱僧舍近,嘉树鹤庭宽。拂砌烟丝袅,侵窗笋戟攒。小桥横落日,幽径转层峦。好景吟何极,清欢尽亦难。怜君留我意,重叠取琴弹。

见《西湖游览志余》。

和梵才寄林逋处士

[宋]宋庠

白首江湖传散人,天彀解尽有天真。汉家不惜青蒲费,终为枚生一裹轮。

见《宋元宪集》。

寄赠林逋处士

[宋]范仲淹

唐虞重逸人,束帛降何频。风俗因君厚,文章到老醇。玉田耕小隐,今阙梦高真。罢钓轮生蠹,慵冠鉴积尘。饵莲攀岳顶,歌雪扣琴垠。墨妙青囊秘,丹灵绿发新。岭霞明四望,岩笋入诸邻。几侄簪裾盛,诸生礼乐循。朝廷惟荐鹗,乡党不伤麟。吊古夫差国,怀贤伍相津。剧谈来剑侠,腾啸骇山神。有客瞻冥翼,无端预缙绅。未能忘帝力,犹待补天钧。早晚功名外,孤云可得亲。

和沈书记同访林处士

[宋]范仲淹

山中宰相下岩扃,静接游人笑傲行。碧嶂浅深骄晚翠,白云舒卷看春晴。烟潭共爱鱼方乐,樵爨谁欺雁不鸣。莫道隐君同德少,尊前长挹圣贤清。

与人约访林处士阻雨因寄

[宋]范仲淹

闲约诸公扣隐扃,江天风雨忽飘零。方怜春满王孙草,可忍云遮处士星。蕙帐未容登末席,兰舟无赖寄前汀。湖山早晚逢晴霁,重待寻仙入翠屏。

寄西湖林处士

[宋]范仲淹

萧索绕寒云,清歌独隐沦。巢由不愿仕,尧舜岂遗人。一水无涯静,群峰满眼春。何当伴闲逸,尝酒过比邻。

寄林处士

[宋]范仲淹

片心高与月徘徊,岂为千钟下钓台。犹笑白云多事在,等闲为雨出山来。

以上五首见《范文正公集》。

对雪忆往岁西湖访林逋处士

[宋]梅尧臣

昔乘野艇西湖上,泊岸去寻高士初。折竹压篱曾碍过,却穿松下到茅庐。

旋烧枯栗衣犹湿,最爱峰前有径开。日暮更寒归亦懒,无端撩乱入船来。

山童野犬迎人后,野葛棠梨按酒时。不畏尖风吹入牖,肯教床下觅鸱夷。

此三首今人朱东润《梅尧臣集编年校注》列于庆历七年(1047),上距和靖下世已十九年。

赠处士林逋

[宋]龚宗元

高蹈遗尘蜕,含华傲素园。璜溪频下钓,蕙帐不惊猿。养浩时清啸,忘机只寓言。几回生蝶翅,明月在西轩。

见《武丘居士遗稿》(转引自《宋诗纪事》卷十一)。龚宗元,字会之,昆山人。天圣五年进士,历都官员外郎。

赠林逋处士

[宋]智圆

深居猿鸟共忘机,荀孟才华鹤氅衣。满砌落花春病起,一湖明月夜渔归。风摇野水青蒲短,雨过闲园紫蕨肥。尘土满床书万卷,玄纁何日到松扉?

见《闲居编》(转引自《宋诗纪事》卷九十一)。智圆,字无外,孤山玛瑙寺僧,与和靖为邻友。

书林逸人壁

[宋]惠崇

诗语动惊众,谁知慕隐沦?水烟常似暝,林雪乍如春。薄酒懒邀客,好书愁借人。有时行药去,忘却戴纱巾。

见《宋高僧诗选》（转引自《宋诗纪事》卷九十一）。惠崇，淮南人，九僧之七。能诗善画，世称其画为"惠崇小景"。

伤和靖先生君复二首

[宋]宋祁

清懒严生国，良田仲子居。姬姜生不娶，封禅死无书。临终赋诗，其乱章云：茂陵异日求遗稿，犹喜曾无封禅书。好事者多传之。灶冷丹何去，厨封画已虚。诏函加美谥，不及襄轮车。

笔精传禊帖，句赏俪汀苹。道盛吾忘我，贤嗟岁在辰。风愁青桂暝，露泣紫芝春。一束生刍赠，门无杂吊宾。

此二首见《宋景文集拾遗》

吊和靖故居

[宋]张峋

颓垣已芜漫，人事日萧寂。赖近青莲宫，残僧识遗迹。傍连岚领秀，面对湖光溢。惟应此如昨，万变非畴日。悠悠夏已深，故沼荷初积。振古尽如斯，徒然怅今昔。

林逋墓下

[宋]赵师秀

梅花千树白，不是旧时村。倾我酤来酒，酹君仙去魂。短碑藤倚蔓，空冢竹行根。犹有归来鹤，清时欲与论。

吊林和靖二首

[宋]朱淑真

其一

不见孤山处士星,西湖风月为谁清。当时寂寞冰霜下,两句诗成万古名。

其二

短蓬载影夜归时,月白风清易得诗。不识酹泉拈菊意,一庭寒翠蔼空祠。

以上四首见《全宋诗》。

评论与记事

《归田录》一则

[宋]欧阳修

林逋字君复,居杭州西湖之孤山。真宗闻其名,赐号"和靖处士",诏长吏岁时劳问。逋工于画,善为诗,如曰"草泥行郭索,云木叫钩辀",颇为士大夫所称。又梅花诗云:"疏影横斜水清浅,暗香浮动月黄昏。"评诗者谓前世咏梅者多矣,未有此句也。又其临终为句云:"茂陵他日求遗稿,犹喜曾无封禅书。"尤为人称诵。自逋之卒,湖山寂寥,未有继者。

书和靖林处士诗后

[宋]苏轼

吴侬生长湖山曲,呼吸湖光饮山渌。不论世外隐君子,佣儿贩妇皆冰玉。先生可是绝俗人,神清骨冷无由俗。我不识君曾梦见,眸子瞭然光可烛。遗篇妙字处处有,步绕西湖看不足。诗如东野不言寒,书似留台差少肉。平生高节已难继,将死微言犹可录。自言不作封禅书,更肯悲吟白头曲?司马长卿欲取富人女,文君作白头吟以诮之。先生临终诗云:茂陵他日求遗草,犹喜曾无封禅书。我笑吴人不好事,好作祠堂傍修竹。不然配食水仙王,一盏寒泉荐秋菊。西湖有水仙王庙。

今本《苏轼诗集》诗题作《书林逋诗后》。

跋林逋荐士书后

[宋]晁补之

余尝出钱塘门,遵湖放北山,一径趋崦,委曲深远,菱荇鱼鸟可乐。过林君居,拜墓下,尘埃榛莽,山风萧然。至竹阁,读其栋间诗,徘徊彷徨,有羡慕也。吾师疾固,见耦而耕者,曰:"不可与同群。"至点鼓瑟希,则喟然叹曰:"吾与点。"士亦要志之所向,仕不仕何有?林君遭太平,可以仕,岂其天情自疏,莫可尸祝,不在枯槁伏藏也。其推挽后来,欲其闻达,则反复致志,如恐不及。贤哉!《诗》曰:"皎皎白驹,在彼空谷。生刍一束,其人如玉。"安得林君者而从之。元丰五年七月十四日晁补之也。

见《鸡肋集》。

跋桑泽卿和林和靖诗

[宋]楼钥

和靖诗似其为人,自然高胜,不特梅花为绝唱也。泽卿一一细和,间有不能辨者,风度又可知。和靖绝笔一篇云:"湖外青山对结庐,坟前修竹亦萧疏。茂陵异日求遗草,犹喜曾无封禅书。"此则不容和矣。

见《攻愧集》。

跋张功父所藏林和靖摘句

[宋]杨万里

天不密则失神,人不密则失天。和靖三十联,刻露天秀,剔抉造化,几事不密如许,穷老而不悔有以哉。

见《诚斋集》。

林 逋

[宋]吴处厚

钱塘林逋,亦著高节,以诗名,当世名公多与之游。天圣中,丞相王公随以给事中知杭州,日与唱和,亲访其庐,见其颓陋,即为出俸钱新之。逋乃以启谢王公,其略曰:"伏蒙府主给事差人送到留题唱和石一片,拜世轩荣,以庇风日,衡茅改色,猿鸟交惊,夫何至陋之穷居,获此不朽之奇事。窃念顷者,清贤钜公出镇藩服,亦常顾丘樊之侧,微念土木之衰病,不过一枉驾一式庐而已,未有迂回玉趾,历览环堵,当缨緌之盛集,摅风雅之秘思,率以赓载,始城编轴。且复构他山之坚润,刊群言之鸿丽,珠联绮错,雕缛相照,辇植置立,贲于空林,信可以夺山水之清晖,发斗牛之宝气者矣。"迨景祐初,逋尚无恙,范文正公亦过其庐,赠逋诗曰:"巢由不愿仕,尧舜岂遗人。"又曰:"风俗因君厚,文章到老醇。"其激赏如此。

见《青箱杂记》。

跋林和靖诗集

[宋]陆游

和靖人物文章,初不赖东坡公以为重,况黄、秦哉!若李端叔者,尤不足录。读竟使人浩叹。书之,所以慰和靖于泉下也。嘉泰甲子六月二十四日放翁识。

《梦溪笔谈》一则

[宋]沈括

林逋隐居杭州孤山，常蓄两鹤，纵之则飞入云霄，盘旋久之，复入笼中。逋常泛小艇游西湖诸寺，有客至逋所居，则一童子出应门，延客坐，为开笼纵鹤，良久，逋必棹小船而归，盖尝以鹤飞为验也。逋高逸倨傲，多所学，唯不能棋。尝谓人曰："逋世间事皆能之，惟不能担粪与著棋。"

《墨客挥犀》一则

[宋]彭乘

李侍郎及，性清介简重，知杭州，恶俗轻靡，不事游燕。一日微雪，遽命出郊。众意当召宾朋为高会，乃独访林逋处士，清谈至暮而归。

《诗话总龟》一则

[宋]阮阅

林和靖傲许洞，洞作诗嘲之云："寺里啜斋饥老鼠，林间咳嗽病猕猴。豪民送物鹅伸颈，好客窥门鳖缩头。"

此则系阮阅辑自《古今诗话》。

《西湖游览志余》一则

[宋]田汝成

逋隐居西湖,朝廷命守臣王济体访之。逋投一启,其文则俪偶声律之式也。济曰:"草泽之士,不友王侯,文格须古;功名之事,俟时致用,则当修辞立诚。今逋两失之矣。"乃以文学保荐。诏下,赐粟帛而已。

《䂬溪诗话》一则

[宋]黄彻

西湖"横斜""浮动"之句,屡为前辈击节,尝恨未见其全篇。及得其集观之,云:"众芳摇落独暄妍,占尽风情向小园。疏影横斜水清浅,暗香浮动月黄昏。霜禽欲下先偷眼,粉蝶如知合断魂。幸有微吟可相狎,不须檀板共金尊。"其卓绝不可及,专在十四字耳。又有七言数篇,皆无如"池水倒窥疏影动,屋檐斜入一枝低","雪后园林才半树,水边篱落忽横枝"之句。

《梅磵诗话》一则

[宋]韦居安

梅格高韵胜,诗人见之吟咏多矣。自和靖"香影"一联为古今绝唱,诗家多推尊之。其后东坡次少游"槁"字韵及谪罗浮时赋古诗三篇,运意琢句,造微入妙,极其形容之工,真可企微孤山。以此见骚人咏物，愈出而愈奇也。

《瀛奎律髓》一则

[元]方回

元方回《瀛奎律髓》卷二十《梅花类》：和靖八梅未出，犹为易题。"疏影""暗香"一经此老之后，人难措手矣。近世诸人为梅诗，一切蹈袭，殊无佳话，甚者搜奇抉隐，组织千百，去梅愈远。放翁七言律三十余首，其在蜀中所赋尤多，似若寓意于所爱者。咏梅当以神仙、隐逸、古贤士、君子比之，不然，则以自况。若专以指妇人，过矣。此所选十五首又似苦肉多于骨，与同时尤、杨、范体格不同云。

《麓堂诗话》一则

[明]李东阳

天文惟雪诗最多，花木惟梅诗最多。雪诗自唐人佳者已传不可偻数，梅诗尤多于雪。惟林君复"暗香""疏影"之句为绝唱，亦未见过之者，恨不使唐人专咏之耳。

林 逋

[明]张萱

林逋居孤山，畜一鹤，客至则童子放鹤，逋见鹤即归，其好客如此。宋江邻几作《杂志》载许洞嘲逋诗有"豪民送物伸鹅颈，好客窥门缩鳖头"之句，盖无根之谤也，邻几载之何意？李畋《闻见录》载和靖隐居，朝廷命守臣王济访之，逋闻之，即怀诗文求见。济乃以文学保荐逋。及诏下,唯赐帛而已。济曰:草泽之士,不学稽古,不友王侯,文学之士,修词立诚,俟时致用。今林逋两失之矣。夫以和靖之高隐,而犹以诗文取讥,亦不念古人身既隐,文焉用之语也?今之自称山人者,又何以文为哉。

见《疑耀》。

妻梅子鹤

[明]彭大翼

宋林逋,字君复,钱唐人。少善诗,不慕荣利。结庐杭州西湖之孤山,与渔樵往来。畜双鹤,纵之入云霄,归复入笼中。或游西湖诸寺,有客至,童子放鹤则棹小舟归。真宗赐号"和靖先生"。元至正间,儒学提举余谦既葺处士之墓,复植梅数百本于山,构梅亭其下。郡人陈子安以为处士无家,妻梅子鹤,不可偏举,乃持一鹤放之孤山,构鹤亭以配之。

见《山堂肆考》。

孤山看梅

[明]高濂

孤山,林逋故宅也。有梅三百六十株,有陈朝桧树。人竞赏之。

见《遵生八笺》。

传记

传　一

　　林逋，字君复，钱塘人。祖克己，仕钱氏为通儒院学士。逋少孤，刻志为学。景德中，放浪江淮，归，结庐于西湖之孤山。真宗闻其名，赐号"和靖处士"，诏长吏岁时劳问。逋善行、草书，为诗孤峭澄淡。尝咏梅花，有"疏影横斜水清浅，暗香浮动月黄昏"之句，为古今绝唱。逋诗就，辄弃之，或劝其录以示后。逋曰："吾终志林泉，尚不欲取名于时，况后世乎？"居西湖二十年，未尝入城市。杭守王随，每与唱和，访其庐，出俸钱以新之。李及、薛映每就见，清谈终日。逋尝蓄两鹤，纵之则干霄，久之，复入樊中。尝泛小艇游西湖诸寺，客至，则一童应门延坐，开笼纵鹤，必掉船而归，盖以鹤为候也。将终，有诗曰："湖上青山对结庐，坟前修竹亦萧疏。茂陵他日求遗稿，犹喜曾无封禅书。"卒年六十一，葬舍侧。初，逋客临江，李谘始举进士，逋谓其有公辅之器。逋卒而谘守杭，为服缌，与其门人哭而葬之，刻临终一绝纳圹中。仁宗赐谥"和靖先生"，仍赐其家米五十石、帛五十匹。逋不娶，无子，教兄子宥登进士第。诸孙大年始集其诗行于世。逋性高逸，多学而有大名，一时公卿莫不慕仰。范仲淹赠诗云："巢由不愿仕，尧舜岂遗人？"又云："风俗因君厚，文章到老醇。"梅尧臣序其诗，谓其谭道则孔孟，语文则韩李，趣向博远，直寄适于诗耳。欧阳修谓：自逋之卒，湖山寂寥，无有继者。其为名公推重如此。绍兴中，孤山为观，迁群冢，诏存逋墓，且加封植。今太傅平章贾公又大书以识之，曰"和靖先生之墓"。

见《咸淳临安志》。

传　二

[宋]桑世昌

先生林公逋，字君复，世为杭州钱塘人。祖克己，仕钱氏为通儒院学士。逋少孤，刻志为学。景德中，放游江淮，及归，结庐西湖之孤山。真宗闻其名，屡赐粟帛，诏州县常存遇之。善草书，喜为诗，其语孤峭澄淡，而未尝自录其稿。或谓曰："先生何不录所著诗以传于后世？"逋曰："吾终志山林，尚不欲取名于时，况后世乎？"逋不娶，无子，教兄子宥登进士第。居西湖二十年，未尝入城市。李及、薛映知州，每造其居，清谈终日而去。临终有诗云："湖上青山对结庐，坟前修竹亦萧疏。茂陵他日求遗稿，犹喜曾无封禅书。"天圣六年十二月丁卯，仁宗赐谥"和靖先生"，仍赐其家米五十石、帛五十匹。初，逋客临江，李谘始举进士，而未有知者。逋尝谓人曰："此公辅之器。"卒，而谘适知杭州，为制缌麻服，与其门人哭而葬之，刻临终一绝纳其圹中。

此传为万历本和靖集所辑。邵裴子按云："世昌，淮海人，陆游之甥也。著有《兰亭博议》及《回文类聚》，见《四库提要》。"

传　三

林逋，字君复，杭州钱塘人。少孤力学，不为章句。性恬淡好古，弗趋荣利。家贫，衣食不足，晏如也。初，放游江淮间，久之，归杭州，结庐于西湖之孤山。二十年足不及城市。真宗闻其名，赐粟帛。诏长吏岁时劳问。薛映、李及在杭州，每造其庐，清谈终日而去。尝自为墓于庐侧，临终为诗，有："茂陵他日求遗稿，犹喜曾无封禅书"之句。既卒，州为上闻。仁宗嗟悼，赐谥"和靖先生"，赙粟帛。逋善行书，喜为诗，其词澄淡峭特，多奇句。既就，随辄弃之。或谓："何不录以示后世？"逋曰："吾方晦迹林壑，且不欲以诗名一时，况后世乎？"然好事者往往窃记之，今所传尚三百余篇。逋尝客临江，时李谘方举进士，未有知者。逋谓人曰："此公辅器也。"及逋卒，谘适罢三司使为州守，为素服，与其门人临七日，葬之，刻遗句内圹中。逋不娶，无子，教兄子宥登进士甲科。宥子大年，颇介洁自喜。英宗时，为侍御史，连被台移出治狱，拒不肯行，为中丞唐介所奏，降知蕲州，卒于官。

见《宋史·隐逸传》。

法帖赞言

跋林和靖帖

[宋]陆游

祥符、天禧间，士之文学名天下者，陕郊魏仲先、钱塘林君复，二人又皆工于诗。方是时，天子修封禅，告太平。有二人在，天下麟凤芝草不足言矣。君复书法又自高胜绝人，予每见之，方病不药而愈，方饥不食而饱。忽得睹上竺广慧法师所藏二帖，不觉起敬立。法师能捐一石刻之山中，使吾辈皆得墨本以刮目散怀，亦一奇事也。嘉泰甲子岁十二月丁卯山阴陆某务观书。

以上二跋见《渭南文集》。

林和靖木犀帖

[宋]岳珂

木犀口换子一株后口口口迥地上阔种之口口切摘些木犀。

右本朝和靖处士孤山先生林逋字君复，木犀帖真迹一卷。予生平不识先生字画，绍定戊子二月己巳得此帖于平江张君栋亟取《群玉堂帖》视之，笔法良信，噫！先生之节高矣，而笔力之高亦称耶！

赞曰：青山之诗自喜其无封禅之书，其绝尘之高风，盖夐乎不与世俱也。而木犀之帖得于予，讬种艺以自娱，是不特为梅花之癯。霜清月明，金璨玉疏，二香郁如，予将依其阴而结庐。

林和靖诗赋登科二帖

[宋]岳珂

逌奉简大郎秀才，前日辱赐惠访，仍示诗赋二通，绎玩之暇，叹羡寔多。泥雨阻艰，致谢稽晚，所谕入山之期，十一月初一日巳时甚佳，谨驰此谘道。不宣，逌顿首。

逌顿首谯国秀才，久不披奉，体履佳胜否？中间所许为借文书，至今杳然，如何如何？今仍有一事咨挠，唐登科记，为检咸通中试《被衮象赋》，此一册略赐借及，即便驰纳，特走小简致意，谅悉为幸。不宣，逌呈。

右林和靖诗赋登科二帖真迹一卷。夫置猎者弗课于竿饵，坐贾者不谋于轮辕，趣向既异，用随以殊，此人情之所同也。孰谓校艺之程文，决科之陈迹，亦复足以动烟霞之痼耶？帖得于开禧之元八月，时在京江，售者邢麓。

赞曰：孤山之青，百世一人。如二帖者，夫岂曰不甘于隐沦哉！古人用心，惟其任真。抱道自我，用之在君。彼英雄之人于网罗，固足以自致于风云。予宁以一身独处于寂寞之濒，要亦不忘乎吾道之伸也。於乎！行怪自绝圣门，予意先生之所以为是特立之操者，盖将为国家增九鼎之重，而区区之心，其亦望群材之自见于当时之经纶也欤。

见《宝真斋法书赞》。

林和靖帖

[宋]刘克庄

和靖天圣明道间诗人，然得阙下方袍及馆中三二君子唱和数章，约江夏茂才来看。方袍失其名，馆中君子当是李建中辈人。其倡和敢寄和靖。和靖至，约客共观，可见前辈无争名之意。茂才必亦当时社中人也，坡公评和靖书，谓其少肉，此帖浓艳非少肉者。

见《后村先生大全集》。

林和靖与通判帖

[宋]楼钥

通判不知何如人，承平无事时，佐钱塘佳郡，又得此老为州民，乐哉。

见《攻愧集》。

林和靖秋深三君二帖

[明]赵琦美

此和靖真迹，聂卫公帅蜀时所得也。观其笔势遒劲，无一点尘俗气，与"暗香""疏影"之句标致不殊。此老胸中深有得梅之清，故其发之文墨者类如此。当袭藏之，以为珍玩。元统甲戌夏五谢升孙书于南窗。

见《赵氏铁网珊瑚》。

林和靖手书杂诗

[明]王世贞

右和靖林处士君复手书七言近体五首，其语冲夷可咏，而结体尤劲峭，然有韵态，不作岩岩骨立也。苏长公一歌，其推许此君至矣。然至"诗如东野不言寒，书似留台差少肉"二语，便是汝南月旦，何尝少屈狐笔也。留台者，李建中也，当分司御史台。考之集称西台，以偶东野，当更称耳。长公书法匀稳妍妙，风神在波拂间，而丽句层出，尤刺人眼。始钱塘人即孤山故庐以祀和靖，游者病其湫隘，因长公诗后有"我笑吴人不好事，好作祠堂傍修竹"，遂徒置白香山祠与长公配，故迨于今香火不绝。乃其遗迹与长公同卷，价踊贵十倍。太史公有云：伯夷、叔齐得夫子而名益彰。若君复者，抑何其多幸也欤。

见《弇州续稿》。

后人题咏

赐汪元量南归

[宋]赵㬎

寄语林和靖,梅花几度开。黄金台下客,应是不归来。

见《钦定日下旧闻考》。

又题林和靖水亭诗

[宋]陈述古

城外逋翁宅,开亭野水寒。冷光浮荇叶,静影浸鱼竿。吠犬时迎客,饥禽忽上栏。疏篱僧舍近,嘉树鹤庭宽。拂砌烟丝袅,侵窗筍戟攒。小桥横落日,幽径转层峦。好景吟何极,清欢尽亦难。怜君留我意,重叠取琴弹。

见《西湖游览志余》。

梅

[宋]王淇

不受尘埃半点侵,竹篱茅舍自甘心。只因误识林和靖,惹得诗人说到今。

点绛唇

[宋]王十朋

雪径深深,北枝贪睡南枝醒。暗香疏影,孤压群芳顶。玉艳冰姿,妆点园林景。凭栏咏,月明溪静,忆昔林和靖。

见《御定佩文斋广群芳谱》。

刘邦直送水仙花

[宋]黄庭坚

钱塘昔闻水仙庙,荆州今见水仙花。暗香靓色撩诗句,宜在林逋处士家。

见《山谷集》。

林和靖桥

[宋]郭祥正

不作市朝客,甘为渔钓翁。柴门危径断,犹喜一桥通。

见《青山集》。

和林和靖先生梅韵

[宋]胡铨

感时溅泪几时干,顾影伶俜独立难。自恐迹孤无与对,谁怜族冷不胜寒。未应一世供愁断,长愿三更秉烛看。雨过花边行更好,犹嫌子美借银鞍。

风亭小立梦初残,步步凌空对广寒。照眼双明清可掬,闲情一味淡相看。晓萦瑞雾黏初润,晴映高云暴未干。三嗅临风思无限,蕊宫遥夜酒初阑。

瘦吟幽玩有余妍,更向高人独乐园。无垢未应经露沐,不淄宁信受尘昏。春风自识明妃面,夜雨能清吏部魂。插向胆瓶看更好,凛如明水荐雷樽。

一年佳处早梅时,钩引清风巧钓诗。未分霜凌禁瘦朵,渐看春入奈愁枝。晚尤奇特怜无伴,夜更分明不可私。冷落便须凭酒暖,从今邹律未消吹。

纷纷红紫勿相猜,自古骚人酷嗜梅。皂盖折花怜老杜,黄梅时雨忆方回。一生耐冻天怜惜,满世趋炎我独来。桃李争春身老大,急须吟醉莫停杯。

见《澹庵文集》。

同余汝霖游西湖观天竺观音永怀林和靖三绝

[宋]胡寅

莫话蒋陵陈迹,青松翠碧跻攀。此别再游何日,梦魂长绕湖山。

岩前晴日荫树,林下微风采兰。临水更无尘想,望云时有遐观。

劫火不烧大士,寒泉谁荐先生。跋马与君吊古,西风落日凄清。

见《斐然集》。

读林和靖集书其尾

[宋]周紫芝

泉石膏肓挽不回,笑看嵩少仕途开。暮年封禅无遗稿,平日江湖只钓台。月自黄昏人已老,鹤无消息客谁来。吴儿不解高人意,秋菊何当荐一杯。

见《太仓稊米集》。

羽客熊叶二师言归铁柱以五十六言饯之

[宋]史浩

喜见洪都二散人,直疑吴许是前身。看梅始识林和靖,载酒还寻贺季真。铁柱擎天龙已蛰,星坛近斗月为邻。思归却有他年约,来庆吾登九十春。

见《鄮峰真隐漫录》。

赋梅三首之二

[宋]曾丰

作意偷春破队形,横翔捷出不容争。窗前纳月神光白,水上乘风縠漏轻。违物行归廉士洁,傲时身中圣人清。赏音不遇林和靖,也是花经第一名。

见《缘督集》。

同岳大用甫抚干雪后游西湖早饭显明寺步至四圣观访林和靖故居观鹤听琴得四绝句时去除夕二日之三

[宋]杨万里

冰壶底里步金沙,真到林逋处士家。未办寒泉荐秋菊,且将瘦句了梅花。

再次武公望雪梅韵

[宋]廖行之

雪里最怜梅破萼,花时那负岁寒心。不因王子聊乘兴,争得林逋为赏音。

又和前韵十首之二

[宋]廖行之

贪看繁红锦被堆,有人青眼为君开。西湖千古林和靖,还悟犠尊木质灾。

见《省斋集》。

拜林和靖墓

[宋]高翥

玉函香骨老云根,占断孤山水月村。荐菊泉清涵竹影,种梅地冷带苔痕。生前已自全名节,身后从谁问子孙。惟是年年寒食日,游人来与酹清尊。

见《菊磵集》。

十年前拜四圣观林和靖像曾有诗为士友讽诵庚辰中秋后十日重游适梅破一二萼再书

[宋]张侃

孤山山下旧祠堂,诗与梅花一样香。方欲向君求剩语,忽逢摘索破天荒。

见《张氏拙轩集》。

林和靖墓

[宋]方岳

结庐旧与青山对,修竹萧疏半不存。惟有亭前古梅在,暗香疏影几黄昏。

梅　花

[宋]方岳

枯梢横出竹疏疏,挟雪吹香梦自孤。立到夜深难着语,怕渠去说与林逋。

以梅送王尉

[宋]方岳

雪润偶逢山泽癯,相携茅屋对团蒲。古心不为世情改,老气了非流俗徒。三读离骚多楚怨,一生知己只林逋。诗成不值渠为伴,持醉主人双玉壶。

见《秋崖集》。

古贤像赞·林和靖

[宋]王柏

野人云卧,孤山苍苍。梅侑逸兴,香满诗囊。湖边竹户,猿鹤徜徉。寒泉秋菊,千载耿光。

见《鲁斋集》。

林和靖墓

[宋]吴锡畴

遗稿曾无封禅文,鹤归何处但孤坟。清风千载梅花共,说著梅花定说君。

遇梅初花

[宋]吴锡畴

陇上无人寄一枝,疏花忽见喜生眉。岩棱面瘦霜明里,潇洒香寒月上时。比姑射仙同调度,与林逋老共襟期。孤芳不竞能坚守,肯向离骚怨未知。

冬 日

[宋]吴锡畴

谁人雅趣似林逋,绕屋栽梅入画图。淡日笼晴霜转暖,从头看过有花无。

见《兰皋集》。

拜林和靖墓

[宋]吴龙翰

老鹤高飞入白云,空余残照管孤坟。清风千古镇长在,见著梅花如见君。

见《古梅遗稿》。

和靖先生墓在孤山东北隅钱塘隐士林逋字君复畜鹤自随结庐于此累诏不起赐号和靖处士天圣六年卒谥和靖先生葬所居后绍兴中建御园有诏勿迁此墓

[宋]董嗣杲

诏旨天颁起卧龙,首丘甘老水云东。一联香影孤山月,两架茅茨万古风。有鹤有童家事足,无妻无子世缘空。清标卓绝何人继,表表仙宫垅树中。

见《西湖百咏》。

林和靖祠

[宋]严粲

白云人已矣,古屋自苍苔。林下误疑鹤,水边空见梅。

市人携酒至,歌女掉船回。检点幽栖处,湖光似向来。

西湖会上和赵靖轩韵

[宋]胡仲参

不著人间半点愁,每于胜处一凭楼。吟边只欠林和靖,座上追思马少游。晕脸芙蕖酣薄暮,低眉杨柳拂新秋。酒阑拍掌狂歌舞,自是忘机可狎鸥。

林和靖祠

[宋]叶茵

鹤去山孤草亦荒,旋吟长句谒虚堂。束刍尚拟人如玉,一朵梅花当瓣香。

见《宋百家诗存》。

题林和靖隐居

[宋]鲍当

湖水春来绿,山云夏亦繁。何如隐君子,长啸掩柴门。

过林和靖旧址

[宋]曹既明

短棹不归双鹤去,一丘烟草寄山阴。水边疏影黄昏月,无限风骚在客心。

见《宋诗纪事》。

题四贤像·林和靖

[宋]刘克庄

吟共僧同社,居分鹤伴间。魂归应太息,亭榭遍孤山。

出　都

[宋]刘克庄

客子来时腊雪飞,出城忽已试单衣。湖边移店非无意,要共林逋话别归。

见《后村先生大全集》。

重怀和靖林逋

[宋]宋祁

高士非求死,天教陨少微。云疑隐居在,犹傍岭头归。

见《景文集》。

经林逋旧居二首

[宋]蔡襄

修竹无多宅一区,先生曾此隐西湖。诗言不喜书封禅,亦有余书补世无。

山色凝岚水色清,山云长与水云平。先生来举持竿手,钓得人间亢俗名。

见《端明集》。

观 梅

[宋]李复

輙借霜威欲断肌,傲霜挺挺发南枝。微风披拂香来去,皎月勾添光陆离。已入鸾台弄妆手,犹存谷口出尘姿。苦无疏影横斜句,深愧林逋处士诗。

见《潏水集》。

采桑子

[宋]谢逸

冰霜林里争先发,独压群花,风送清笳,更引轻烟淡淡遮。 抱墙溪水弯环碧,月色清华,疏影横斜,恰似林逋处士家。

见《溪堂集》。

杂 诗

[宋]曹勋

孤山不复访林逋,杖策东风踏碧芜。九里苍云经晓径,四围碧玉照清湖。

见《松隐集》。

偶经西湖林逋故宅四圣观见旁畜野鹤立草径对之萧然有怀

[宋]员兴宗

未分幽容相料理,只缘老子合婆娑。此中琢句出冰玉,曾吸湖光奈尔何。

霜草深披野径开,幽情端有鹤相媒。笔椽拟欲题三尺,悔欠一龟行李来。

见《九华集》。

读林逋魏野二处士诗

[宋]陆游

君复仲先真隐沦,笔端亦自斡千钧。闲中一句终难道,何况市朝名利人。

开岁半月湖村梅开无余偶得五诗以烟湿落梅村为韵

[宋]陆游

梅花如高人,妙在一丘壑。林逋语虽工,竟未脱缠缚。乃知尤物侧,天下无杰作。老我怀不纾,樽前几开落。

开东园路北至山脚因治路旁隙地杂植花草

[宋]陆游

魏野林逋久已仙,放翁寄傲镜湖边。松根偃蹇支琴石,岩窦潺湲洗药泉。半禄扫空虽在我,残年健甚岂非天。遥遥桑苎家风在,重补茶经又一编。

书　喜

[宋]陆游

堪笑龟堂老更顽,天教白发看青山。家居禹庙兰亭路,诗在林逋魏野间。略计未尝三日醒,细推犹得半生闲。今年况展南湖面,朝借樵风莫可还。

见《剑南诗稿》。

赠曹秀才

[宋]陈造

不复林逋起九京,空留诗卷逼人清。如君况自鬼神助,掷地应闻金玉声。败履人今笑东郭,奔蜂我亦愧南荣。三千奏牍真余事,侧耳齐廷待一鸣。

见《江湖长翁集》。

红　梅

[宋]曹彦约

雪月共高寒,求多意未阑。林逋五品服,宋璟九还丹。

老友松筠健,贤宗鼎鼐酸。任渠蜂蝶闹,难作武陵看。

见《昌谷集》。

西湖次弟润之韵

[宋]刘过

旧说西湖好,逢春更一游。林逋山际宅,苏小水边楼。竹密柳堤闹,树多花影稠。天堂从此去,真个说杭州。

呈辛稼轩五首其四

[宋]刘过

卧庐人昔如龙起,鼎足魏吴如等闲。若结梅花为保社,林逋只合住孤山。

沁园春 寄辛承旨时承旨招不赴

[宋]刘过

斗酒彘肩,风雨渡江,岂不快哉。被香山居士,约林和靖,与坡仙老,驾勒吾回。坡谓西湖,正如西子,浓抹淡妆临照台。二公者,皆掉头不顾,只恁传杯。　白云天竺去来,图画里峥嵘楼阁开。爱纵横二涧,东西水绕,两峰南北,高下云堆。逋曰不然,暗香浮动,不若孤山先访梅。须晴去,访稼轩未晚,且此徘徊。

见《龙洲集》。

六一泉

[宋]韩淲

不见六一翁,但见六一泉。得泉以思翁,昔僧何其贤。旨哉山中乐,合与苍崖镌。后来坡仙铭,空以文字传。山林已禁苑,复与道院连。兰若纵莫存,此水尤泠然。岁月诚易与,陵谷终变迁。薰风拂湖水,晚日明月烟。回头叫林逋,醉倒孤山前。

见《涧泉集》。

月夜忆梅花

[宋]施枢

夜深寒月照窗纱,忽忆林逋处士家。鸥鹭正眠烟树冷,不知谁可伴梅花。

见《芸隐横舟稿》。

访西湖

[宋]刘黻

东风吹客到西湖,汀草沙禽半识吾。惟欠数间茅屋在,种梅花处伴林逋。

见《蒙川遗稿》。

题小西湖

[宋]姚勉

主人胸次一西湖,新展苏堤小画图。待种梅花三百本,请君雪里访林逋。

见《雪坡集》。

梅　花

[宋]俞德邻

蝶隐蜂藏寂众芳,一枝寥落小溪傍。林逋仙去无知己,明月清风是主张。

见《佩韦斋集》。

梅

[宋]李处权

可怜映竹深深见,似为催诗特特开。湖上林逋今老矣,扬州何逊未归来。前村欲雨鸠呼妇,断垅收晴雉应媒。幻境应当如是观,道人深悟劫池灰。

见《崧庵集》。

返魂梅

[宋]曾几

径菊庭兰日夜摧,禅房未合有江梅。香今政作依稀似,花乃能令顷刻开。笑说巫阳真浪下,寄声驿使未须来。为君浮动黄昏月,挽取林逋句法回。

见《茶山集》。

次单推韵

[宋]张九成

庾岭三江外,相过车马勤。孤吟清庙瑟,愁思楚江云。寂寞林逋宅,凄凉伍相坟。何时定归去,摸索断碑文。

见《横浦集》。

和林君作起叔梅诗韵

[宋]陈藻

林逋没后几星霜,苦要吟梅弄爝光。两处湖光看共色,一家诗句嗅同香。花开再约谈玄白,驽老那能逐乘黄。又恐来冬随计吏,仙霞不管似羊肠。

见《乐轩集》。

寄文叔且问畏知近讯五首之四

[宋]赵蕃

去年犯雪到西湖,眼见梅花玉立孤。今岁定无牢落叹,君诗清绝似林逋。

见《淳熙稿》。

和张规臣水墨梅五绝

[宋]陈与义

自读西湖处士诗,年年临水看幽姿。晴窗画出横斜影,绝胜前村夜雪时。

见《陈与义集》。

赵达明大社四月一日招游西湖十首其七

[宋]杨万里

和靖先生坟已荒,空余松竹故苍苍。王孙自洗鸬鹚杓,满酌真珠酹一觞。

见《诚斋集》。

灯下读林和靖诗

[金]元好问

落叶落复落,清霜今几番。疏灯照茅屋,山月入颓垣。老爱寒花淡,幽嫌宿鸟喧。卷中林处士,相对两忘言。

见《中州集》。

观梅觅句图·款题

[元]钱选

山童野鹤伴吟身,结托梅花作子孙。要看先生衣钵处,暗香疏影月黄昏。雪溪翁钱舜举画并题。

见《石渠宝笈》。此画为着色画,故宫旧藏,素笺本。

观梅觅句图·款题

[元]钱选

粲粲梅花冰玉姿,一童一鹤镇相随。月香水影惊人句,正是沉吟入思时。吴兴钱选舜举。

见《石渠宝笈》。

孤山图卷·自题诗

[元]钱选

一童一鹤两相随,闲步梅边赋小诗。疏影暗香真绝句,至今谁复继新辞。

见故宫博物院藏《孤山图卷》。

和靖先生观梅图

[元]钱选

不见西湖处士星,醄然风月为谁明。当时寂寞孤山下,两句诗成万古名。吴兴钱舜华画于刁懒斋并题。

见《御定历代题画诗类》。

南枝早春图·自题

[元]王冕

和靖门前雪作堆,多年积得满身苔。疏花个个团冰玉,羌笛吹他不下来。癸巳夏五会稽王元章自南作。

见台北故宫博物院藏《南枝早春图》。

和靖拥炉觅句图

[元]陶宗仪

一童一鹤住西湖,千古高风识画图。水影月香成绝唱,苦吟犹自拥寒炉。

见《御定历代题画诗类》。

题和靖先生观梅图无怀上人征予作

[元]仇远

痴童癯鹤冷相随,笑指南枝傍小溪。到处一般香影色,孤山只在断桥西。

见《山村遗集》。

林和靖墓

[元]方回

空埋贞观兰亭字,再出文城玉枕书。想见八梅冢无物,生前曾笑马相如。

见《桐江续集》。

读林和靖诗集

[元]王恽

枯梢振惊飚,茅斋寒日短。幽怀久不乐,访友桥南馆。探囊得逋集,尘臆欣一浣。赓歌竟遗编,佳处时再款。先生玄豹姿，清风满朝简。仿像诗骨清，云岭松雪偃。湖光与山绿，几席供奇产。呼吸贮肝脾，元气笔下绾。逸情薄云月，幽律发葭管。静观周物灵，远览豁襟散。清遗郊岛寒，淡入陶韦坦。孤山富梅竹，香动春江暖。篇中几致意，似慰平生眼。客来佳话余，横琴浮茗椀。是中有真趣，风味亦不浅。庐洛与寺阁，意适欲忘返。长空渺孤鹤，客与归舟晚。如斯六十春，笑傲一何衍。相去羲皇间，不到牛鸣远。暮归傍窗眠，清兴江湖满。隽永惬初心，有味参玉版。灯花喜共妍，一笑成微莞。人生无百岁，胡为日忧懑。扰扰声尘中，任事同蜩蚺。

见《秋涧集》。

晚秋湖上独行以日暮碧云合佳人殊未来为韵其四

[元]王旭

我爱林和靖，高情超世氛。不作封禅书，只卧孤山云。妙绝梅花诗，千秋独有君，西湖绿如酒，可醉山中坟。

见《兰轩集》。

题林和靖工部帖

[元]许有壬

梅花已入诗三昧，工部今如鲁两生。一段西湖心事了，先生何意擅书名。

见《至正集》。

题孤山林和靖亭

[元]周伯琦

孤山湖水上,犹有隐君亭。野鹤箫声寂,丛梅夏叶青。薄云笼几杖,微雨净轩楹。坡老扁舟兴,高风作港名。

见《近光集》。

题孤山寺诗用林和靖韵

[元]刘仁本

处士清名百世妍,故居今作小只园。神游潇洒风尘表,诗刻淋漓雨墨昏。山色湖光酣鹤梦,月香水影吊梅魂。翛然坐我荒祠下,寂寞无从买酒尊。

见《羽庭集》。

九月望日与杨廉夫司令袁鹏举陆孔昭宾王泛湖过岳坟及林和靖墓分韵得横字

[元]钱惟善

梅花冈上酹先生,诗句犹同水月清。僧饭林钟时复扣,客来野鹤不能鸣。百年榛莽余瀛屿,九月芙蓉似锦城。更约雪晴湖上宿,洞箫留向夜深横。

见《江月松风集》。

题林和靖诗意图

[元]王逢

研池冰合草堂深,月在梅花鹤在阴。一日盛传诗句好,百年谁识紫芝心。

见《梧溪集》。

林和靖像

[元]贡性之

琴鹤相随信杖藜,忍寒花下立多时。月香水影清无际,消得先生七字诗。

见《南湖集》。

题林和靖祠

[元]李昱

处士当年住,西湖正绕门。诗名因不死,祠宇到今存。鹤可充童仆,梅堪替子孙。凄凉断桥路,纤月照黄昏。

桂月轩歌

[元]李昱

忍冻骑驴早得春,寻香索句不无神。直将风格和花老,肯与林逋作后尘。

见《草阁诗集》。

小圃梅柳之争

[元]王义山

梅与柳争

水边半树月模糊,移取山来更姓孤。未许渊明全占断,盍留一半乞林逋。

柳与梅争

梅兄住在水之滨,五柳先生便有云。传语林逋须著让,堤边风景要平分。

见《稼村类稿》。

梅溪雪霁

[元]张之翰

才返芳魂到水隈,碧枝低压豆稽灰。香从冰窟冷边得,春向玉壶深处来。孤白不随三白老,六花翻作五花开。几番为觅林逋去,不见西湖路却回。

见《西岩集》。

题 梅

[元]贡奎

的烁精神傍水枝,一齐收拾入新诗。莫教疏影横斜处,只许林逋独自知。

见《云林集》。

临江仙

[元]蒲道源

闻说东庵梅最好,何须远访西湖。金衣相映玉肌肤,幽香俱可爱,颜色不妨殊。　花主惜春仍好事,作诗清似林逋。冰蕤雪萼正敷腴,只愁无客至,那怕酒频沽。

见《闲居丛稿》。

林　逋

[元]胡助

咸平处士,独爱梅花。一童一鹤,云水仙家。千古真风,清言知道。孤山有坟,封禅无稿。

见《纯白斋类稿》。

问　梅

[元]谢宗可

寻香踏雪过西湖,试叩风前玉一株。香影为谁甘寂寞,精神何独占清癯。钟残角断愁多少,月落参横梦有无。吟绕南枝浑不应,好将心事唤林逋。

见《咏物诗》。

次韵陆伯旸梅花诗

[元]丁鹤年

小车厌看洛阳花,梦想林逋处士家。十里湖山春浅淡,一枝雪月夜横斜。孤高不受金尊赏,清冷无烦锦帐遮。今日重吟香影里,百年风致未为赊。

见《鹤年诗集》。

梅花分韵得诗字

[元]叶颙

木荸霜葩带雪枝,月中香影最清奇。林逋去后东坡死,近日江南未有诗。

复次前人绿萼梅韵

[元]叶颙

老兔春香细捣霜,更添蓝淀越风光。唤回庾岭春风梦,染出罗浮月夜芳。日暮冰魂啼翠袖,雪残玄鬓舞霓裳。近来姑射梳妆别,说与林逋合断肠。

见《樵云独唱》。

过林和靖墓

[明]张昱

西湖处士林和靖,两句梅诗直到今。此事岂容同末俗,当时还亦有知音。高车大旆知何往,剩水残山尚可吟。三尺孤坟埋宿莽,过君谁不愿抽簪。

西湖漫兴

[明]张昱

玉局当年为写真,西施宜笑复宜颦。朝云暮雨空前梦,桃叶柳枝如故人。露电光阴千劫外,鱼龙波浪一番新。伤心最是林逋宅,半亩残梅共晚春。

见《可闲老人集》。

题林和靖观梅扇

[明]郑真

湖天空阔翠林深,洒洒逋仙玉雪襟。不是梅花知出处,凭谁同守岁寒心。

见《荥阳外史集》。

林和靖观梅图

[明]龚诩

颓然醉貌古衣冠,酷爱梅花冒雪看。疏影暗香吟已就,但知诗好不知寒。

见《野古集》。

读林和靖诗集序

[明]陈献章

庙堂不坐周公旦,到处山林有鹿麋。北斗收名千古独,西湖送老一枰谁。鹤知好客来寻主,月为疏梅出并诗。未肯低头陶靖节,挂怀身外五男儿。

古阜渔灯

[明]陈献章

樵客入林闻曙鸦,梅梢残月暗溪沙。沿溪路尽无人到,更说林逋住处赊。

南北枝头月正悬,月中谁此弄溪船。晚来吹入梅花去,吹到林逋木塌边。

见《陈白沙集》。

题林和靖手帖用东坡韵

[明]沈周

我爱翁书得瘦硬,云腴濯尽西湖渌。西台少肉是真评,数行清莹含冰玉。宛然风节溢其间,此字此翁俱绝俗。开缄见字即见翁,五百年来如转烛。可怜人物两相求,落我掌中珠有足。水边孤坟我曾拜,土冷烟荒骨难肉。当时州吏岁劳问,于今祀典谁登录。翁固不能知我悲,聊对湖山歌楚曲。我歌湖山亦不知,惟有春鸠叫深竹。归来把酒吊双缄,犹胜无钱对寒菊。

见《石田诗选》。

题沈启南所藏林和靖真迹追和坡韵

[明]李东阳

湖亭路绕梅花曲,石砚年年洗芳渌。湖光照眼花绝尘,此老当时面如玉。诗应独步难同调,字岂必工终不俗。城东苍头持卷来,一夜起看三秉烛。我从书法得相法,骨秀神清臞亦足。有如辛苦学神仙,火冷空山断荤肉。遗编旧事已陈迹,五百年来登鬼录。水流花落两无情,谁能更和西湖曲。石田诗人亦清士,居不种梅翻种竹。他时并作隐君论,何似周莲与陶菊。

见《怀麓堂集》。

小饮承天寺为沈启南题林和靖二帖上有谢安抚印记

[明]程敏政

咸平处士骨已槁,尸素谁传双鲤鱼。宝藏尚有安抚印,遗稿元无封禅书。人清并遣乌亦好,字劲宛得梅之余。东风古寺拭卷目,想像西湖云水居。

钱塘杂咏

[明]程敏政

水色山光似昔时,往来还动百年思。颠崖藓蚀钱王箭,拍岸潮迎伍相祠。岁月难胜双短鬓,兴亡能博几新诗。望中喜是林逋宅,竹外梅花一两枝。

见《篁墩文集》。

吊林和靖墓

[明]邵宝

赋得梅花万古传,水滨孤冢却萧然。闲云于我心俱隐,老鹤如人骨半仙。朝市尚余观物地,儿童不省入城年。小桥东去今成路,回首中洲但暮烟。

见《容春堂前集》。

题启南所藏林和靖手简追次苏文忠公韵

[明]吴宽

西湖处士林君复,结庐近傍湖波渌。百年何物独伤廉,墙下梅花总寒玉。满城烟火十万家,未信谁人能脱俗。壶酒嬉春拾翠钿,歌钟入夜烧红烛。独教老鹤闲应门,走傍湖阴濯双足。高平范公遣使来,寄以新诗胜馈肉。风节文章厚与淳,两句平生成实录。才多墨妙更入神,只许唐翁和高曲。果然遗墨似其人,如倚清风扣瘦竹。惜哉甫里天随生,不趁斯人书杞菊。

见《家藏集》。

谒孤山林和靖处士祠

[明]孙一元

我识林居士,角巾老不妨。文章余琬琰,山水借声光。老鹤迎人立,疏影作意香。谁言傍修竹,配食水仙王。

幽 居

[明]孙一元

幽居结构远风尘,长爱青山老此身。隐几忘言真得道,闭门却扫不逢人。近湖鹱鹤来终日,绕屋棕篁青过邻。唤起林逋同载酒,六桥风月兴犹新。

林 逋

[明]孙一元

开笼放鹤空山里，岩畔梅花野兴孤。天子当时重封禅，西湖合着老林逋。

问林和靖争孤山

[明]孙一元

孤山君已占多春，此日还当让后人。千树梅花双舞鹤，也须着我白纶巾。

见《太白山人漫稿》。

同卓诚甫李季常黄公绍谒林和靖墓

[明]黎民表

封禅无书上汉庭，生平不负北山灵。七言丽句传书史，千古清风胜草亭。湖上秋风维客棹，山前落日下南屏。梅花白鹤无消息，水自潺湲草自青。

见《瑶石山人稿》。

孤山林和靖墓

[明]尹台

处士孤坟在，疏林映水开。湖山千古丽，诗句几人裁。鹭渚寒烟积，鱼梁晚照来。梅花飘欲尽，谁为扫荒苔。

见《洞麓堂集》。

谒林和靖处士墓

[明]佘翔

停舟访林壑,猿鸟若为群。秋色西湖水,前朝处士坟。山含三竺雨,柳带六桥云。千古遗踪在,梅花梦见君。

见《薜荔园诗集》。

怀林和靖

[明]钱福

唤起梅魂鹤梦回,先生踏月雪中来。不书封禅骄时宰,顿遣渔樵压上台。天子宠颁和靖号,野翁呼上子陵墓。香山居士还多事,供佛于今看冷灰。

见《式古堂书画汇考》。

林和靖先生墓

[明]周鼎

一丘千古独岿然,只少梅花抱墓田。结庐巢居犹昨日,塑来鹤立自何年。淡烟流水斜阳外,芳草新亭古岸边。欲去徘徊城月上,里湖犹有未归船。

见《明诗综》。

题林和靖秋深二帖与石田同用坡韵

[明]张渊

乾坤悠悠书两幅,墨光深照西湖渌。人间翻覆似浮云,此纸完全如璧玉。少陵瘦硬真入评,右军姿媚宜云俗。想当援笔对梅花,谁用官奴寒把烛。自然心画得天妙,一字百金酬不足。乃知形貌列仙癯,石带烟霞山少肉。岩岩气象高百世,奚假文章身后录。东坡去后古祠荒,月下不闻迎送曲。遗迹君家岂偶然,天遣清风激修竹。凭君开卷望孤山,三灌蔷薇咀秋菊。

见《御选宋元金明四朝诗》。

梅雪四律代张翚徐术陆平沈廉赋

[明]凌云翰

北风日日吼枯株,点检春光定有无。半树裹深犹妩媚,一枝擎重更模糊。芳香未露还因冷,疏影浑迷不为晡。想得孤山人迹灭,扁舟谁复访林逋。

见《柘轩集》。

宴甘氏梅雪轩

[明]史谨

朝来领鹤访林逋,六出飞琼满径铺。玉树有花春寂寞,碧窗无影画模糊。眼中顿觉添奇观,席上还堪著老夫。元是水晶宫里客,置身今夕在冰壶。

见《独醉亭集》。

题孤山

[明]胡奎

昔年买棹过西湖,湖上青螺一点孤。为问此山谁作伴,只留香影付林逋。

题林逋观梅图

[明]胡奎

昔年曾访孤山,欲识诗翁半面。水边著意相寻,林下无心一见。

见《斗南老人集》。

题梅花

[明]王燧

雪花飞度西湖来,东风吹上孤山海。林逋宅前春信早,北枝乱吐南枝开。我昔扶筇六桥路,看花几度曾延伫。从教寒透素貂裘,行遍瑶英最深处。江湖旧游三十年,绿樽空负看花缘。休文巧思夺天造,一枝香玉横吴笺。南湖佳士烟霞伴,斋阁高悬供适玩。持来索我赋梨云,恍惚花神照挥翰。翩然唤醒花前盟,总是江空岁晚情。欲挟飞仙花下去,莫教玉笛弄新声。

见《青城山人集》。

题墨梅

[明]唐文凤

嫩条枯干著疏华,曾访林逋处士家。放鹤孤山秋夜永,娟娟明月照江沙。

见《梧冈集》。

咏梅二首寄沈孟渊之一

[明]张宁

断肠诗思满江南,别后姿容总一般。料得林逋惯相惜,肯教寂寞过春寒。

见《方洲集》。

题梅

[明]邱濬

自是花中一世豪,林逋何逊谩呶呶。占魁调鼎皆余事,更有冰霜节操高。

见《重编琼台稿》。

梅 花

[明]庄昶

一花太极一丸春,何梦林逋看未真。自有暗香疏影句,相知千古是何人。

见《定山集》。

月　梅

[明]黄仲昭

我家闽山下,种梅绕衡庐。林梢晴月上,风景如西湖。孤吟无与和,酾酒招林逋。乃今堕尘网,惭愧观画图。

题　梅

[明]黄仲昭

山人自昔多佳兴,手种梅花满幽径。风韵寻常尽绝奇,况有明月相辉映。夜深索笑檐之隅,仰视天宇如冰壶。独嗅寒香不成寐。起酾尊酒招林逋。何当借榻梅边屋,长与梅花伴幽独。饱收清气归肝肠,一洗脑中旧尘俗。

见《未轩文集》。

孤　山

[明]顾璘

孤山葱而郁,仰止林逋宅。舍舟入荒蹊,森森荫松柏。往代云龙会,夫子戢鸿翮。皋夔道已沉,巢许心所获。岂无桃李颜,寒梅自贞白。皎皎空谷遗,长愧缨冕客。西瞻岳山坟,凄其暮烟碧。

见《浮湘集》。

某比以笔劄逋缓应酬为劳且闻有露章荐留者才伯贻诗见戏辄亦用韵解嘲

[明]文徵明

千年处士说林逋,漫有声名达帝都。只辨梅花新句好,莫论封禅有书无。

见《甫田集》。

鸳鸯梅

[明]王夫之

青豆相思意偶通,开时疑说并头红。无端赚杀林和靖,三十六双一梦中。

见《姜斋文集》。

选梅接枝图·题诗

[明]谢时臣

林逋自是神仙客,冰玉丰姿锦绣胸。引出横斜清浅句,暗香竦景有无中。谢时臣诗画为碧湖先生作。

故宫博物院藏《选梅接枝图　扇》

陪月闲行图·自题

[明]杜堇

陪月闲行杖屦迟,半醒时节更相宜。吟成疏影寒香句,为问梅花知不知？柽居杜堇

现藏于美国克里夫兰艺术博物馆

和靖旧宅

[日]绝海中津

雪霁孤山鹤未回,荒凉旧宅数枝梅。先生高风不可见,得见梅花可矣哉。

见《蕉坚稿》。绝海中津(1336—1405),又号蕉坚道人。日本临济宗僧,师从梦窗疏石。曾在明居住十年,并被明太祖朱元璋召见过。著有《蕉坚集》。

题画梅轴

[日]西胤俊承

君复高风不可攀,冰魂雪魄考孤山。今人趋俗少诗兴,放遣六桥烟月闲。

见《真愚稿》。西胤俊承(1358—1422),日本临济宗僧,嗣法绝海中津。

西湖小景

[日]惟忠通恕

柳色野桥畔,梅华湖水滨。逋仙吟不尽,留作翰林春。

孤山放鹤图

[日]惟忠通恕

翩翩白鹤惯高飞,处士扁舟湖上归。知是孤山访梅客,晚来和雪叩幽扉。

以上二首见《云壑猿吟》。惟忠通恕(1349—1429),日本临济宗僧,号云壑道人,嗣法无涯仁浩。

西湖图

[日]景徐周麟

庵三百六十湖边,一日一游终一年。画里先寻和靖宅,扁舟载梦早梅前。

见《翰林葫芦集》。景徐周麟(1440—1518),别号半隐、宜竹、对松、江左。日本临济宗僧。

林逋年谱[1]

宋太祖乾德五年　丁卯　967年出生
是年,林逋生。

案:林逋41岁之前的材料极少。其家贫,父母双亡,少时多病,刻苦志学。早年在家乡四明山居住,曾向李建中求学,于曹州游历约十年。宋真宗景德年间,林逋曾放游江淮以寻幽探胜、遍访古迹,搜作诗材,足迹遍布泗州、盱眙、金陵、芜湖、历阳、无为、寿阳以及庐、舒、池等州,还去过汴京。以居留历阳、庐州两地时间较长。

宋太宗太平兴国三年　戊寅　978年　11岁
李煜死。吴越国亡,钱弘俶徙为淮海国王。

宋太宗太平兴国四年　己卯　979年　12岁
宋与辽大战于幽州,败绩。

宋太宗太平兴国五年　庚辰　980年　13岁
李沆、寇准、宋湜、王旦等举进士。

宋真宗咸平二年　己亥　999年　32岁
八月真宗大阅禁兵20万于开封府。契丹入侵。十二月真宗车驾发京师,驻跸澶州,后次大名府。

宋真宗咸平四年　辛丑　1001年　34岁
林逋以道德文章大有闻于世。

案:梅尧臣《林和靖先生诗集序》载:"君在咸平、景德间已有大闻。"

---

[1] 此年谱据张星星《林逋书法风格研究》之附录整理。

宋真宗咸平五年　壬寅　1002年　35岁

梅尧臣生。

宋真宗咸平六年　癸卯　1003年　36岁

十月,薛映知杭州。

宋真宗景德元年　甲辰　1004年　37岁

是年,林逋在江淮寄《寄解州李学士》一诗给李建中,目前能确定李林二人交往的最早一则史料就是这首诗。

九月辽军迫澶州。寇准请真宗亲征,宋军士气大振。十一月辽军统帅萧挞览攻城,为宋军射杀,大胜,举国振奋。十二月辽使来议。

宋真宗景德二年　乙巳　1005年　38岁

是年,李谘中进士。时林逋客居临江,尝谓人曰:"此公辅器也。"

真宗不敢再战,主战派寇准罢相,主和派王钦若上台。

宋真宗景德四年　丁未　1007年　40岁

宋真宗景德四年(1007)至大中祥符三年(1010)期间,王济知杭州,宋真宗曾遣王济访林逋,并赐粟帛。据《宋史·王济传》载:"(景德)四年,拜本曹郎中,出知杭州……大中祥符三年,徙知洪州,兼江南西路安抚使……"可推知。

案:林逋约自41岁,放游江淮后,隐居杭州西湖约二十年,直至卒于孤山。此期间薛映、李及在杭州,常常造访林逋。

欧阳修生。

宋真宗大中祥符元年　戊申　1008年　41岁

真宗与王钦若定计,伪造"天书",祭泰山梁父山。自正月起,六月,十月,封禅活动频繁。十一月真宗回京师,耗费800万贯。

宋真宗大中祥符四年　辛亥　1011年　44岁

秋,李建中致信林逋。

真宗奉"天书"出潼关,祀汾阴,耗资800万。

宋真宗大中祥符五年　壬子　1012年　45岁

宋真宗多次召见各地隐士。

转运使陈尧叟赐林逋粟帛,诏长吏岁时劳问。

《续资治通鉴·宋纪三十》记载："真宗膺符稽古神功让德文明武定章圣元孝皇帝大中祥符五年……六月，……钱塘林逋，少孤力学，性恬淡好古，不趋荣利。初放游江湖间，久之，结庐西湖之孤山，二十年足不及城市。转运使陈尧佐以闻，庚申，诏赐粟帛，长吏岁时劳问。"

宋真宗大中祥符六年　癸丑　1013年　46岁

李建中卒，年六十九。林逋得知噩耗，作《集贤李建中工部尝以七言长韵见寄感存怀没因用追和》一诗以怀之。

宋真宗大中祥符七年　甲寅　1014年　47岁

林逋得知侄子林宥及第，甚喜，题诗《喜侄宥及第》一首。

《太平治迹统类》卷二十七《祖宗科举取人》云："大中祥符……七年秋……上御景福殿。试亳州、南京路服勤词学、经明行修举人，得进士林宥、张观等二十二人，赐及第。"

宋真宗天禧四年　庚申　1020年　53岁

真宗天禧四年(1020)九月至真宗乾兴元年(1022)二月，王随知杭州，常造访林逋，并出钱修缮林逋宅。王随为杭州太守时，黄亢曾赠诗林逋，逋尤激赏之。

京师安放"天书"的玉清昭应宫建成，费时七年，共二千六百十间，全国各地安放"天书"的天庆观也相继修建和建成，耗去大量人力财力，民不堪扰。

宋真宗乾兴元年　壬戌　1022年　55岁

李及冒雪出郊访林逋，二人清谈至暮。

《续资治通鉴长编》卷九十八载："乾兴元年春二月戊午，上崩于延庆殿，仁宗即皇帝位……三月壬申，以枢密直学士、给事中李及知杭州。及性清介，所治简严。……一日冒雪出郊，觽谓当置酒召客，乃独造林逋，清谈至暮而归。居官数年，未尝市吴物，比去，惟市《白乐天集》。"《宋史·李及列传》也有记载。

宋真宗乾兴元年二月至仁宗天圣元年八月，遵式过林逋处，林逋赠诗三首。

宋仁宗天圣元年　癸亥　1023年　56岁

宋仁宗天圣中，梅尧臣从会稽返回，于雪中访林逋。

五月,林逋应故交"殿值丁君"之请,创作了《自书诗帖》。

宋仁宗天圣三年　乙丑　1025 年　58 岁

五月己亥,赐林逋粟帛。

宋仁宗天圣三年五月至宋仁宗天圣六年十二月,范仲淹过杭,数次拜访林逋,二人作诗唱和。

宋仁宗天圣六年　戊辰　1028 年　61 岁

是年十二月,林逋卒。宋仁宗赐谥号"和靖先生",并赐粟帛。李谘与其门人将逋安葬,并刻"茂陵他日求遗稿,犹喜曾无封禅书"于墓中。

林逋及其诗歌研究论著

(一)专著

1.钟婴:《林和靖与西湖》,杭州:杭州出版社 2004 年版。

(二)期刊论文

1.俞明仁:《略论林逋的思想与艺术》,《浙江学刊》1986 年第 3 期;

2.李炳海:《净土法门盛而梅花尊——宋代梅花诗及其与佛教的因缘》,《东北师大学报》1995 年第 4 期;

3.汤兴中:《和靖先生裔孙林洪小考》,《泉州师专学报》1998 年第 2 期;

4.李一飞:《林逋早年行踪及生卒考异》,《中国韵文学刊》2000 年第 1 期;

5.程杰:《梅与水、月——一个咏梅模式的发展》,《江苏社会科学》2000 年第 4 期;

6.郑绍昌:《"月黄昏"释义之驳正》,《浙江社会科学》2000 年第 6 期;

7.程杰:《从魏晋到两宋:文学对梅花美的抉发与演绎》,《淮阴师范学院学报》2001 年第 6 期;

8.程杰:《林逋咏梅在梅花审美认识史上的意义》,《学术研究》2001 年第 7 期;

9.荣斌:《一代咏梅成正声——论宋代咏梅诗词创作热》,《东岳论丛》2003 年第 1 期;

10.马茂军:《林逋的复远古思想与文学创作》,《四川师范学院学报》2003 年第 4 期;

11.吕辉:《简论林逋山水诗》,《运城学院学报》2003 年第 6 期;

12.田英淑:《李滉和林逋爱梅花的意义》,《中国江南与韩国文化交流(韩国研究丛书之三十八)》2005 年 9 月;

13.陈志平:《林逋与李建中交游考》,《中国书画》2005 年第 12 期;

14. 夏汉宁:《林逋著作考述》,《江西财经大学学报》2006年第3期;

15. 白灵阶:《总被西湖林处士,不肯分留风月——林逋咏梅绝唱的文学贡献》,《吉首大学学报》2006年第5期。

16. 张春华:《宋初晚唐体诗人交游述考》,《河南理工大学学报》2008年第1期;

17. 程杰:《杭州西湖孤山梅花名胜考》,《浙江社会科学》2008年第12期;

18. 吉艳丽:《林逋的人生思考与精神超越》,《忻州师范学院学报》2009年第1期;

19. 林雁:《千载林逋传胜迹——论林逋的遗迹景观》,《北京林业大学学报》2009年第3期;

20. 徐礼节:《唐张籍诗误收林逋诗二首》,《安徽农业大学学报》2009年第5期;

21. 林雁:《千古西湖见一贤——论林逋隐逸的环境》,《北京林业大学学报》2010年第1期;

22. 鲁茜:《林逋〈山园小梅〉新解》,《中南大学学报》2010年第3期;

23. 程杰:《林逋孤山植梅事迹辨》,《南京师范大学文学院学报》2010年第3期;

24. 鲁茜:《南宋杭州西湖梅花的文化阐释》,《江西社会科学》2010年第5期;

25. 韦力:《鲍廷博批校〈宋林和靖先生诗集〉跋考》,《图书馆研究与工作》2016年第1期。

(三)学位论文

1. 吕辉:《林逋诗文研究》,陕西师范大学硕士论文2005年;

2. 常云秀:《林逋诗歌研究》,华中科技大学硕士论文2006年;

3. 张星星:《林逋书法风格研究》,南京航空航天大学硕士论文2009年;

4. 王玉立:《林逋诗作及其在日本的影响》,浙江工商大学硕士论文

2012年;

5.潘莉:《"林逋与梅花"题材研究》,扬州大学硕士论文2013年;

6.潘晓颖:《林和靖意象在日本文化中的流播与变异——以汉诗文为中心》,浙江工商大学硕士论文2013年。